파리의 하늘 아래,
아들과 함께 3000일

Paris no Sora no Shita de, Musuko to Boku no 3000-nichi

Copyright © 2022 by Hitonari Tsuji
First published in Japan in 2022 by Magazine House Co., Ltd., Tokyo

Korean translation rights arranged with Hitonari Tsuji
through Japan Foreign-Rights Centre/Shinwon Agency Co.

파리의 하늘 아래, 아들과 함께 3000일

츠지 히토나리 / 김선숙 옮김

BM (주)도서출판 성안당

프롤로그

아직도 싱글 파파가 된 그날의 절망감을 잊을 수가 없다. 그 날부터 아들은 마음을 닫고 감정을 잘 드러내지 않게 되었다. 나는 어떻게 해야 아들이 예전의 미소를 되찾을 수 있을지 고민하지 않을 수 없었다.

어느 날 밤, 아들 방에 가봤더니 아들이 늘 껴안고 자는 아기 곰 인형이 젖어 있었다. 그것도 축축하게. 응? 깜짝 놀라서 아들의 눈가를 만져 보니 눈물기로 젖어 있었다. 내 앞에서는 절대 울지 않던 아들이 혼자서 몰래 눈물을 흘리다니…….

그때 아들에게 정말 안쓰런 마음과 함께 가슴이 아팠다. 그 순간 나는 엄마 노릇도 해야겠다는 다짐을 했다.

아들과 나는 잘 먹지도 못했다. 휑하고 냉랭한 집에 살던 우리는 이래서는 안 되겠다 싶어 작은 아파트로 이사했고, 그 뒤에는 둘이 바싹 붙어 지내게 되었다.

내 방과 아들의 방은 얇은 벽으로 연결되어 있어서 부스럭부스럭 뒤척이는 아들의 소리를 확인할 수 있었다. 나는 그 소리를 들으며 잠이 들곤 했다……. 위궤양 진단을 받은 나는 날마다 약을 먹어야만 했다. 그 탓인지 몸무게가 50킬로그램을 겨우 넘길 정도로 빠져 버렸다. 뭐든 먹어야겠다고 생각했다. 그러기 위해서는 우선 맛있는 밥을 지어야겠다고 생각했다.

매일 아침 나는 하얀 쌀밥을 도시락에 담았다. 그러고는 '아침 도시락 습관'이라는 이름을 붙였다. 점심에는 아들이 학교에서 주는 급식을 먹기 때문에 저녁만큼은 절로 미소가 지어지는 맛 좋은 음식을 만들어야겠다고 마음먹었다. 그런 마음으로 만든 음식 중 아들이 잘 먹어준 것이 바로 토마토와 참치 파스타였다.

아빠인 내가 엄마를 모두 대신할 수는 없지만, 그래도 내가 유일하게 할 수 있는 게 있다면 요리였다. 그래도 요리를 잘한 다는 게 얼마나 다행인가. 요리도 할 줄 몰랐다면 더 힘들었을 지 모른다. 요리를 시작하게 되면서 집안에 온기가 돌았으니 까. 그리고 주방은 우리를 구해 주는 피난처이기도 했다.

먹어야 산다고 자신을 다독이며 그날그날을 버텼다. 축 처져 있을 수만은 없었다. '내가 여기서 힘을 내지 않으면 가정이 무 너져 버린다……'고 필사적으로 노력했다. 그래서 온종일 주 방의 불을 끄지 않았다. 작은 테이블을 사서 주방 옆에 두고는 그 위에 컴퓨터를 놓고 작업을 하면서 조림이나 찜처럼 시간이 오래 걸리는 요리를 했다. 말하자면 온기가 사라지지 않게 안 간힘을 쓴 것이다.

요리를 좋아하는 한 친구가 토마토 안에는 필요한 영양소가 듬뿍 들어 있으니 아들이 토마토를 좋아하면 일단 토마토를 먹이라고 했다. 지푸라기라도 잡고 싶은 나날이었지만 토마토 덕에 살아났다. 아들은 토마토와 마늘 파스타를 아주 맛있게 먹었다. 그래서 거기에 참치를 넣는 등 이리저리 궁리해서 음식을 만들었다.

"맛있어?" 하고 물었더니 아들은 고개를 끄덕이며 "응, 맛있어."라고 대답했다.

별거 아닌 말이지만 그건 가족을 살리는 첫마디였다.

날마다 그 말만 주고받았지만, 내 몸무게가 조금씩 늘어나고, 아들 얼굴에도 미소가 번지기 시작했다. 물론 원래 가족 형태로 돌아가지는 못하지만 새로운 가족의 모습을 갖춰 가고 있었다.

먹는다는 것은 삶을 지탱하는 기본 중의 기본이었다. 아무리 바빠도 정성을 들여 제대로 음식을 만들고, 요리하는 데 오롯이 그 시간을 쏟아야겠다고 마음먹었다. 그것은 우리의 일상을 회복하는 첫걸음이 되었다. 온기 있는 맛있는 음식을 먹기 시작하자 이윽고 아들의 말과 목소리와 미소가 돌아왔다. 얼굴이 밝아지고 그 나름의 행복도 돌아왔다.

나는 아빠이자 엄마였다. 내가 이혼을 한 것은 아들이 막 열 살 되던 해였다. 이 책의 내용은 아들이 열네 살 무렵부터 시작하지만 회상하듯 열 살 때로 거슬러 올라가기도 한다. 그러니까 이 책은 초등학생이던 아들이 대학생이 될 때까지 우리 둘만의 소중한 시간이 담긴 '마음 여행 일기'이기도 하다.

일러두기

이 책은 웹진 *Design Stories*의 칼럼(2018년 12월~2022년 3월)을 발췌하여 수정한 것입니다.

"하루하루는 나름대로 힘든 삶의 연속
이지만 때로 하느님은 이렇게 깜짝 선
물을 주시기도 한다. 인생의 80퍼센트
는 힘들고 18퍼센트 정도는 그저 그런
것 같다. 나머지 2퍼센트를 나는 행복
이라고 부른다. 깜짝 놀라게 행복한
것보다 그 정도가 좋다."

2018

아들 나이 열네 살

파리의 아침

12월 어느 날,

오늘도 여느 때와 같은 시간에 아들을 학교에 보냈다. 늘 똑같은 아침이지만 파리의 겨울은 어둡고 추워 잠자리에서 일어나기가 정말 싫다. 오전 7시 정각이 되면 아들 방과 내 침실에서 알람 시계가 거의 동시에 울린다. 나는 주방에 가서 아들을 위한 아침 식사를 준비한다. 아들은 내가 만들어 준 아침밥을 먹고 7시 40분쯤에 집을 나선다. 어두운 계단으로 뛰어나가는 씩씩한 내 아들. 나는 계단의 불을 켜고 나선형 계단 아래를 내려다보며 "잘 다녀와."라고 일본어로 외친다. 대답은 없다. 대답을 했는지도 모르지만 들리진 않는다.

요 몇 주일 파리는 불안한 나날이 계속되고 있다. 특히 매주 토요일에는 어김없이 노란 조끼를 입은 사람들이 폭력적인 시위를 한다. 1968년 5월 학생 운동 때와 비슷하다고 인근 빵집 노부인이 말했다. 유류세 인상에서 비롯된 시위이긴 하지만 그 바탕에는 마크롱 정권에 대한 불만이 깔려 있다. 올랑드 대통령도 인기가 없긴 했으나 이렇게 폭동까지 일어나지는 않았다. 프랑스는 대체 어디를 향해 가는 걸까. 그리고 열네 살짜리 아들을 둔 나는 어디를 향해 가는 걸까.

오전에 나는 주로 소설을 쓴다. 두 권을 동시에 진행하고 있는데, 하나의 초안이 끝나 퇴고에 들어갔다. 생각해 보면 소설가라는 게 참 신기한 직업인 것 같다. 회사도 없고 월급도 없다. 글을 쓰지 않으면 먹고살 수 없는 탓에 무작정 써야 한다. 문득 깨달은 거지만 스바루 문학상을 받은 해가 1989년 10월이니까 내년이면 작가 생활 30주년을 맞게 된다. 무턱대고 글을 썼는데 용케도 작가라는 모호한 직종에서 살아남은 것이다. 쉼 없이 쓰다 보니 일거리가 끊기지 않았나 보다고 생각하며 자신에게 놀란다. 백 권 가까운 책을 펴냈지만 쓸 게 없을 때가 바로 써야 할 때라는 생각이 든다. 늘 뭔가를 만들어 내야 한다고 생각하는 건 가난한 작가 근성 탓인지도 모른다.

단둘이 보낸
크리스마스

12월 어느 날,

올해는 아들과 단둘이 크리스마스를 맞았다. 쓰던 소설이 막바지에 접어들면서 요즘 집필하는 데 집중하느라 크리스마스를 까맣게 잊고 있었다. 프랑스 사람들에게 크리스마스는 일본의 오쇼가츠일본의 연중행사 중 가장 크고 중요한 설 행사나 다름없어 다들 가족과 함께 보낸다.

그래선지 우리 아파트 건물은 아이 울음소리 하나, 발소리하나 들리지 않는다. 다들 부모님 집이나 시골집에서 가족끼리 지내는 게 틀림없었다. 어젯밤에도 거리가 한산하고 캄캄했다. 프랑스에는 친척 한 명 없어 아들이 따분해하는 것 같았다. 좀 안됐다는 생각이 들었다.

아차, 크리스마스 선물!

프낙Fnac, 프랑스 최대 문화 상품 매장에 가서 좋아하는 걸 사자고 했더니 아들이 대뜸 종이쪽지를 내밀었다. 종이에는 'FL studio 20과 Shaper Box플로리다 스튜디오 20과 셰이퍼 박스'라고 적혀 있었다. 아무래도 음악 편집 소프트웨어와 이펙터인 듯했다.

"아빠가 엊그제 내 곡 더 듣고 싶다고 했잖아. 필요 없는 건 받고 싶지 않고, 내가 기뻐해야 분명 아빠도 기쁠 것 같아서 리스트를 만들어 놨지."라고 말하는 아들을 보니 웃음이 나왔다.

그래도 선물을 사기 위해 밖으로 나가지 않아도 되니 고마웠다. 그런데 이걸 인터넷에서 구입한다 해도 눈알이 튀어나올 정도로 비싼 금액이었다지금까지는 무료 소프트웨어를 사용하고 있었다.

"아비치'Avicii'라는 예명으로 잘 알려진 스웨덴외 히우스 음악 디스크자키이자 프로듀서라든가 프로 뮤지션이 사용하는 기자재잖아……."라며 아들은 이해할 수 없는 변명을 했다. 그래도 기분은 좋아보인다.

지하실로 내려가 크리스마스 장식용품을 찾아내 현관 앞에 장식했다. 어머니가 손수 만든 장식품인데, 크리스천도 아니고 해서 그냥 플라스틱으로 만든 크리스마스트리였다.

어머니는 잘 지내시려나, 매년 이걸 볼 때마다 어머니 생각이 난다. 어머니는 올해로 여든세 살이 된다. 오래 사셨으면 좋겠다.

거실에서 스팅Sting의 '잉글리시맨 인 뉴욕Englishman in New York'을 부르고 있는데 아들이 다가와 곡을 만들었으니 한번 들어

달라고 했다.

"벌써 다 만들었어?"

아들은 입꼬리를 살짝 올리고 자신만만한 표정을 지어 보였다. 나는 얼른 아들 방으로 가서 아들 방은 약간 스튜디오 풍으로 되어 있다. 이곳에 얼굴을 내미는 시간은 내가 잠시 숨을 돌리는 휴식 시간이기도 하다 마샬Marshall 헤드폰을 썼다. 나의 라이브 음원'City Lights'라는 곡을 일부 샘플링해 애시드acid, 몽환적인 분위기 계열의 클럽 사운드로 재해석한 것이었다.

"좋은데! 대단하네."

진짜 멋졌다. 기자재가 좋아서 소리에 폭과 깊이가 생겼다.

'시대가 달라졌구나.' 하는 생각이 들었다.

아빠가 해줄 수 있는 게 뭘까 생각하다 다시 계단을 뛰어 내려가 지하실에 넣어 둔 낡은 베이스 기타와 어쿠스틱 기타, 소형 앰프를 뒤져서 내놓았다.

"이것도 크리스마스 선물로 줄게."

아들이 입꼬리를 반쯤 올리고 미소를 지었다. 자신의 감정을 보여준 것이다.

"같이 스팅 연주할까?"

얼마 전 잠깐 기타를 가르쳐 보고서야 아들이 기타를 배우고 싶어 한다는 걸 짐작했다. 아들 침대에 나란히 걸터앉아 나는 기타를 들고 아들은 베이스를 안았다.

"그럴듯한데!" 하며 치켜세웠더니 아들이 또다시 입꼬리를 올리고 싱글벙글 귀엽게 웃었다.

크리스마스이브에 아빠와 아들은 아들 방 침대 위에서 스팅의 '잉글리시맨 인 뉴욕'을 연주했다.

아들 방 창문 밖으로 옆 건물 창문이 보인다. 자그마한 식물 같은 게 장식되어 있다. 어슴푸레한 크리스마스의 빛이 그곳에 쏟아지고 있었다.

행복이란 욕심을 내려놓을 때 비로소 살포시 다가오는 이런 부드러운 빛과 같은 게 아닐까 하는 생각이 들었다.

열네 살 먹은 아들과 함께 음악을 연주하는 것보다 더 행복한 것은 없다.

하루하루는 나름대로 힘든 삶의 연속이지만 때로 하느님은 이렇게 깜짝 선물을 주시기도 한다. 인생의 80퍼센트는 힘들고 18퍼센트 정도는 그저 그런 것 같다. 나머지 2퍼센트를 나는 행복이라고 부른다. 깜짝 놀라게 행복한 것보다 그 정도가 좋다.

날마다 크게 욕심내지 않고 느긋하게 살고 싶다. 그게 내게는 행복이다. 나도 아들을 흉내 내어 반쯤 입꼬리를 올리고 아들을 향해 미소 지었다.

그때 마침 프랑스 화가 친구로부터 문자메시지가 왔다.

"무슈Monsieur, 영어의 Mr. 츠지, 이브는 어떻게 보내고 있어?"

나는 "오늘 밤, 아들과 단둘이 크리스마스이브를 보내고 있지만, 그저 그런대로 행복해."라고 답장을 보냈다.

메리 크리스마스!

포르투갈
리스본에서

12월 어느 날,

우리는 비행기로 날아가 마침내 무사히 포르투갈에 도착했다. 유럽과 인연을 맺은 지 17년, 우리 부자는 이탈리아, 스페인, 독일, 그리스, 영국, 덴마크, 체코, 터키, 헝가리, 네덜란드, 벨기에, 스웨덴 등등 EU권의 주요 도시 이곳저곳을 여행했다. 그중에서 가장 느낌이 좋은 도시를 꼽으라고 한다면 포르투갈의 수도 리스본을 첫 번째로 꼽고 싶다.

리스본의 어떤 점이 좋냐면 우선 사람이 좋다. 여기서 다른 도시 험담은 하고 싶지 않다. 하지만 적어도 리스본 사람들은 다 착하다. 겉모습뿐만 아니라 진심이 담긴 상냥함이 있다. 물론 도둑이나 소매치기도 있으니 충분히 조심할 필요는 있으나, 다들 일본을 좋아해서 우리에게 일본어로 말을 걸어온다. 일본어를 써서 돈을 뜯어내려는 무리와는 다르다. 그 점에는 조심성이 많아선지 금방 알아볼 수 있다.

첫날에 페르난도, 안토니오, 아르민도, 펠리페와 친해졌다. 그들은 모두 일본어를 공부하고 있었다. 묻지도 않았는데 레스토랑을 소개해 준 사람도 있었고, 전철 타는 법을 가르쳐 준 사람도, 성으로 가는 지름길을 가르쳐 준 사람도 있었다. 통조림 가게 점원도 친절했다. 다른 나라에서 느끼는 것과는 다르다. 왜 다른 걸까?

포르투갈 사람들의 일본 사랑은 대단하다. 그러고 보니 총포류를 일본에 처음 전해 준 외국인이 포르투갈인이다. 포르투갈과 일본의 역사적 유대는 일본인들이 상상하는 것 이상으로 일상에 스며들어 있다. 서로 통하는 그 뭔가를 느낄 수 있다.

포르투갈을 대표하는 전통 음식이 바칼라우소금에 절여 말린 대구와 정어리, 문어를 비롯한 생선 요리이기 때문일까. 카스테라나 밧테라고등어 초밥, 블랑코그네, 보딴단추, 가보차호박, 갓파소매 없는 비옷, 가루타일본의 전통 카드놀이, 곤페이토별사탕, 곳푸컵, 주반일본 옷 안에 입는 속옷, 조로물뿌리개, 미라, 빵, 핀키리천차만별, 샤본비누, 다바코담배 등 일본인에게 익숙한 외래어 중에는 포르투갈어가 상당히 많다. '아리가토고맙다'라는 말이 어쩌면 '오브리가두obligado, 고맙다'에서 유래했을지 모른다는 설이 있을 정도다. 일본인들은 서양 문화를 포르투갈로부터 배운 게 사실이다. 내가 처음 포르투갈을 방문했을 때, 너무나 고맙고 반가워 눈가에 눈물이 핑 돌 정도였으니까.

오늘 우리는 아침부터 시내를 돌아다녔다. 아파트 호텔급해서 예약하지도 않고 들어가 묵은 숙소. 레지던스 호텔 근처 카페에서 아침 식사를 하고, 거기서 걸어서 바다로 가고, 언덕을 오르고, 구 시가지를 걸었다. 원래 사적지 순례는 싫어하는데도 자신도 모르게 그 많은 곳을 둘러보았다.

우연히 들어간 기념품 가게에서 우리의 대화를 듣고 있던 남자가 별안간 일본어로 "일본인이세요?"라고 물었다. 오랜만에 일본어를 썼다고 말한 그는 '모니'라는 방글라데시인이었다. 그는 도치기현에서 12년 동안 일했다고 했다.

일본인은 세계에서 가장 상냥한 사람들이라고 그는 단언했다. 물론 그렇게 듣기 좋게 꾸며 말하면 경계심을 가지고 대하는 나지만, 그는 그 후 자신이 살았던 12년간을 눈시울을 붉히며 말했다. 왜 일본에서 눌러앉지 않았느냐고 묻자 비자가 나오지 않아 돌아왔다고 한다. 유감이라는 생각이 들었다.

구 시가지를 걷고 있는데 레스토랑 점원이 우리를 불러 세웠다. 우리는 밥을 먹은 뒤였으므로 그곳에 들어가지 않겠다고 설명했는데도 페르난도는 일본을 얼마나 좋아하는지를 일본어로 역설했다. 그게 거짓이 아니라는 생각이 들었다. 열정이 느껴졌기 때문이다.

페르난도뿐이 아니다. 기념품 가게나 레스토랑 점원 등 만나는 사람 모두 일본 팬이었고, 각자 고향을 떠나 외국에서 사는 사람들치고는 자부심이 강한 편이었다.

페르난도는 "일본과 포르투갈이 정신적으로 이어진 것 같다."는 참 인상적인 말을 했다. 우리도 포르투갈과의 연결고리를 다시 한 번 일깨울 필요가 있을지도 모른다. 미국이나 프랑스만 외국은 아니지 않은가. 포르투갈의 수도 리스본은 문화 수준이 높은데다 센스도 맛도 뒤지지 않는다. 친절함과 인간미는 세계 제일이라고 생각한다. 여기서 노후를 보내면 어떨까 생각했을 만큼 이 나라에는 스트레스가 없다. 지금은 겨울이지만 여름이라면 분명 더 활기차게 지낼 수 있을 것이다.

나는 처음 만난 사람과도 금세 친해진다. 아들은 그런 나를 보고 지나치게 무방비 상태라며 웃는다. 그러면서도 이렇게 덧붙인다.

"아빠 참 재미있는 사람이야. 좀 창피할 때도 있지만 그게 바로 아빠의 매력인 것 같아."

하지만 현지인의 삶 속으로 들어가 보는 게 진정한 여행이라고 나는 생각한다.

관광과 여행의 차이는 정해진 코스를 걷느냐, 자신이 길을 스스로 정하느냐의 차이가 아닐까. 여행을 한다면, 닥치는 대로 하는 것이 단연 재미있다. 가이드북에 실린 관광용 레스토랑

보다 현지인들과 섞여 그 고장의 음식을 먹어 보는 것이 좋다.

그게 내가 생각하는 여행이다.

　아들아, 너는 어떻게 생각하니?

여행지에서나
할 수 있는 이야기

12월 어느 날,

여행지에서나 할 수 있는 얘기가 있다. 대화할 기회가 없는 것도 아닌데 왜 집에서는 대화가 잘 되지 않는 걸까.

오늘 포르투갈의 전통 가요인 파두fado를 들을 수 있는 레스토랑으로 저녁을 먹으러 갔다. 숙소에서 알토 지구에 있는 그곳까지는 걸어서 30분 정도가 걸렸다.

그 가게는 변두리 술집 골목에 있었다. 파리라면 바스티유 로케트Roquette 거리처럼 떠들썩한 곳이다. 낯선 땅을 걸어서 처음 들어간 레스토랑에서 먹어 본 적이 없는 현지 요리를 주문했다.

우리는 벽 쪽 테이블 자리에 마주 보고 앉아 주문한 음식이 나오기를 기다리고 있었다. 그런데 아들이 뜻밖의 말을 하기 시작했다.

"아직 만나 본 적 없는 친구가 두 명 있어."

인터넷에서 알게 된 동년배 남자애와 여자애인 듯했다. 한 번도 만나 본 적은 없으나 대화를 하지 않는 날은 없다고 아들이 말했다. 벌써 1, 2년 인터넷상에서 친하게 지내고 있는 애들이란다. 그러니까 누구보다 서로를 잘 알고 서로 힘이 되기도 하는 사이라는 것이다.

아, 맞다. 이 얘기가 나오기 전에 다음 달 열다섯 살 생일 파티는 어떻게 할 것인지 아들과 잠깐 얘기하긴 했다. 아들 생일 파티는 집에서 하기도 하고 카페에서 하기도 했다. 매년 내가 나서서 준비했다.

그런데 내년에는 학교 친구를 부르지 않아도 되지 않느냐는 말을 아들이 꺼냈다. 그들이 다가 아니다, 세상에는 더 많은 친구들이 있다는 이야기를 한 것이다. 같은 반 친구 30명 중에서 초대할 친구를 고르는 건 뭔가 좁다고 느끼는 듯했다. 아들은 좀 더 다양한 사람을 만나 자신의 세계를 넓혀가고 싶다는 등등의 말을 신중하게 단어를 골라가며 했다. 넌지시 그런 의사 표시를 하려는 듯했다. 그 얘기로부터 만난 적이 없는 두 친구 이야기가 시작되었다.

"어떻게 알게 됐어?"

부모로서는 이런저런 신경 쓰이는 게 많다.

"친구의 친구의 친구 같다고나 할까."라고 아들이 말했다.

"어디 살아?"

"파리 교외. 한 애는 파리에서 40분 정도 걸리려나."

남자애는 기타리스트이고 록을 좋아해. 여자애는 페미니스트이고 자기주장이 분명해. 듣는 음악은 랩이고. 아들은 이런 식으로 그 친구들 얘기를 많이 했다. 아주 드문 일이다.

이럴 때 부모가 어떤 입장에서 들어 주는 것이 좋은지 갈피를 잡기가 힘들다. 자식이 소중히 키워 온 세계에 부모가 거침없이 개입하는 건 좋지 않을 것 같아 나는 조용히 듣는 쪽으로 선회했다.

노래와 연주가 흘러나오는 가운데 아들은 소곤소곤 말했다.

"아빠, 어떻게 생각해?"

즉, 아빠의 의견을 구한 것이다.

"일단 만나봤으면 좋겠는데? 가상 친구 말고 얼굴을 한번 보는 게 낫지 않을까?"

이쯤에서 우리 둘은 어디서 어떻게 만나는 것이 좋을지 서로의 의견을 주고받았다. 나는 그 점에 좀 감동했다. 분명 그건 여행지가 아니면 말하기 어려운 이야기이기도 했다. 그런 순간에 아들은 성장하고 있었고, 나름대로 그의 인격이 드러나는 기회이기도 했다.

아빠로서 기뻤던 것은, 그 친구들이 적어도 지금까지 아들이 만나 왔던 애들과는 다른 빛깔을 지닌 친구들이었기 때문이다. 그동안 아들이 학교에서 친하게 지내 온 철부지들과는 달리 그 애들은 강한 의지와 세계관을 갖고 있었다.

아들이 신중하게 그려 보여 주는 두 사람의 성격이 조용히 내 마음속에 형체를 만들어 가다 이윽고 윤곽이 확실히 드러났다. 그러자 소년인 줄 알았던 아들이 이제 어엿한 청년으로 느껴졌다. 음악을 좋아하는 아들은 그들과 음악으로 연결되어 있었다. 아무래도 공통 관심사의 중심에 음악이 있었던 것 같다.

아들은 줄곧 비트박스와 루프 스테이션loop station, 일정한 구간을 반복 재생하는 곡 구성 방식 혹은 그러한 악기을 취미로 즐기고 있었고, 요즘은 음악 소프트웨어를 이용해서 곡 만들기에 열중하고 있다. 그 애들과도 공통된 음악으로 연결되어 있었다. 학교 친구에게서는 찾을 수 없는 새로운 세계가 거기에 펼쳐져 있는 것 같았다.

특히 아들이 여자 친구가 있다고 말한 것도 이번이 처음이었지만, 나는 전부터 어렴풋이 그 애의 존재는 알고 있었다. 그러나 이렇게까지 솔직하게 결정적으로 말해 준 적은 없었다.

우리는 식사가 끝날 때까지 줄곧 '어떻게 만나는 게 좋을까?'에 대해 이야기했다. 그것은 뜻밖에 유익하고 멋진 시간이기도 했다. 너무 나서는 듯한 말을 해서도 안 되지만, 전혀 나서지 않는 것도 좋지 않을 것 같다고 생각했다. 나는 미소를 지으며 아들과 이야기를 계속했다. 약간은 들뜬 마음으로……

돌아오는 길의 경치가 달라 보였다. 2018년 12월의 풍경이 아니라 거기엔 2019년부터 펼쳐질 미래의 빛이 깜박이고 있었다.

나는 아들의 어깨에 손을 두르고 꼭 껴안았다.

"친구란 참 좋은 거야. 가장 큰 재산이니까 소중히 해."라고만 했다.

신기하게도 평소 반항기 있던 아들이 "응" 하고 미소를 지으며 고개를 끄덕였다.

리스본에 오길 잘했다는 생각이 들었다. 이곳에 오지 않았으면 들을 수 없었던 이야기였을지도 모르니까. 적어도 리스본의 알토 지구라서 들을 수 있었던 아들의 친구들 이야기이기도 했다.

우리의 여행은 계속된다.

"사람은 말이야, 괴롭거나 슬프거나 힘든 일이 있을 땐 지글지글 볶아서 마구마구 먹는 게 좋아. 사람은 배부르면 졸리기 마련인데 말이야, 자고 일어나면 안 좋았던 마음이 싹 다 사라지거든."

2019

아들 나이 열여섯 살

Sous le Ciel de Paris

아들 생일에
생각하는 것

1월 어느 날,

드디어 오늘 아들이 열다섯 번째 생일을 맞았다. 열다섯 살을 기념하여 아들의 키와 몸무게를 재봤더니 172센티미터, 70킬로그램이었다.

외모뿐 아니라 내면도 충실해진 듯한 느낌이 든다. 배구부 주장이고, 성적도 그런대로 괜찮고, 원하는 고등학교에 입학도 결정되었다. 물론 아들의 삶이 원하든 원하지 않든 순탄치만은 않았지만 그 나름의 궤도 위를 걷게 되지 않을까. 아빠로서 조금은 안도의 한숨을 쉰다.

물론 앞으로 중학교 졸업 시험브르베, Brevet도 치러야 하고, 고등학생 졸업 시험바칼로레아, Baccalauréat도 봐야 대학 입학으로 이어진다. 무엇이 아들의 인생을 그르치게 할지 모르기 때문에 방심할 수는 없지만, 아들이 선택하는 길을 아빠로서는 힘껏 응원해 주고 싶다. 그러기 위해서는 내가 더 힘을 내야 한다.

그런데 나는 올해 환갑을 맞는다. 내 역할은 얘가 어떻게든 둥지를 틀게 만드는 것. 쉬운 일은 아니지만 적어도 여기까지는 왔다. 그리고 지금이 가장 중요한 시기임에는 틀림없다. 학교와 사회에서 이래야 한다, 저래야 한다는 식으로 요구하는 것도 늘었다. 아들은 더구나 사춘기, 반항기이기도 하다. 일본인 아들이 프랑스에서 성인이 되기 위해 넘어야 할 장벽은 상상을 초월할 만큼 높다. 나 같이 힘없는 속 빈 강정 아빠가 할 수 있을지 자신이 없었다. 친척도 형제도 없는 이곳 파리에서 불안한 일이 훨씬 많았다. 솔직히 말해야겠다. 난 불안하다. 큰 소리로 외치고 싶다. "불안해 죽겠다!"고.

아무리 내가 불안해해도 아들은 열다섯 살이 되었다. 아들은 자신의 인생을 발견했고, 그곳으로 향하고 있다. 내가 할 수 있는 건 오로지 계속 응원하며 가까이 다가가 주는 일일 것이다. 적어도 아들이 대학을 졸업하고 사회인이 될 때까지는……

아들이 어떤 어른이 되기를 원하는지 아직은 모르겠다. 분명히 말할 수 있는 게 있다면, 그것은 아들이 여기 프랑스에서 태어났고 이곳 교육을 받고 여기서 살아간다는 점이다. 그리고 자신의 정체성이 확고하다는 점이다. 대학 입학까지 앞으로 3, 4년, 사회인이 되기까지는 앞으로 7년 정도가 남았다. 어쨌든 앞으로 10년만 더 참고 노력하면 아들은 둥지를 틀 것이다.

10년 후에 나는 일흔 살이 된다. 일흔 살 먹은 나 자신은 상상도 할 수 없지만, 그때까지 열심히 일하면 아들을 다음 세계로 밀어 올릴 수 있을 것이다. 어떻게든 밀어 올리고 나면 아빠로서 한 가지 역할은 다 끝난다. 그러기 위해서는 적어도 그때까지는 살아야 한다. 나는 올해 초에 굳게 다짐을 했다. 일흔 살이 될 때까지는 이곳 프랑스에서 살겠노라고.

적어도 프랑스에서 살기로 결정한 것은 아들이 아닌 운명의 힘이다. 그 운명에 적지 않게 가담한 것이 나 자신이다. 나에게는 책임이 있다. 앞으로 10년, 뭘 하든 여기 프랑스에서 살아야 한다.

프랑스에도 많은 문제가 있다. 테러가 일어나는가 하면 노란 조끼 운동Mouvement des Gilets Jaunes, 2018년 11월 마크롱 프랑스 대통령의 유류세 인상 발표에 반대하면서 시작되어 반정부 시위로 확산된 시위를 말한다.도 한다. 하지만 대체로 좋은 나라라고 생각한다. 말로 하기는 정말 쉬운 법이다.

오늘의 아들이 있기까지는 아무런 관계도 없는 프랑스 사람들의 도움이 컸다. 이 말만은 분명히 해야 한다. 노란 조끼 운동이라든가 테러 대응이라든가 갖가지 문제가 있기는 하지만 그래도 나는 프랑스를 지지한다. 그것은 노란 조끼를 입고 있는 노동자도, 프랑스 정부의 관리도, 경찰관 한 사람 한 사람경

찰관이야말로 복잡한 입장일 것이다. 그들도 노란 조끼를 입고 있다도 모두 프랑스다운 감정으로 움직이고 있기 때문이다.

유류세를 인상하겠다는 발표 하나에 다른 어느 나라에서 이 정도 규모의 시위가 일어나겠는가? 불안한 미래를 눈앞에 두고 일어서는 시민들을 누가 비판할 수 있겠는가?

나는 일본과 프랑스 사이에서 살고 있다. 두 나라의 좋은 점과 나쁜 점이 뭔지 알고 있다. 일본을 사랑하는 마음도 다른 사람 못지않기 때문에 단순하게 일본을 비판하는 사람과는 싸운다. 하지만 프랑스의 좋은 점도 알고 있다. 노란 조끼 운동의 폭력성은 용납할 수 없지만, 혁명으로 탄생한 나라 프랑스다운 행동인지도 모른다. 비난하는 쪽이든 응원하는 쪽이든 지금은 서로를 책망한다. 나는 어떻게 해야 할지, 이 세상이 안고 있는 문제에 대한 정답 따위는 없다. 에너지, 유럽연합EU, 민족 문제부터 테러까지 모든 것이 하나의 결론으로 해결될 수 있을 것 같지는 않다.

하지만 지금의 나에게 중요한 것은, 앞으로 적어도 10년은 필사적으로 살아야 한다는 것이다. 다시 말해 살기로 마음먹었다. 지금까지는 자신을 위해 살았지만, 이제부터는 자신만을 위해서 살 수는 없다.

열다섯 살을 맞은 아들 생일날, 일본과 프랑스 사이에서 내가 생각한 것이다.

어머니가 자신의 인생을 통해
내게 가르쳐 준 것

3월 어느 날,

우리가 사는 건물에는 아이들이 많이 산다. 어느 날 방의 환기를 시키려고 문을 아주 살짝 열어 두었는데 위층에 사는 아슈빌이라는 4살짜리 아이가 내 방까지 들어왔다.

그때 난 문을 열어 둔 것조차 잊고 노래를 부르고 있었다. 문 너머로 얼굴을 내밀고 들여다보고 있는 어린아이를 보고 나는 깜짝 놀랐다. 그 아이도 마찬가지로 내가 치는 기타 소리에 감동한 듯 눈을 동그랗게 뜨고 있었다.

그 아이는 엄마가 계단에서 자신의 이름을 부르자 "여기 있어요."라고 알려 주었다.

"죄송해요, 아이가 아무 생각 없이 들어갔나 봐요."라며 아이 엄마가 사과했다.

"근데 저도 노랫소리가 나면 바닥에 귀를 대고 듣고 있는 일이 많아요."

"그런가요? 저는 괜찮아요. 아슈빌 같은 아이가 좋아하니까 정말 기쁘군요."라고 말했다.

그날부터 그 아이는 우리 집 앞을 지날 때마다 큰 소리로 "무슈 자포네일본 아저씨."를 외친다. 마음 써줘서 고마워! 기쁘지만 부끄러운 순간이기도 하다. 마키즈시김초밥를 다 못 먹을 것 같아 아슈빌 집에 나눠 줬더니 다음날 일을 하고 있는데 "무슈, 자포네, 초밥 고마워요."라고 귀여운 목소리가 들려왔다.

문을 열자 아슈빌이 문 앞에 서 있었다.

작은 목소리로 "무슈, 초밥 맛있었어요. 노래도 잘하고 멋져요. 다음에 기타 좀 가르쳐 주세요."라고 말했다.

나는 고개를 끄덕이며 "좋아, 초밥 만드는 법도 가르쳐 줄게."라고 말하자, 그 아이는 기쁜 듯이 웃었다.

오늘 친하게 지내는 여자 친구가 일곱 살짜리 아들 벤자민을 데리고 왔다.

내가 마중 나가자 벤자민은 문 앞에서 갑자기 뻣뻣하게 굳어 움직이지 않았다. '초면이라 그런가 보다.' 했는데, 친구가 "아니야, 벤자민은 너의 유튜브를 매일 밤 시청하고 나서 잠을 자거든."이라고 말했다.

벤자민은 혼혈이라서 일본어를 조금은 알아듣는다.

장난 삼아 "다 됐어요!"라고 하며 익살을 부려 보았다.

그러자 갑자기 함박웃음을 지으며 '꺄아아아아악' 하고 환호하는 소리를 질렀다.

"진짜다, 엄마!"

"다 됐어요!"라는 말은 유튜브에서 내가 늘 쓰는 상투어다.

오븐 뚜껑을 닫을 때는 "닫았어요!"라고 제스처를 취해 준다.

아무도 없는 주방에서 카메라를 향해 이렇게 하는 나의 정신 상태가 약간 걱정이지만, 아이들이 그런 장난기를 좋아한다는 걸 알고 가장 기뻐한 건 다름 아닌 나였다.

아무래도 그 프로그램은 아이들에게 인기가 있는 것 같다.

어떤 점이 아이들의 마음을 사로잡는 건지 모르겠다.

나는 진지하게 요리를 할 뿐이지만, 때로는 재미있어서 바보짓을 하기도 한다. 그도 그럴 것이 사람도 없는, 쥐 죽은 듯 고요한 집인에서 나 혼자 진지하게 요리하는 건 재미없어서다.

카메라 너머에 누군가가 있다고 생각하고 요리를 해야 힘들지 않다.

그러고 보니 이런 식의 장난은 원래 어린 아들에게 하던 행동이었다.

침울해하는 아들의 기분을 좋게 해주고 싶어서 나는 종종 주방에서 광대 노릇을 했다. 그 버릇이 남아 있다가 그 유튜브에서 꽃피운(?) 셈이다.

식탁을 탁구대로 만들고는 아들과 벤자민이 형제처럼 탁구를 치기 시작했다. 나는 벤자민이 서브를 넣을 때마다 "결정됐어요!"라고 외쳐 그 아이를 웃겼다. 아들에게도 벤자민 같은 어린 시절이 있었다.

세월은 눈 깜짝할 사이에 지나간다, 시위를 떠난 화살처럼.

내가 요리를 좋아하는 건 순전히 어머니의 영향이 크다.

어머니는 아침부터 저녁까지 주방에 서서 가족을 위해 밥을 했다. 그 뒷모습은 리드미컬하고 매우 유쾌했다. 만두를 빚을 때는 마치 춤을 추는 것 같았다실제로 어머니는 사교춤의 명인이기도 했다. 그 등을 보고 자랐기 때문에 나는 요리를 좋아하게 되었을지도 모른다.

어머니의 맛있는 음식이 나를 키웠다고 해도 과언이 아니다.

어느 날 어머니는 슬그머니 바라보던 나마치 아슈빌처럼를 불쑥 돌아보았다. 난 깜짝 놀랐다. 어머니는 내가 보고 있다는 걸 알고 있었던 것이다. 그러고는 이렇게 말했다.

"사람은 말이야, 괴롭거나 슬프거나 힘든 일이 있을 땐 지글지글 볶아서 마구마구 먹는 게 좋아. 사람은 배부르면 졸리기 마련인데 말이야, 자고 일어나면 안 좋았던 마음이 싹 다 사라지거든."

그 말은 내 인생의 교훈이 되었다.

그런데 어느 날 어머니는 나를 돌아보며 이런 말도 했다.

"어쩌면 엄마는 아빠와 이혼할지도 몰라. 근데 무슨 일이 있어도 엄마는 너희 곁에 있을 거야."

그로부터 반세기가 지났다. 하지만 아버지와 어머니는 이혼하지 않았다.

그때 어머니는 왜 나에게만 괴로운 마음을 털어놓으셨을까.

그건 알 수 없지만, 나는 가족을 위해 요리하는 게 얼마나 중요한지를 어머니한테서 배웠다.

하카타에 가면 어머니는 아직도 나를 위해 요리를 해 주신다. 이제 여든세 살이나 되셨지만 여전히 맛있게 음식을 만들어 주신다.

나는 그 감동을 '2G 채널'(?)로 아이들에게 알려주고 싶다.

그날의 나와 그날의 아들, 그리고 아슈빌과 벤자민을 좀 웃게 만들고 싶은 것인지도 모른다.

"산다는 건 먹는 거야."

"먹고 건강해져서 그저 멋진 어른이 되는 거야."라고……

내가
블랙진을 입는 이유

3월 어느 날,

청바지가 찢어지는 바람에 "입을 게 없다."는 아들의 말을 듣고 둘이서 청바지를 사러 보그르넬Beaugrenelle, 파리 최대 쇼핑몰로 나갔다.

얼마 전 리스본에서 산 청바지는 어쨌냐고 물었더니 그것도 찢어져 더 이상 입을 수 없다고 말한다. 아들 나이 때는 엄청난 기세로 성장하기 때문에 금방 입을 수 없게 되는 모양이다. 이제 제대로 된 청바지를 사야겠다고 생각해서 리바이스로 데려갔다.

젊은 점원이 아들에게 어울릴 만한 청바지를 골라 주었고, 우리 두 사람이 의논해서 결정한 게 512라 불리는 슬림 블랙진이었다. 나는 그 청바지를 움켜쥐고 찬찬히 살펴보았다. 점원이름은 케빈이었는데 팔에 문신이 있었지만 친절한 청년이었다. 그와 나의 예전 모습이 오버랩되었다. 그로부터 40년이라는 세월이 흘렀다. 그리운 광경이 기억 속에서 강렬한 빛을 냈다.

"아빠도 예전에 이걸 판매했는데."라고 아들에게 말했더니

"에헤, 언제쯤?" 하고 물었다.

"대학 다닐 때. 신주쿠 선파크라는 청바지 가게에서 블랙진 코너를 담당했었어."

"일한 거야?"

"응, 알바. 같은 또래들이 있었는데 '알바 친구'라고 했거든. 일이 끝나면 다 같이 비틀즈 노래를 부르며 집으로 돌아가곤 했지."

그 당시 열여덟 살이었던 나는 그때까지도 하고 싶은 게 뭔지 몰랐다. 뮤지션이 되고 싶기도 하고, 영화를 찍고 싶기도 하고, 소설을 쓰고 싶기도 했지만, 어느 것 하나 제대로 하는 게 없었다. 악기도 잘 못 다루었고, 영화는 찍어 본 적이 없었고, 소설은 완성작이 하나도 없었다. 하지만 뭔가를 시작하고 싶다며 늘 설레는 마음을 품고 있었다.

블랙진 코너는 매장 안쪽 깊숙한 곳에 있었으나 입어 보는 사람이 별로 없어 한가했다. 위층 계산대 옆에 수선 코너가 있었는데, 그곳에 밑단을 올려 주는 하루키라는 친구가 있었다. 하루키는 베이스맨이었는데, 쾌활하고 성실하고 친절한 녀석이었다. 그는 당시 패션 디자이너가 되기 위해 전문학교에 다니고 있었나. 나는 하루키한테 밑단 접는 법을 배웠다.

"아빠 밑단 접기의 명인이었어."라고 아들에게 자랑했다.

"어떻게 배웠어?"

"밑단 접기는 고객이 신발을 벗고 거울 앞에 서면 바닥에 닿을락 말락 하게 접어서 핀으로 고정하면 돼. 발등 쪽이 접혀 있어도 신경 쓸 건 없어. 중요한 건 발꿈치 쪽이니까. 한쪽이면 돼. 나머지는 이쪽에서 맞출 테니까."

"왜 바닥이 닿을락 말락 해야 되는 거야? 너무 길잖아."

"세탁하면 줄어들거든. 청바지에 따라 다르긴 해도 2, 3센티미터는 줄어들어. 사실 한번 빨고 나서 길이를 줄이는 게 좋은데 그렇게 할 수는 없으니까 줄어드는 걸 계산해서 길게 접어야 하는 거야. 늘 똑같은 부츠를 신는 고객이라면 더 길게 해야 하고."

잘생긴 점원에게는 단골손님도 따라붙게 마련이지만, 잘생기지 못한 내게는 아무도 다가오지 않았다. 블랙진 매장이라 더더욱 그랬다. 당시 청바지 하면 블루였다.

어느 날 그곳에 스네어 드럼snare drum을 안고서, 로큰롤을 하는 듯한 청년이 찾아왔다. "무슨 계열의 록?"이냐고 물었더니 "메탈."이라고 했다. 마침 드러머를 찾고 있었기 때문에 한가하기도 해서 나의 야망에 대해 말했다. 어쨌든 설득력만큼은 남달랐고, 분명 지금보다 더 무모하고 당돌했기 때문에 '드럼 청년'은 눈을 반짝이며 내 이야기에 귀를 기울였다. 아무도 없는 블랙진 매장에서 나는 로큰롤에 대해 역설했다.

"매디슨 스퀘어 가든에서 라이브 공연을 할 수 있는 밴드를 만들고 싶어."

꿈만은 세계 제일이었다. 그 드러머의 이름은 츠토무였다. 나는 하루키랑 츠토무랑 셋이서 쿼크QUARK라는 밴드를 결성했다. 그게 에코즈ECHOES의 전신에 해당하는 3인조 록 밴드였다.

케빈이 "2, 3일 맡겨준다면 밑단을 수선해 드리겠습니다."라고 말하자 나는 돌아서서 "신주쿠 선파크는 15분이면 되는데." 하고 의미를 알 수 없는 자랑을 했다.

"15분?"이라고 아들이 대꾸했다. 아들이 내 팔을 잡아끌며,

"아니, 아무것도 아니에요."라고 웃어넘겼다.

"그런 시절이 있었어, 40년 전 신주쿠에서."

나는 내게 들려주듯 중얼거렸다. 우리는 신주쿠의 루이드라는 곳에서 첫 라이브 공연을 했으나 엉망이 되고 말았다.

하지만 그게 내 꿈의 첫걸음이었다.

아빠는
세계관이 부족해

4월 어느 날,

기운을 내기에 가장 좋은 것은 조깅이라는 생각이 들어서기력이 없을 때는 단단히 마음먹는 게 중요 기분 좋은 날을 골라 달리기 시작했다. 이것이 모든 것의 시작이었다. 정체되어 있던 기력이 흐르기 시작하고 상쾌함과 성취감을 불러올 뿐만 아니라 달리기가 끝난 뒤의 뿌듯함도 최고였다. 그래서 아침뿐만 아니라 저녁에도 달리게 되었다.

오늘 저녁에 집을 나와 달리는데 사거리에 신호 대기 중인 낯익은(?) 남자가 있어 가까이 가봤더니 아들이었다. "야!"

손을 흔들며 달려갔는데 아들이 좀 어색한 듯 눈을 돌렸다. 황급히 내 모습을 보니, 마스크를 끼고 후드를 뒤집어 쓴 후줄근한 운동복 차림이었다. 아들은 창피하다는 듯 "소리 그만 질러."라고 말했다. 아빠는 껄껄 웃으며 대수롭지 않은 일로 고민하는 아들의 어깨를 두드리며 "청년이여, 야망을 가져라!"라는 말을 던졌다. 영문을 모르겠다고 중얼거리는 아들의 등 뒤에 "간식은 주방에 있어. 공부만 하지 말로 가끔은 밖에서 어두워질 때까지 놀다 와!"라고 외쳤다. 쓸데없는 소릴 한 건 아닌지 모르겠다.

샤워하고 있는데 아들이 "친구 생일이라서 선물을 사러 가야 하는데 용돈 좀 줄 수 있어?"라고 했다. 샤워를 마치고 30유로를 아들에게 툭 건넸다. "프랑스는 물가가 비싸서 30유로로는 아무것도 살 수 없어. 슈퍼마켓에 가는 김에 보그르넬까지 데려다 줄까?" 했더니 아들이 고맙다며 순순히 응했다.

저녁 식사 전에 둘이서 쇼핑하러 나갔다. 토요일, 아들은 여자 친구 생일 파티에 초대를 받았다. 초대받은 사람은 아들 단한 사람이었다. 여자 친구의 생일 선물을 사는 것, 즉 고르는 것은 인생의 좋은 공부가 되는 거라서 아들이 혼자 찾게 하고 나는 커피숍 카운터에서 시간을 보냈다.

CD조차도 15~20유로나 한다. 노트 같은 문구류도 프랑스는 놀랄 만큼 비싸고, 30유로로는 옷 같은 건 어림도 없다. "좀 가혹했나?" 하는 생각을 했다. 그래도 좋은 공부가 되기 때문에 1시간은 내버려 두었다. 아들에게는 용돈을 주지 않는다. 필요한 것이 있으면 나와 상의를 해야 한다. 내가 납득이 되면 사라고 하

는 식이었다. 열여섯 살부터는 신용카드를 주고 연간 예산을
짠 다음 그 금액 내에서 쓰게 할 예정이지만 열다섯 살까지는
어린애 취급을 할 작정이다.

1시간을 기다려도 아들은 나오지 않았다. 30유로로 살 수 있
는 게 없다는 걸 지금쯤 깨달았을 거라고 생각했다. 그래서 나
는 리바이스에 가서 점원 케빈을 붙잡고 곧 여기에 아들이 올
테니 그때까지 그의 여자 친구가 좋아할 만한 옷을 몇 가지 골
라 달라고 부탁했다.

"예산은요?"

"30."

"그럼 이것밖에 없는데요."

제일 싸고 깔끔한 셔츠가 30유로였다. 그때 마침 그곳에 아
들이 들어왔다. 나와 케빈이 그 셔츠를 추천했더니, 아들이 좋
다고 했다.

"아빠, 어떻게 알았어?"

"아빠가 지금까지 산 세월이 어디니?"라고 말해 줬다. 케빈
이 셔츠를 선물용으로 포장해 주었다. 케빈은 여전히 좋은 녀
석이다.

이미 저녁 시간이었으므로 모처럼 멀리 나온 김에 시설 내
레스토랑에서 아들과 마주 앉았다. 여자 친구와 학교, 친구, 장
래의 일, 취미인 음악에 대해서 우리는 평소보다 더 많은 이야

기를 나누었다. 그러자 아들이 갑자기 내가 하는 일을 비판하기 시작했다. "아빠, 음악이란 말이야……." 이런 식으로 말하는 건 슬슬 비판을 시작할 때다.

"뭔가 유니버스universe, 창작물 속의 가상 세계. 세계관가 좀 부족한 것 같아. 아빠만 할 수 있는 독특한 세계관을 만들어 내는 것이 좋은데 말이야. 일본 음악은 전부 다 똑같이 들려. 록도 가요도 팝도 랩도 경계가 없다고 할까. TV의 영향이 너무 커서 그런지 똑같이 깔끔하게 끝나. 그런 가운데서 아빠가 마냥 자만해서는 안 될 것 같아. 아직 젊고 기회도 있으니까 모험을 했으면 좋겠어. 애써 파리에 살면서 뭐 하는 거야?"

순간 화가 났지만, 동시에 그 말이 옳다는 생각도 들었기 때문에 "알았어."라고 대답하고는 "그런 말만 하지 말고 너도 세계관을 바꿔 보지 그래."라고 툭 던졌다.

"남이 하지 않는 걸 만드는 게 흉내 내는 것보다 즐겁다는 건 나도 알아."라고 아들이 말했다.

나는 '이 녀석이 누굴 닮았을까?' 생각하며 웃기 시작했다.

그러자 아들이 "나, 아빠 닮았나 봐."라고 중얼거렸다.

아이고 맙소사. 그래도 나는 '유니버스'라는 단어를 좋아한다. '우주'라는 뜻에서 출발해 '각종 창작물에서 이야기의 무대가 되는 가상의 세계나 그 세계관'으로 의미가 확장된 '유니버스'를 생각하면 기분이 한결 좋아지기 때문이다.

내가 아들을 남겨 두고
여행을 떠날 때

4월 어느 날,

아들은 여자 친구 집에 초대를 받았다. 여자 친구의 부모님은
체육관에 데려가 주기도 하고, 정원에서 바비큐 생일 파티여자
친구의 생일이다!도 해주었다. 초대받은 사람은 아들 혼자였지만 여
자 친구의 아빠와 엄마, 언니가 가족이나 다름없이 대해 준 것
이 무엇보다 기뻤는지, "아빠, 오늘이 내 생에 가장 즐거운 날
이었어."라고 문자를 보내 왔다.

대체로 아들은 사람들로부터 사랑받고 있다고 생각한다. 프
랑스 사람들 속에 사는 일본인이지만 노골적인 차별을 받는 일
없이 무럭무럭 성장하고 있다. 내 손을 떠나 요즘은 이런저런
가족과도 잘 지낸다. 오늘부터 내가 10일 정도 일본에 가게 되
어, 파리에 있는 아들 친구의 가족이 아들을 3일씩 교대로 맡아

주기로 했다. 전에는 내가 먼저 "아들 좀 맡겨도 될까요?"라고 부탁했으나 요즘은 아들 스스로 묵을 집을 알아보고 다닌다. 그만큼 아들은 주변 사람들에게 인기가 있다고 할 수도 있다.

공항 로비에서 나는 내일부터 아들이 함께 지낼 가족의 엄마, 아빠에게 전화하고 문자를 보냈다.

"봉주르Bonjour, 안녕하세요, 산드린느."

"살뤼Salut, 안녕하세요, 츠지"

"지금 공항에 도착했어요. 곧 탑승하는데, 내일부터 아들을 잘 부탁해요. 모의고사도 끝난 지 얼마 안 됐고 특별한 이벤트도 없지만, 무슨 일이 생기면 연락해 주세요."

맨 처음 전화를 한 사람은 아들의 반 친구 엄마. 실은 싱글 맘이 된 지 얼마 안 된 사람이다.

"이혼한 지 얼마 안 돼서 힘들 텐데 미안해요. 아들이 당신 집에서 지내고 싶다고 해서 별 수 없었어요."

부부가 이혼한 지는 얼마 안 됐지만, 아들의 친구 아빠크리스토프가 같은 건물 안에 살고 있어, 나는 크리스토프와도 친하게 지낸다. 그는 신문기자지만 예전에는 베이시스트였다.

"걱정 마세요. 내일은 크리스토프도 밤에 와서 넷이서 밥을 먹기로 했어요. 실은 3일째 날 밤에 저녁 모임이 있어서, 애들은 크리스토프 집에서 보낼 거예요."

"그렇군요. 그럼 크리스토프한테도 연락해야겠네요. 아무튼 남자 셋도 재밌을 것 같아요."

"저기, 셋이 아니라 다섯 명이에요."

크리스토프는 재혼할 건지 이미 새로운 여자 친구와 살고 있는데, 그에게는 의붓아들이 있다는 얘기가 들린다. 아들은 이미 그 애와도 안면이 있는 것 같다. 이혼 대국 프랑스답게 싱글 맘과 싱글 파파가 재혼 상대 자녀와 함께 가족을 꾸리는 경우가 많다. 이런 가족을 '복합 가족'이라고 부른다.

"어쨌든 걱정하지 마세요. 늘 그렇게 했잖아요."

"알겠어요. 그럼 갔다 올게요. 뭔가 일본 물건 중에 갖고 싶은 것이 있으면 사갈 테니 언제든지 문자하세요."

"갖고 싶은 게 있어요. 전에 사다 준 붉은 명태알."

"아, 명란젓! 오케이, 어렵지 않은 일이에요."

"아비앙또A bientôt, 또 봐요, 츠지"

"차오ciao, 안녕히 계세요, 산드린느"

나는 전화를 끊고 게이트로 향했다. 대체 지금까지 일본과 프랑스를 몇 번 왕복했을까. 해마다 4, 5번은 일본에 가는데, 그 같은 일을 17년간이나 계속해 왔다. 게이트에서 일하는 사람과도 낯이 익어 말을 거는 사이가 되었다.

벚꽃 피는 시기에 맞출 수 있었으면 좋겠다고 생각하면서 나는 여권을 꺼냈다.

승부와
우정 사이

6월 어느 날,
아들이 휴대전화를 움켜쥐고 친구 누군가와 빠른 말로 옥신각
신하고 있었다.

전화를 끊은 아들에게 무슨 일이냐고 물었다.

"오늘 배구 경기가 있는데, 지금 스테판한테 전화가 왔어."

"무슨 일 있었어?"

"에릭이 경기에 안 나가겠다고 해."

"왜?"

"애인과 있고 싶대."

프랑스인답다고 생각하며 나는 웃음을 터트리고 말았다.

"좋잖아, 애인과 함께 있고 싶은 마음도 중요하니까."

"하지만 오늘은 결승전이란 말이야."

이번에는 마시려던 커피를 그만 뿜어버렸다.

"어? 파리 대회 결승전?"

"그래. 그런데 안 온대. 걔가 없으면 진단 말이야. 걔가 제일 기술이 뛰어나거든."

"그건 안 되지. 에릭한테 전화했니?"

"내가 왜?"

"친구고, 이기고 싶잖아?"

"지금 난 주장이 아니니까 그건 스테판의 일이야. 내 일이 아니란 말이야."

이게 바로 프랑스인다운 말투다. 'C'est pas ma faute!'라고 말하는데, '그건 내 탓이 아니야.'라고 말할 때 쓰는 상투어다. 이 말을 들으면 나는 정말 화가 난다. 하지만 편리할 때도 있다. 요즘은 나도 영화 스태프가 귀찮은 일을 시키면 이 말을 해 준다. 히죽.

"그래도 그 이전에 넌 친구잖아. 중학교 마지막 중요한 경기일 테고. 애인을 데리고 오라 하면 될 것 같은데?"

"그건 걔 문제라니까. 난 몰라."

"하지만 졸업하면 이제 중학부 경기에는 못 나가. 나중에 아쉬워해도 때는 이미 늦는다고. 스테판에게만 맡기지 말고 너도 에릭에게 전화해 봐."

"이젠 너무 늦었어."

나는 어깨를 움츠리고 나서 웃었다.

"야, 그래도 넌 괜찮냐? 지난해에는 우승했는데 말이야. 이달 말이면 졸업이잖아."

"하지만 어쩔 수 없어."

"그동안 같이 땀도 많이 흘렸는데 결승전에 나가지 않을 수가 있나? 지금까지 3년간 고생한 건 어떡하고."

"그건 내 탓이 아니란 말이야."

아들은 밖으로 나갔다. 그로부터 반나절이 지나 저녁 무렵 돌아온 아들이 주머니에서 메달을 꺼내 테이블 위에 놓았다. 은메달이었다. 아들은 나의 작업실 창가 의자에 앉아 좀 아쉬운 표정을 지었다.

"잘됐잖아. 은메달. 에릭은?"

"왔어. 근데 우승은 못 했고. 에릭은 금메달 못 따 속상한지 울었어. 코트 한가운데서! 우리는 아무도 울지 않고, 아무렇지도 않은 척했는데 말이야."

"은메달, 대박 아니냐?"

나는 기뻐서 아들의 어깨를 두드렸다.

"온 것과 안 온 것은 의미가 전혀 다르지. 좋은 결과라고 생각해. 우정이 이긴 거잖아."

"우정이 이겼다고?"

"응, 그 은, 의미가 있잖아. 다음 기회가 있다는 거지. 아빠가 너희에게 금메달을 줄게."

"무슨 금메달?"

"우정의 금메달!"

아들이 코웃음을 쳤다.

나는 속으로 웃었다. 좋은 추억이 되었다. 중학교 마지막 경기에서 모두가 힘을 합쳐 은메달을 땄으니 전혀 나쁘지 않다고 나는 생각했다.

아들을 배웅하는
아빠의 심정

6월 어느 날,
중학교 마지막 수업이 있는 날이다. 나와 아들은 초등학교 5학
년 때부터 오늘까지프랑스 중학교는 4년제 단둘이서 살았다. 아들은
결코 우는 모습을 보이지 않았다. 그래도 어렸던 그 애를 어떻
게든 격려해야겠다는 생각에 당시 나는 안간힘을 썼다. 중학교
에 들어가면서 운 좋게도 아들에게 반 친구가 생겼다. 많은 친
구는 아들의 재산이 되었다. 그리고 아들은 미소를 되찾았다.

아들의 키는 내 가슴 높이 정도밖에 되지 않았지만 중학교에
들어가 배구부에 들어가면서 키가 쑥쑥 자랐다. 배구 같은 건
해본 적이 없는데도 나는 방과 후 코치를 맡아 날마다 저녁 식
사 전에 동네 공원에서 배구 특훈을 했다. 파리 대회에서 매년
입상을 하게 되었는데, 아들보다도 내가 더 기뻤고 자랑스럽

게 생각했다. 그것은 의심할 여지가 없는 일이었다. 낙제할 뻔했던 아들은 올해 반에서 1등을 했다. 좋은 성적이 나오자 본인보다 내가 더 좋아했다. 내가 '아들 바보'라는 것은 알지만, 그래도 기뻐서 어쩔 줄 몰랐다.

그리고 그 중학교 생활도 오늘로 마지막을 맞았다. 아들이 마지막으로 중학교에 가는 날인 것이다. 나는 여느 때와 마찬가지로 아침 식사를 아들 방에 갖다 주었다. 오늘 아침 식사로 나는 살라미 베이글과 바나나, 우유를 준비했다. 아들은 언제나 7시 40분에 집을 나선다. 8시부터 수업이 시작되기 때문이다. 집에서 학교까지는 걸어서 딱 20분 걸렸다.

"뭐, 웬일이야?"

"아니 그냥. 일이 좀 있어서."

"이렇게 빨리?"

"아, 자동차 창문 상태가 안 좋아서 정비소에 가보려고."

"아침 8시인데?"

"빠른 게 낫지. 중간까지 같이 가자. 가끔은 좋잖아."

나와 아들은 계단을 같이 내려갔다. 물론 이 4년 동안 둘이 함께 아침에 집을 나선 건 처음 있는 일이기도 했다. 집이 작업장이기도 해서 나는 점심때까지 밖에 나가지 않는다. 하지만 이날은 아침 식사를 갖다 준 뒤 곧바로 옷을 갈아입고 아들이 나오기를 기다렸다.

아들이 마지막으로 초등학교에 등교했던 그날의 일이 떠올랐다. 프랑스는 초등학교 때까지 부모가 함께 등하교를 해야 한다. 유괴가 많아 의무화되어 있는 것이다. 아들은 중학교 때부터 혼자 등교를 하게 되었다. 중학교 마지막 아침, 왠지 나는 아들과 함께 집을 나서고 싶었다. 단지, 그것뿐이다. 함께 계단을 내려와 큰길로 향했다.

"어땠어, 중학 생활?"

"좋았어."

"넌 늘 '좋았어.'라고만 하더라."

"그냥 좋았으니까 달리 할 말이 없잖아."

나는 어깨를 으쓱했다. 아들도 어깨를 으쓱했다. 아무 말 없이 7, 8분 정도를 걸었다.

"차 저쪽 아니야?"

교차로에서 아들이 말했다. '아, 그렇구나.' 하고 나는 얼버무리듯 고개를 끄덕였다. 교장 선생님과 그동안 아들을 맡았던 담임 선생님들 얼굴이 차례로 떠올랐다.

"다음 주 중학교 졸업 시험 괜찮겠지? 거기서 실수하면 또 중학생이다."

"괜찮아. 나, 공부 나름 열심히 하고 있거든."

"아, 그럼 마지막 수업 열심히 해."

"아빠, 오늘도 평소와 다를 것 없는 날이야."

아들이 그렇게 내뱉었다. 나는 멈춰 섰다가 이내 발길을 돌렸다.

  그 순간 '앞으로 몇 년이나 이 애를 지켜봐 줄 수 있을까?' 하는 생각이 들었다. 나는 갑자기 멈춰 서서 뒤돌아보았다. 아들이 50미터쯤 앞의 큰길 횡단보도를 천천히 건너고 있었다. '많이 컸구나.' 하는 생각이 들었다.

  그 모습을 남겨 두기 위해 나는 얼른 핸드폰을 꺼내 아들의 뒷모습을 찍었다.

마지막
수업

8월 어느 날,

과외 선생님 사치 씨는 아들의 베이비시터로 우리와 인연을 맺었다. 그러다 아들이 초등학교에 들어가면서 일본어를 가르쳐 주는 선생님이 되었다. 원래 사치 씨는 일본계 기업에서 비서로 근무했으나 퇴사한 후에 어학 실력을 살려 프랑스에 거주하는 일본인 가정의 자녀들에게 일본어를 지도해 왔다. 그녀는 영화 등에 많이 나오는 나이 든 과외 선생님 그 자체로, 안정감 있는 부인이었다.

사치 씨가 어떻게 사는지는 잘 모르지만, 아마도 수많은 일본인 아이들의 성장을 지켜봤을 것이다. 그녀가 사용하는 일본어 교재에는 정말 오랜 세월 애들을 가르친 흔적이 여기저기에 남아 있었다. 얼마나 많이 책을 들춰 봤는지 밑줄 그은 선과 글자가 긁혀 있었고, 네 귀퉁이는 다 닳아 너덜너덜해진 상태였다.

혼자 사는 사치 씨가 이번에 나이도 있어 일본으로 귀국한
다고 했다. 그리고 오늘은 그 마지막 수업을 하는 날이었다.

지금도 생생하게 기억난다. 갑작스럽게 이혼하면서 세 식구
에서 둘만 남게 되었을 때, 넓은 집 안에서 나와 아들은 고개
를 떨구고 어깨를 축 늘어뜨린 채 하루하루를 보냈다. 그때마
다 사치 씨가 찾아와 "제가 할 수 있는 일은 뭐든 할 테니까 츠
지 씨는 좀 쉬세요. 그리고 하루빨리 훌훌 털고 일어나세요."
라고 말해 주었다.

주위 사람들이 우리 곁을 떠나고 행복과 거리가 먼 어두운
생활 속에 있었을 때, 사치 씨가 다가와 준 것이다. 나는 한심
하게도 어찌할 바를 몰라 앞으로의 일을 생각할 여유조차 없
었다. 그때 마침 사치 씨가 아들의 놀이 상대가 되어 주기도 하
고, 일본어를 가르쳐 주기도 하고, 가족 역할까지 해주어서 정
말 든든했다.

아들은 내가 수학과 일본어를 가르치려 할 때마다 손사래를
치며 황급히 달아났지만, 사치 씨의 수업만은 성실하게 들었
다. 이렇게 말하면 실례일지 모르지만, 아들에게는 사치 씨가
할머니 같은 존재였을지도 모른다. 사치 씨의 일본어는 어딘가
정겹고 고풍스러우며, 매우 상냥하고 품위가 있었다.

그 어투를 배운 아들은 프랑스 태생이라 일본어를 결코 잘한

다고는 할 수 없지만, 존댓말은 일본에서 태어난 애들 못지않게 구사한다. 지난 십여 년간 사치 씨가 할머니처럼 아들에게 다가가 가르쳐 준 덕분이다. 피를 나눈 사이도 아닌데 고통받는 사람들을 모른 척하지 않고 다가가는, 이게 바로 일본인의 정이라고 생각한다.

사실 아들이 가장 싫어하는 게 '이별'이다. 아들은 가까운 사람과 헤어지는 걸 끔찍하게 싫어한다. 그래선지 아들은 '바이바이'라는 말을 쓰지 않는다. 헤어질 때면 아들은 '또 만나요À bientôt'라고 인사한다. 〈굿바이〉는 다자이 오사무일본의 소설가. 인간 내면의 극단적 파멸을 다룬 자전적 소설 《인간 실격》으로 논란과 열풍을 불러일으킨 채 자살했다.의 미완성 유작 소설이지만, 'À bientôt또 만나요'는 실로 프랑스인다운 이별 방식이기도 하다. 'À bientôt'를 '아비엥토'라고 발음하는데, 나는 이 '아비엥토'라는 말을 무척 좋아한다. 보통 영원한 이별을 할 때는 '아듀Adieu'를, 잠깐 헤어질 때는 '오르부아Au revoir'라고 하는데, 젊은 친구들은 '살뤼Salut'라고 소리를 지른다. 일본어로 하면 '자네'잘 가', '또 만나', '그럼, 또 보자'는 뜻으로 헤어질 때 하는 인사말' 정도의 느낌이랄까.

친구들에게는 '살뤼'라고 인사하는 아들이 사치 씨에게는 '마타네또 봐요'라고 했다. 거기에는 재회에 대한 희망이 잠재되어 있었다.

나는 송별회를 해야 할지 고민했다. 하지만 아들은 호들갑

떨며 헤어지는 걸 싫어한다. 그래서 나는 또 도시락을 쌌다. 추억에 남는 츠지가의 맛을 기억하고, 언젠가 다시 만나기를 바라는 마음에서다.

레몬크림 페페론치노에 민트와 찐 새우를 곁들인 여름 파스타를 도시락에 담아 사치 씨에게 건넸다. 나와 아들은 사치 씨가 돌아간 후에 둘이서 사치 씨에 대한 추억담을 나누며 파스타를 먹었다. 창문 너머로 선선해진 유럽의 여름 하늘이 펼쳐져 있었다. 파스타는 민트와 레몬이 어우러져 산뜻하고 새콤했다.

저녁 무렵 사치 씨로부터 감사의 인사를 전하는 문자가 도착했다.

"도시락 너무 맛있게 잘 먹었습니다."

"앞으로 또 만날 기회가 있었으면 좋겠습니다."

울고 싶으면
울어

9월 어느 날,
드디어 아들의 고등학교 생활이 시작되었다. 일본에서 태어났
으면 4월부터 고등학생이 되었겠지만 프랑스에서 태어났으므
로 9월부터 고등학교 1학년seconde, 스공드이 되었다. 프랑스 고등
학교는 개학식 같은 게 없어서 어느 날 갑자기 고등학교 생활
이 시작되는 느낌이다. 프랑스에서는 중학교를 콜레주collège,
고등학교를 리세lycée라고 하고, 남자 고등학생을 리세엥lycéen,
여고생은 리세엔느(lycéenne)이라고 한다.

파리 배구 클럽에 들어가 있어 월·수·금 요일에는 밤 9시가
되어야 아들이 귀가한다. 평상시에도 대체로 오후 6시는 돼야
집에 온다. 이제 난 아침밥은 안 한다. 이혼한 지 얼마 되지 않
았을 때는 날마다 아침 도시락을 쌌는데 그때가 그립다. 지금

은 아들이 직접 콘플레이크 같은 걸 뱃속에 쑤셔 넣듯이 하고 뛰쳐나간다. 아들도 더 이상은 어리광을 부리면 안 될 것 같아서 그런 룰을 지키고 있다. 오늘은 밥이 좀 남아서 아들한테 "내일 아침에 주먹밥 만들어 줄까?" 했더니 "어, 좋아."라며 걸걸한 목소리로 대답했다.

아들의 키도 174센티미터 가까이 되지만, 친구들 가운데는 190센티미터가 넘는 거인이 여럿 있다. 그런 친구들이 종종 우리 집에 놀러 오는데, 그때마다 키 작은 나는 왠지 대하기가 힘들다. 그래도 다 착하다. 아들 방에 얼굴을 내밀었더니 엄청나게 큰 녀석이 의자에 턱 버티고 앉아 CEO 같은 자세로 쉬고 있었다.

발밑에는 아기곰 인형 차차가 굴러다니고 있었다. 손을 뻗어 그 인형을 집어 들었다. 이제 젖어 있지는 않았다. 아들이 어렸을 때는 이게 없으면 잠을 자지 못했다.

프랑스 아이들은 인형과 함께 자란다. 어른들이 인형을 통해 아이에게 세상을 가르치는 것이다. 우리 아들에게는 이 차차가 파트너였다. 아들은 어딜 가나 차차를 갖고 다녔다. 인형에게 인간의 인격을 부여하고 아이에게 사회와 마주하는 법을 가르치는 것이다.

그러고 보니 아들은 결코 우는 모습을 보이지 않았다. 부모가 이혼해서 슬펐을 텐데도 아이답게 운 적이 없었다. 그런 점이 걱정되어 매일 밤 아들 방을 들여다보았다. 아들이 껴안고 있던 차차를 세탁하려고 만졌더니 흠뻑 젖어 있던 적이 있었다. 지금도 그 감촉을 잊을 수가 없다. 아들은 내가 보지 않는 곳에서 울었던 것이다.

그런데도 나에게 우는 모습을 보이지는 않았다. 아들은 우리 부부가 이혼하기 전에는 말을 잘하는 밝은 아이였다. 하지만 그날을 기점으로 말이 없는 과묵한 아이가 되었다. 무슨 생각을 하는지 불안한 적도 있었다. 그래도 그냥 지켜볼 수밖에 없었다. 달리 해줄 수 있는 게 없었기 때문이다.

그리고 저 젖은 차차를 생각하면 나도 모르게 눈가에 눈물이 맺힌다. 하지만 부모가 울 수는 없었다. 힘든 아들을 생각하며 이를 악물었다.

당시, 나는 트위터에 곧잘 '아들 방 이상 없음.'이라고 올려놓았다. 이상 없다는 것은 오늘은 울지 않았다고 나 자신을 향해 외친 기록이기도 했다. 세상에서 가장 작은 가족이 앞으로 나아가는 데 필요한 글이었고, 도시락 사진은 자신을 다독이기 위한 메시지였다.

트위터에 '좋아요'가 백 개 정도 달리면 '그것 봐.' 하며, 그 수만큼 나를 칭찬할 수가 있었다. 그리고 마침내 초등학생이던 그 애가 고등학생이 된 것이다. 그리 놀랄 일도, 자랑할 일도 아니다. 그지 그날그날을 살아온 덕이라고 생각한다.

아니, 그게 아니다. '차차, 네 덕분이었어. 고마워. 그리고 보니 너도 고등학생이 되었구나. 아들과 같은 해에 태어났으니까. 잊고 있었어. 네가 아들을 지켜봐 준 덕분에 드디어 아들이 고등학생이 된 거야. 정말, 정말 고마워. 아들이 이 집을 떠난 후에도 나는 너를 소중하게 간직하며 살게.'

그건 약속이었다. 우리는 한 가족이니까.

아들 왈,
가족이란 참 좋은 거구나

아침 4시 반에 일어나 샌드위치를 만들었다. 출발 준비를 하는 아들에게 샌드위치를 건네고, 우리는 5시가 좀 지나 집을 나와 몽파르나스역으로 향했다. 휴일인데다 이른 아침이라 달리는 차도 별로 없었다. 역 앞에 차를 세웠다.

"테제베TGV, 프랑스 국유철도에서 운영하는 초고속 열차를 탄 후에는 꼭 문자해라. N시에 도착해서도, 이쪽으로 돌아올 때도 반드시 문자로 상황을 알려 주고. 넌 미성년자니까. 알았지?"

"응, 알았어."

아들이 역으로 사라질 때까지 배웅하고는 집으로 돌아와 다시 침대로 기어들어갔다. 아들로부터 '지금 출발.'이라는 문자 메시지를 받고는 안심하고 잠을 잤다.

오늘은 아들이 여자 친구 엘레나 집에 놀러 가는 날이다. 엘레나는 파리에서 400km 이상 떨어진 N시의 교외에서 가족과 함께 살고 있다. 값싼 티켓을 구해서 아들이 여자 친구를 만나러 가기로 한 것이다. 아들은 엘레나를 여자 친구라고 부르고는 있지만 둘 다 아직 어리다. 만나고 싶다고 해서 당일치기라면 괜찮을 것 같아 허락했다. 아들은 밤 10시에 몽파르나스역으로 돌아오기로 했다.

친구 사라한테 전화가 왔다.

"나는 좀 걱정이 되네. 어떤 가정인지 모르고, 히토나리는 괜찮다 해도 프랑스인 중에는 이상한 사람도 많아. 문제가 생긴 후에는 아무 소용없잖아. 조심해서 나쁠 건 없을 것 같은데?"

하지만 나는 두 사람의 만남을 인정했고, 아들은 여자 친구의 집으로 향했다.

"사라, 고마워. 하지만 난 그 녀석을 믿어."

"알지만 프랑스는 넓어. 그렇게 갑자기 처음부터 좋은 사람들을 만난다는 보장은 없잖아. 차별하는 건 아니지만 이 나라에는 다양한 사람들이 살고 있어. 이민자도 있고, 외국인도 많이 살아. 인터넷으로 알게 된 것만으로는 배경도 모르고. 난 혹시나 하는 생각에 불안해 죽겠네."

"그건 나도 마찬가지야. 근데 난 엘레나와 만나본 적도 있어. 작가의 직감이라 해야 할까, 걔가 자란 환경이 보이더라고."

다시 역으로 데리러 갈 때까지 꽤 시간이 남았기 때문에 오후 내내 근처 공원에 가서 라이브 연습을 했다. 하지만 기다려도 아들에게서 문자메시지는 오지 않았다.

17시간 후, 나는 테제베가 역에 도착하는 시간에 맞춰 다시 역에 나가 기다렸다. 그때 마침 아들에게서 전화가 왔다.

"도착했어. 아빠 어디?"

"아침에 널 내려 준 곳."

잠시 후 배낭을 멘 아들이 달려와 조수석에 앉았다.

"어땠어?"

"응, 있잖아⋯⋯."

아들은 좀처럼 감정을 드러내지 않지만, 그 얼굴 표정으로도 즐거운 시간을 보냈다는 걸 금방 알 수 있었다. 부모니까 알고 싶지 않아도 알 수 있다. 나는 아들의 머리를 박박 긁어 주고 나서 어깨를 껴안았다.

"엘레나 아빠가 참 좋은 사람이었어. 나한테 멀리서 와줘서 정말 기쁘다고 말해 줬어. 그리고 엘레나 엄마는 돌아가는 차 안에서 먹으라고 도시락을 싸주셨어."

"도시락?"

"프랑스 도시락이야. 샌드위치랑 감자튀김. 아주 맛있었어."

나는 시동을 걸고 차를 몰았다. 아침 5시 반에 본 몽파르나스 역과 같은 어두운 풍경이 펼쳐져 있었다. 조용해서 마치 시간이 멈춰버린 것 같았다.

"아빠는 어떤 사람인데?"

"줄곧 웃는 사람이었어. 엄마도 친절했고. 엘레나는 행복한 가정에서 자란 것 같아."

너무 이것저것 물어보면 안 되겠다 싶으면서도 일단 알아둘 필요도 있었다. 사라의 충고도 귀에 맴돌았다. 어떤 사람들인지 알고 싶기도 했다. 낯을 가리는 아들이 행복한 표정을 지었다. 드물게 보는 표정이다. 이제 더 이상 묻지 않으려고 했다. 걱정해 준 사라도 고맙지만, 분명 괜찮을 거라고 나는 생각했다.

"다행이다. 너 기분 좋은 모양이구나?"

"아빠. 왠지 가족이란 참 좋은 거라는 생각이 들었어."

"그렇구나."

"집이 있고, 고양이가 있고, 엘레나 닮은 언니가 있고, 부모님이 있고, 수프 냄새가 나. 창밖 숲에 석양이 지고, 아빠가 치는 기타 소리가 들리고, 따뜻하고, 웃음소리가 나고……."

"언제 또 만나러 가면 되잖아?"

"그러네, 용돈을 모아야 하니까 좀 나중 일이긴 하지만."

"너, 내일은 숙제 좀 해."

"응, 할 거야."

우리를 태운 차는 파리의 밤거리를 시원스럽게 뚫고 나갔다.

내일부터 이 애는 또다시 고등학생으로 돌아간다. 그리고 조금씩 어른이 되어가리라.

나는 그 작은 인생의 한 조각을 기억에 새겨 나가고 싶다. 그게 바로 행복이 아닐까?

아들이 구운
뇨키

9월 어느 날,

의욕은 나지 않고, 아들 챙기면서 일하랴 집안일 하랴 쉴 새 없이 움직이다 보니 피곤해서 잠을 자고 있는데 침실 문을 노크하는 소리가 들렸다.

"네."

"밥, 내가 해도 돼?"

잠이 덜 깬 상태로 시계를 보니 11시 반이었다. 그렇다, 토요일이었다.

"응, 좋아."

아들이 요사이 요리를 하기 시작했다. 레퍼토리는 한정되어 있지만, 직접 해 먹는 음식이 맛있다며 요리하기를 즐긴다. 좋은 일이다. "아빠는 완전히 지쳤으니까 네가 원하는 대로 해봐."

그런데 불을 다루는 게 좀 걱정돼서 30분쯤 뒤에 주방으로 나가봤다.

"뭘 만들고 있어?"

"구운 뇨키와 오믈렛."

슬쩍 프라이팬을 들여다보니 뇨키gnocchi, 삶아 으깬 감자에 밀가루, 달걀, 치즈 등을 섞어 모양을 만들어 데치거나 직접 구워서 다양한 맛의 소스와 함께 먹는 이탈리아 요리가 먹음직스럽게 구워져 있었다. 버터의 고소한 향기가 주방을 가득 채우고 있다. 뇨키를 구웠다고 이탈리아인 친구에게 말하면 옳지 않은 방식이라고 야단을 치겠지만, 삶지 않고 뇨키를 그대로 버터에 구워 간장을 묻히면 마치 쫀득한 떡처럼 되는데, 이게 맛있어서 아이들도 좋아한다. 물론 뇨키에 따라서는 굽기에 적합하지 않은 것도 있으니까 잘 보고 해야 한다.

"소스는?"

"가람마살라 아니면 카레 가루, 뭔가 적당한 향신료. 거기다가 버터니까 물론 간장이나 레몬도 괜찮고."

우후!

"아, 아빠. 계란말이처럼 부드러운 오믈렛을 만들고 싶은데. 어떻게 해야 돼?"

"실패해도 괜찮으니까 직접 상상해서 해봐. 꿀팁은 육수와 설탕이라고나 할까."

"오케이."

재미있어 옆에서 봤더니 꽤 잘했다. 달걀 풀어 놓은 것 속에 메밀국수 장국과 간장과 설탕을 넣었다. '오, 좋아! 프라이팬에 구울 생각인가 봐.' 그래서 꿀팁.

"버터로 해보는 게 어때? 분명 오믈렛답게 완성될 거야."

"아빠 것도 만들어 줄까?"

"아, 그럼 조금 남겨줘. 이따 먹을게."

"오케이."

식탁을 들여다보니 아들은 휴대전화로 유튜브 동영상을 보며 즐거운 듯 점심을 먹고 있었다. 토요일이니까 뭐 상관없는 일이다. 나는 오늘 하루 종일 잠 좀 자야겠다. 이번 주말은 좀 기운이 없으니까 실컷 잠이나 자두어야겠다. 회복되면 다음 주부터 다시 열심히 하면 되겠지? 사람은 역시 쉴 수 있을 때 쉬는 게 좋다. 집안에 버터와 볶은 간장 향이 진동을 한다.

온화한 토요일 오후가 가고 있었다.

비 오는 일요일,
줄서기를 싫어하는 프랑스인들이
줄을 선 이유

9월 어느 날,

오늘은 일요일이라 그런지 음식 만들기가 귀찮았다. 맨날 하는 밥을 오늘도 하고 싶지는 않았다. 아들과 얘기도 하면서 좀 느긋하게 식사하고 싶어 레스토랑으로 나갔다.

"요즘 어때?"

"그냥 그래."

여느 때와 같은 대답이 돌아온다.

"친구는 생겼니?"

"별로 달라진 건 없어."

"엘레나와는?"

그러자 아들은 프랑스어로 "상관없잖아."라고 볼멘소리를 했다. 그러고는 식사가 끝날 때까지 아무 말도 하지 않았다.

'이 녀석, 부모에게 할 말이 그렇게도 없나?' 하고 나는 속으로 괘씸하게 생각했다.

집으로 돌아올 때는 조금 걷자고 해서 메트로프랑스 지하철를 타지 않고 걷기 시작했다. 골목을 빠져나오자 일요일인데도 엄청난 인파가 몰려 있었다. 길가를 메운 수많은 사람, 사람, 사람…… 그 행렬은 끝이 없었고, 텔레비전 카메라도 죽 늘어서 있었다. 아들이 핸드폰을 만지작거리며 "사람들이 자크 시라크 전 대통령에게 마지막 인사를 하는 모양이야."라고 말했다.

경찰이 선도하는 대형 차량이 여러 대 우리 앞을 가로질러 갔다. TV 카메라 앞에 선 리포터가 "지금 전직 대통령의 시신이 도착한 것 같습니다."라고 말했다. 전직 대통령을 조문하는 행렬 속에 우리가 있었던 것이다. 경찰이 '저쪽으로……' 하고 가리켰다. 나와 아들은 어쩔 수 없이 줄을 서는 사람들 쪽으로 걸어갔다. 우리는 아무 생각 없이 그 줄 안에 있었던 것이다.

"난 전혀 상관없지만, 하필 이런 시간에 나와서 아빠, 좀 그렇지?"

"아니, 나도 괜찮아."

앞으로 빠져나가 이곳을 벗어나고 싶은데 엄청난 인파에 바리케이드도 있어서 움직일 수가 없었다. 시라크 대통령에게 바칠 꽃다발을 든 사람과 뭔가 메시지를 내걸고 있는 사람 등 각양각색의 사람들이 모인 그곳에 우리 일본인 부자가 서 있었다.

"사람들 마음에 뭔가 남겼으니까 이렇게 비 오는 날인데도 다들 모인 거겠지? 누군가에게 사랑받는 사람이 된다는 건 대단한 거야. 대통령이나 총리라고 해서 다들 좋아하는 건 아니잖아. 암튼 이렇게 많은 사람이 조문하러 왔다는 건 대단한 일이 아닐까, 생각해."

"인간미가 있었으니까."

"저기, 봐. 저 사람들. 줄 서는 걸 정말 싫어하는 프랑스 사람들이 이렇게 줄을 서는 거 처음 봐."

"그러게."

"아빠, 사람이란 말이야, '가만히 있으면 뭐라고 말 좀 해봐.' 하고 쑤셔대는 것 같아. 무슨 말을 하면 '자기주장 하지 마라, 나서지 마라.' 하는 식으로 핀잔을 주고 말이야. 사람들은 남의 험담이나 비판을 할 뿐이지 상대에 대한 배려나 예의는 눈꼽만큼도 없는 것 같아. SNS가 싫은 건 그런 점 때문이야."

아들은 내가 알아들을 수 있도록 단어를 골라가며 프랑스어로 말했다.

"사람을 존중하지 못하는 세상이란 참 슬프지. 나도 그런 생각이 들 때가 많아. SNS에선 익명으로 댓글을 올리기 때문에 자기가 하고 싶은 말로 사람을 마구 공격하기도 하지. 분명 시라크 대통령도 적이 많았을 거야. 근데 정치를 떠나 세월이 흐르니까 이렇게 사람들이 모인 거 봐. 이 사람들도 어쩌면 익명으로 댓글을 올리던 사람들이었을지도 모르는데 말이야. 그 마음이 보이는 것 같아. 죽었을 때 이렇게 많은 사람에게 작별 인사를 받는다는 게 뭔지 잠깐 생각하게 되네……. 단지 그것뿐이지만, 잠깐 말하고 싶었어. 우연히 이곳에 들러서 다행이야."

나는 아들의 어깨를 툭 쳤다. 그러고는 문 너머로 가볍게 눈인사를 하고 군중의 대열에서 빠져나왔다.

아들의
혼자 사는 연습

10월 어느 날,

내가 도쿄에 있는 동안 아들은 파리에서 혼자 지내기로 했다. 지금까지 내가 일본에 머물 때면, 지인의 집에 맡기곤 했지만, 이제 아들 녀석도 컸고, 그렇게 언제까지나 폐를 끼칠 수만은 없었다. 이제는 주말에만 지인의 집에 머물고 평일에는 혼자 지내기로 했다. 고등학생이 되었기 때문에 프랑스 법률상으로도 그게 가능해졌다.

파리를 떠나기 전에 내가 집에 없는 2주 동안 아들이 먹을 식재료를 사두거나 만들어 둘 작정이었다. 그런데 점심은 학교 급식으로 해결하고 주말에는 알렉스 집에서 먹기로 되어 있어서 10일 동안 먹을 아침과 저녁 식사만 준비하면 되었다.

아침에는 콘플레이크 혹은 토스트를 먹으니까 부족하면 아들이 직접 슈퍼에 가서 사면 된다. 문제는 저녁 식사였다. 직접 만든 걸 먹이고 싶어서 카레, 햄버그 스테이크, 연어 된장절임, 시금치 버터볶음, 당근 글라세설탕과 버터를 사용하여 채소를 익힌 프랑스 음식, 흰쌀밥 등을 대량으로 만들어서는 밀폐용기에 담아 냉동고에 넣어 두었다. 오래 두고 먹을 수 있는 레토르트 식품과 유통기한이 긴 샌드위치도 냉장고에 준비해 두었다. 냉동고가 그다지 크지 않았지만, 냉장보관용 레토르트 반찬과 햄버거 등이 있어 참 편리했다. 만약을 대비해 상온에 보관하고 먹을 수 있는 반찬 세트 같은 것도 추가로 선반 안에 놓아 두기로 했다. 이렇게 해두면 만반의 준비가 끝난다.

프랑스의 레토르트 식품 문화는 수준이 높다. 기내식 같은 느낌이다. 일본에서는 편의점에 가면 도시락 코너가 충실히 갖춰 있지만, 프랑스는 그게 없는 대신 인스턴트 식품 코너가 상당한 공간을 독점하고 있다. 일식이 없다는 점이 좀 아쉽지만 어쩔 수 없다. 연어 크림소스에는 필래프pilaf, 밥에 고기, 새우 등을 넣고 버터로 볶은 터키식 볶음밥가 곁들여 있다. 두툼한 소시지와 소금 돼지고기찜에는 렌틸콩이, 송아지 돈가스에는 당근과 탈리아텔레납작 파스타가 곁들여 있다. 종류가 풍부해서 카페 등에서 먹을 수 있는 전통적인 프랑스 요리는 대개 이것으로 대신할 수 있다일본에 진출한 '피카르'라는 냉동식품 슈퍼가 이 나라 냉동식품 문화를 대변하지만, 케이크나 주먹밥, 라면까지 있어 잘 찾으면 꽤 맛있는 음식을 만날 수 있다.

우리 집 근처에는 일본의 도시락 가게가 2곳이나 있어서요즘 도시락 붐이다. 일식이 그리울 땐 돈가스 덮밥이나 마쿠노우치 도시락흰쌀밥과 여러 종류의 부식으로 이루어진 도시락을 사 먹으면 된다. 2주일 이지만 이번에 처음으로 혼자 사는 생활에 아들이 도전해 보기로 했다. 츠지가의 새로운 시대의 시작을 예감케 한다. 성공하면 나는 좀 더 자유롭게 일본과 프랑스를 오갈 수 있게 된다.

지금으로서는 문제가 없는 것 같지만, 있다면 아들 녀석으로부터 전혀 연락이 오지 않는 점일 것이다. 그래서 라이브 연습 틈틈이 왓츠앱으로 끈질기게 문자메시지를 보내게 되었다.

"Tu m'envoies un message tous les jours stp. C'est juste savoir si tu vas bien. Parce que je suis ton papa!오늘 어땠는지 날마다 문자 좀 해줘. 부탁한다. 난 단지 그것만 알고 싶을 뿐이야. 왜냐하면 나는 네 아빠니까!"

이걸 아침, 점심, 저녁으로 보냈더니 다음 날 아침,

"D'accord. 알았어." 하고 한마디 답이 왔다. 짜증이 났으리라는 생각이 든다.

사춘기가 계속되고 있다, 쭈욱!

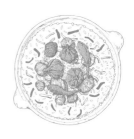

아들이 생각하는
행복론

10월 어느 날,

아들의 방에서 우당탕 쿵쿵 아침부터 요란한 소리가 났다. 들여다봤더니 아들이 대청소를 하면서 가구를 재배치하고 있었다. 침대를 책장에 붙이니까 방이 좀 널찍해 보였다.

"왜? 아니 왜 갑자기?"

"응, 엘레나가 오니까."

'그렇구나, 여자 친구가 곧 놀러 오기로 되어 있구나.' 지금 프랑스는 가을 휴가철이다. 400킬로미터 떨어진 N시에서 당일치기로 아들의 여자 친구가 우리 집에 오기로 했다. 평소에는 쓰레기장이 되기 일보 직전 상태인데도 "청소 좀 하지?"라고 하면 "응."이라고 대답하는 게 고작이었던 아들. 여자 친구에게 잘 보이고 싶은 마음은 이해하지만, 원래 이렇게 영악한 녀석이었나 하는 생각이 들었다.

"누가 보면 너 깔끔하게 정리 잘하는 줄 알겠다."

비꼬았지만 사랑에 빠진 고등학생에게는 먹히지 않았다.

"앞으론 이렇게 할 거야. 언제든지 여자 친구가 놀러 올 수 있게. 아, 아빠 오늘 이케아 가도 돼? 사고 싶은 게 있는데?"

"어? 뭔데?"

"작은 카펫. 여기다 깔아놓으려고. 그리고 작은 스탠드 하나 있었으면 해서. 이 선반에 놓는 게 좋을 것 같아."

방 한가운데 공간을 가리키며 즐거운 듯이 말했다.

"스탠드?"

"불빛 연출, 중요하잖아?이때는 프랑스어를 섞어 말했다."

맙소사. "모은 용돈으로 살 수 있는 범위라면 그렇게 해."라고 말했다. "이미 계산이 끝났으니까 50유로 이내라면 마음대로 써도 된다."라고 설명하기 시작했다. 쓴웃음을 지으며 나는 침대에 앉았다. 그러자 아들이 그 옆에 바싹 앉았다. 그리고 기분 좋은 얼굴로 엘레나와 보낼 하루 계획을 얘기하기 시작했다. 그건 전에도 들었던 일정이었으나 내용이 살짝 변경되어 있었다. 가고 싶은 곳이 늘어나 있었던 것이다.

"저기, 나는 내가 행복에 굶주려 있다는 걸 깨달았어."

가슴이 철렁 내려앉는 말을 하기 시작했다.

"아빠한테는 감사하지만 아빠 이제 시니어잖아."

무슨 말을 하려는 거야!

"시니어는 메트로도 그렇고, 요금이 싸잖아."

갑자기 나는 그 사실을 깨닫고 깜짝 놀라고 말았다. 어쩌면 미술관 등도 시니어 요금으로 들어갈 수 있을 것이다. 잠시 대우 받는 기분이었다가 갑자기 현실을 자각하는 순간이기도 했다. 아들이 쓴웃음을 지었다.

"아빠랑 둘이서 살아온 세월은 정말 잊지 못할 거야. 아빠가 오래 살아 내 곁에 늘 있었으면 좋겠어. 근데 나는 또 내 인생을 생각해야 하잖아. 가정을 꾸려 견실하게, 욕심내지 않고, 이 세상 어딘가에서 행복하게 살고 싶어. 나는 행복하고 싶고 초등학교 때부터 줄곧 행복을 꿈꾸었거든. 욕심 부리지 않고 사랑하는 가족과 조용히 평범하게 살고 싶은 거지."

아들은 자기 생각을 거침없이 내뱉었다. 삶은 결코 자기 뜻대로 흘러가지 않는다고 말하려다 나는 황급히 입을 다물었다. 그건 아들의 인생이니까……

나는 아들 방을 들여다보았다. 여자 친구가 찾아오는 것만으로 이렇게까지 세상이 바뀔 수 있다니, 겸연쩍었지만 나는 기뻤고 엘레나에게 감사했다.

"아, 아빠 오늘 점심 내가 해도 돼?"

"좋아. 뭘 만들 건데?"

"엘레나에게 만들어 주고 싶은 샐러드가 있어. 알지? 샐러드 파리지앵."

난 피식 웃고 말았다.

"그거 먹으면 엘레나도 파리지앵파리에 사는 사람이 되겠는걸"

"되지 않아."

"농담이야."

"알고 있어. 아빠 농담은 아주 오래 전부터 아재 개그잖아. 젊은 애들한테 그런 개그 연발하면 미움받으니까 주의해야 할걸."

우리는 서로를 보며 웃었다. 아들이 어른스러워 보였다. 내년 3월까지 아들은 대학 진학에 대비해 전공 분야를 결정해야 한다. 우리는 아들의 장래를 이야기했다. 아들은 가족을 지키는 데 필요한 조건을 충족하면서도 자신이 보람 있게 도전할 수 있는 미래를 찾아야 한다. 희한하게도 아들은 꼬리에 꼬리를 물 듯 끝없이 말을 이어갔다. 그 말에는 희망과 행복, 그리고 미래가 펼쳐져 있었다. 나는 미소 지으며 가만히 듣고만 있었다.

이제 곧 우리 집에 엘레나가 온다. 나는 어떤 얼굴로 그녀를 맞이하면 좋을까. "그냥 평범하게 보이는 게 좋아."라고 아들은 말했다. 평범한 게 가장 어렵다고들 하지 않는가.

오늘부터 평범하게 보이기 위한 특훈이라도 시작해야겠다.

긴급 사태,
아이들을 맡게 되었다

10월 어느 날,

이변이 생겼다. 친구의 두 아이들, 열세 살짜리 마농 양과 여덟 살짜리 니콜라 군을 우리 집에서 하루나 이틀 밤 맡게 된 것이다. 친하게 지내던 부부에게 큰일이 일어났다.

자세한 내용은 여기에 쓸 수 없지만, 어쨌든 긴급하게 맡아달라고 부부 모두에게서 문자가 왔다. 아들에게 상의했더니 "어쩔 수 없지." 하고 조금 불안한 얼굴로 동의했다. 큰애는 여자애니까 위급한 상황이 아니면 거절해도 되지 않을까. 어지간히 곤란하지 않다면 우리 집 따위에는 부탁할 일이 없을 것이다. 왜냐하면 나는 싱글 파파인데다 프랑스어도 서투른 일본인이니까……

오후에 남편이 두 아이를 데려왔다. 그는 몇 번이나 미안하다고 했다. 하지만 꽤 초췌한 느낌이어서 "괜찮아."라고 나는 대답했다. 마농과 니콜라도 불안할 것이다. 나는 웃는 얼굴로, "자, 내 집이라고 생각하고 마음 편히 가져."라고 프랑스어로 부드럽게 말했다.

프랑스에 오자마자 산, 오래 된 소파를 침대로 쓸 수 있다는 걸 생각해 내고 아들을 불러내 즉석 침대를 만들었다. 삐걱삐걱, 스프링 소리를 내면서 18년 전 낡은 소파 침대가 움직이기 시작했다. 그 역동적인 움직임을 마농과 니콜라는 눈을 동그랗게 뜨고 바라보고 있었다.

침대를 만들고는 작업실과의 사이가 유리창이어서 그곳을 신문지로 막아 그들이 신경 쓰지 않고 마음 편히 지낼 수 있게 해줬다. "왠지 호텔 같아."라고 마농이 말했고, 나는 "츠지 호텔이야."라고 말했다.

니콜라가 고개를 떨구고 있어서 뭐든 해야겠다는 생각에 아들의 힘도 빌려 함께 팬케이크를 만들기로 했다. 아들에게 "좀 애들의 집이 힘들어? 너는 오빠니까 놀아줘야 해."라고 부탁했다. 넷이서 좁은 주방에서 팬케이크를 만들었다.

"얘들아, 오늘은 내가 셰프다. 너희들에게 팬케이크 만드는 법을 가르쳐 줄게!"

"네, 셰프님!"

하고 아들이 일부러 큰 소리로 말했다. 니콜라도 작은 목소리로 "네, 셰프님." 하고 따라 말했다. 마농은 누나라서 그런지 피식 웃기만 했다. 다행이다. 내 프랑스어가 통하다니.

니콜라에게 밀가루, 버터, 설탕, 베이킹 파우더, 달걀이 담긴 그릇을 슬그머니 건넸다. 그는 내가 알려준 대로 거품기를 사용하여 휘젓기 시작했다. 그 필사적인 표정, 그리고 고사리 같은 손을 바라보며 어릴 적 아들을 떠올렸다. 우리도 이런 식으로 하면서 고난을 이겨냈다. "힘내라."라고 생각 없이 일본어가 튀어나왔다. "아빠, 애들은 일본어 몰라." 하고 아들이 옆에서 참견했다.

팬케이크가 차례차례 완성되었다. 니콜라 얼굴이 환해졌다. 마농도 웃는 얼굴로 바뀌어 있었다. 구워진 팬케이크에 시럽과 버터를 얹어 함께 먹었다. 어쩐지 '즉석 가족' 같은 느낌이 들었다. 아들과 마농은 나이가 비슷해서 이야기가 잘 통했다. 아들이 마농에게 공부하는 법 등을 조언했다. 둘은 마치 오빠와 여동생 같이 보이기도 했다. 아들은 항상 혼자였기 때문인지 '가족'이 늘어서 기쁜 듯 보였다.

'다행이다, 어떻게든 되겠지.' 하는 생각이 들었다. 샤워기를 사용할 때는 문에 '사용 중'이라고 쓴 종이를 붙이기로 했다우리 집 욕실 겸 화장실 열쇠가 망가지는 바람에. 들어갈 때는 반드시 노크하는 것을 의무화했다. 결정해야 할 게 참 많았다. 그 참에 아이들에게 자주성을 부여하기 위해 '이렇게 하자, 이렇게 해야 한다.' 하지 않고 아이들 스스로 결정하게 했다.

이 작전은 비교적 잘 진행되었다. 먹고 나서 식기를 치우자고 아들이 먼저 말했다기특하다!. "내가 씻을게요."라고 마농이 말했다. 대화는 모두 프랑스어였다. 아이들의 말이 빨라서 내가 알아듣지 못하는 건 재빨리 아들이 통역해 주었다.

그런 느낌으로 첫날은 별일 없이 잘 넘어갔다. 저녁을 다 먹고 나면 다 같이 잠잘 준비를 했다. 샤워를 한 후에는 모두 한 줄로 서서 양치질을 했다. 마농한테 "네가 니콜라 옆에서 자면서 엄마 역할을 대신하는 거야."라고 알려 줬다. "응." 하고 그 애가 고개를 끄덕였다. "무슨 일 있으면 나를 깨우든지 아들을 깨워. 냉장고 안에 주스가 들어 있으니까 먹고, 배고프면 과자나 빵을 먹어. 식탁 위에 올려 놓을게." "응, 셰프님." 하고 니콜라가 고개를 끄덕였다. 나는 그들이 잘 때까지 소설을 쓰면서 상황을 지켜보기로 했다.

한밤중에 아이들 엄마에게서 문자메시지가 들어왔다.

"무슈, 고마워요. 괜찮았어요? 미안해요. 당신밖에 부탁할 사람이 없었어요. 하지만 진심으로 감사하고 있어요. 우리들, 좀 힘들기는 하지만 어떻게든 헤쳐나갈 테니까요……."

나는 팬케이크 사진을 두 사람에게 보냈다. "두 사람에게 사랑을 담아."라고 한마디 곁들여.

결국 파리에 못 오게 된
아들의 여자 친구

10월 어느 날,

한 달 전쯤부터 아들은 여자 친구 엘레나가 집에 놀러 온다며 한바탕 난리를 쳤다. 내일이 바로 엘레나가 파리에 오기로 한 날인데 갑자기 못 오게 되었다. 아들은 엘레나를 맞이하기 위해 방을 개조(?)하기까지 했으나 결론부터 말하자면 물리적으로 여자 친구가 파리에 올 수 없게 되었다. 프랑스 명물인 국철 SNCF 파업 때문이다. 아들은 내 앞에 와서, "못 만나게 됐어!"라고 소리쳤다.

텔레비전을 켰더니 여기나 저기나 국철 파업 관련 뉴스뿐이다. 오늘과 내일은 프랑스 국내 테제베 19개 노선 가운데 7개나 운행을 하지 않는단다. 이번 파업은 퇴직 조건에 대한 불만으로 인한 파업이어서 타결이 될 때까지 간헐적으로 계속될 게 분명했다. 어떤 항공편이 운행을 중단하는지는 24시간 이내에 알려 주는데, 엘레나는 멋지게(?) 그 시간에 적중했다. 19개 노선 중 7개가 운행을 중단하기 때문에 자동적으로 그 여파가 항공편에 영향을 미쳐 항공기도 만석이었다. 엘레나는 아들을 만나러 오고 싶어도 올 수 없게 된 것이다.

다음 달에 있는 엘레나 생일날, 아들도 N시에 가기로 하고 티켓을 구입했다. 하지만 아들도 그곳에 갈 수 있을지 하루 전까지는 알 수 없다. 역시 프랑스다운 일이다. 엘레나나 아들은 여행자가 아니어서 그나마 다행이지만 관광객이 이런 상황을 만나면 가만있을 수만은 없을 것이다. 여행 계획이 순식간에 틀어져 버릴 테니까.

프랑스의 국철이나 에어 프랑스프랑스의 대표적인 항공사는 일부러 다들 휴가를 떠나는 시기에 파업을 맞춘다. 이게 프랑스식 파업 방식이어서 파업에 익숙한 프랑스 사람들이야 삶의 일부라고 여기며 '맙소사, 어쩔 수 없지.' 그렇게 받아들인다. 하지만 외국인 관광객들은 그럴 수 없다. 물론 환불은 되니까 여행자들은 창구로 갈 수밖에!

이번 프랑스 국철 파업이 언제까지 이어질지 현재로선 아무도 모른다. 12월 5일 대규모 파업이 예정돼 있어 그 부분이 하나의 고비가 되겠지만, 퇴직 후 조건에서 절충이 이뤄지지 않으면 파업은 더 이어질 수도 있다. 자신의 미래는 자기 스스로 바뀌 나가겠다는 이런 자세는 노란 조끼 운동과도 상통하는 부분이 많다.

프랑스는 계급 사회에 가까운 나라여서 가난한 사람들과 부유한 사람들 사이의 격차가 크다. 양쪽 다 할 말이 있을 터이므로 그 간극을 메우기 위해서는 파업과 시위가 일상적으로 벌어지기 마련이다. 지나친 시위에는 물론 비판이 일지만 어느 정도 과격함은 허용되기도 한다. 15년 전 나는 눈앞에서 신문 가판점이 불타는 걸 보았다. 시위하는 광경을 처음 보는 외국인 입장에서는 전쟁이 났나 보다고 생각할 만큼 놀랐지만 시위대가 통과하자 즉시 정상적인 생활이 재개되었다.

어쨌든 프랑스 사람들은 끊임없이 시위와 파업을 한다. 이 나라에서는 강하게 주장하면 갑자기 그게 통하기도 하기 때문인 듯하다. 협상이 중요한 나라인 것이다.

비자를 발급받을 때나 경찰을 대할 때도 물고 늘어지면 자기 주장을 인정받기도 한다. 심지어 외국인인 나도 몇 번이나 그런 식으로 난관을 헤쳐 왔다. 그래서 파업이나 시위가 사라지지 않는 것 같다.

어떤 의미에서는 힘들기도 하지만 인간적이고 재미있는 나라이기도 하다.

니콜라,
다시 왔다!

10월 어느 날,
앞에서 이야기한 것처럼 아들의 여자 친구 엘레나가 집에 오
기로 했었다. 나는 신선한 자생 무화과 타르트를 엘레나에게
맛보게 해주려고 맛있는 무화과를 파리 교외에 사는 지인의 집 부지 내 산길에서 따왔
다! 전날부터 준비했다. 타르트 반죽은 하루 냉장고에 재워야
훨씬 맛있기 때문이다! 그러나 결국 국철 파업으로 엘레나가
못 오게 되었다. 무화과 타르트만 남게 된 것이다. 오 마이 갓!

타르트 반죽을 모처럼 준비했고, 맛있는 자생 무화과가 엄청
나게 많이 있었기 때문에 엘레나는 오지 않았지만, 예정대로
오전 중에는 주방에서 타르트를 만들기로 했다……. 아들은 엘
레나가 오지 못한다는 사실을 알고는 동급생들을 집에 오라 해
서 비드막스 세션을 하기 시작했다. 정말 맛있어 보이는 타르

트가 완성되자 나는 아들 방으로 가져가 '무화과 타르트 좀 먹을래?' 하고 물었더니 모두가 딴짓하며 '필요 없어요!' 하고 거절하는 게 아닌가. 남자애들은 무화과나 블루베리 같은 건 별로 안 좋아한다나 어쩐다나.

'사실 나도 남자라서 무화과 타르트 별로 안 좋아해. 그런데 이건 어디까지나 엘레나를 위해 만든 타르트야.'

맛있어 보이는 무화과 타르트가 식탁 위에 덩그러니 놓여 쓸쓸해 보였다. 이걸 어쩌나 하면서도 내버려 뒀는데 오후 3시가 좀 지났을 때 현관 벨이 울렸다. 누굴까 생각하면서 인터폰을 보니 "니콜라예요." 하는 아이 목소리가 들렸다.

"어? 니콜라? 웬일이야?" 하고 프랑스어로 물었더니, 놀러 왔다는 대답이 돌아왔다. 나는 놀라서 계단을 마구 뛰어 내려갔다. 여덟 살짜리 니콜라가 현관에 서 있었다. 옆에 마농도 있었다.

"둘이 왔니?"

"니콜라가 무슈 보고 싶다고 졸라서요. 저 지금 친구 집에 놀러 가야 하는데, 니콜라랑 놀아줄 수 있어요?"

"어? 아, 당연하지."

마농은 바로 밖으로 나갔다. 나는 어깨를 으쓱했다. 니콜라도 내 흉내를 내며 어깨를 으쓱했다.

나는 니콜라를 집으로 데리고 들어와서 무화과 타르트를 보여 줬다.

"먹을래?"

"어? 괜찮아요? 응, 먹고 싶어. 맛있겠다!"

나는 주방에서 거품기와 그릇에 담은 생크림을 가져와 니콜라 앞에서 휘젓기 시작했다. 그러자 호기심 많은 니콜라가 눈을 반짝이며 해보고 싶다고 해 둘이서 휘휘 저어서 휘핑크림을 만들었다. 예전에는 아들도 해줬는데 이제는 안 한다. 어른이 된다는 것은 그런 것이다.

완성된 휘핑크림을 자른 케이크에 곁들였다. "어때 맛있겠지!" 접시에 담아 니콜라 앞에 내놓았다. 니콜라는 "맛있다, 맛있다!" 하며 순식간에 먹어 치웠다. 오, 귀염둥이!

바로 니콜라 엄마에게 전화를 걸었다. 엄마와 아빠는 맞벌이를 하기 때문에 니콜라와 마농은 집을 봐야만 했다. 누나인 마농은 친구 집에 놀러 나가고 싶었다. 니콜라는 외로웠다. 그래서 마농이 여기 오면 내가 맡아줄 줄 알고 데려온 것이다.

"무슈, 츠지. 미안해요. 밤에 데리러 갈게요. 그때까지 봐주실 수 있나요?"

전화 너머로 니콜라 엄마가 말했다.

"그럼요. 지금 한가해서 괜찮으니까 천천히 데리러 오세요. 지금은 제 옆에서 무화과 타르트를 볼이 미어지게 넣고 있어요. 무화과 타르트, 인기 없던 타르트가 기뻐하고 있어요. 나도 기뻐요. 그러니 신경 쓰지 마세요."

니콜라는 분명 이런 맛에 굶주렸을 것이다. 그렇다 하더라도 무화과 타르트가 헛되지 않아서 다행이다. 어쩌면 이게 그 무화과들의 운명이었는지도 모른다. 간식을 먹고 난 후, 나는 니콜라와 닌텐도 게임을 하며 놀았다. 그 나름대로 즐거웠다.

애들이랑 놀면 진짜 힐링이 된다.

또, 언제든지 놀러 오렴. 니콜라!

마침내 디플로마를 받은 아들,
나는 소리 내 울었다

11월 어느 날,

좀 철이 지났다고 해야 되나, 프랑스 새 학기가 시작된 지 2개월이나 지난 11월 하순에 아들의 중학교 졸업 시험 합격 증서 디플로마 수여식이 성대하게 열렸다. 이미 중학교를 졸업하고 다들 각 고등학교에 진학했다. 그런데 국가시험이어서인지 증서가 이제야 도착한 것이다.

처음 경험하는 일이라 시키는 대로 아들과 내가 둘 다 정장을 하고 학교에 도착해 보니 빨간 융단, 이른바 레드카펫이 우리를 맞았다. 아들에게는 내 꼼데가르송 양복을 입게 했다. 옷이 날개라 했던가. 상당히 많은 남자 앞에서웃음, 키가 훤칠하게 크고, 눈초리가 길게 째진 공부벌레 같은 프랑스 아이들 속에 있어도 운동하는 아이답게 튼실하고, 눈에 확 띄는 아들을 보고,

나는 아빠로서 이미 코가 하늘을 찌를 정도로 우쭐해 있었다죄
송합니다, 아들 바보 아빠, 그냥 한번 봐주세요, 오늘만은…….

학생들은 다른 입구로 들어가고 부모는 그대로 강당으로 갔
다. 레드카펫 좌우에는 촛불이 켜져 마치 영화제 같았다. 강당
에는 졸업생 부모로 꽉 차 있어, 나는 뒷자리에 자리를 잡았지
만 초등학교 때부터 같은 학교 애들뿐이었고, 부모도 안면이 있
었다. "와아, 와아!" 하고 말을 걸고 악수를 청했다. 교장 선생
님이 인사한 후 한 명 한 명 호명하고, 학생의 성적을 발표했다.

'망시옹 트레비엥mention très bien'이 가장 좋은 성적이고, 그 다
음은 '망시옹 비엥mention bien' 그 다음은 '망시옹 아세 비엥mention
assez bien'이다. 하지만 그 이하의 보통 성적일 경우에는 성적을
알려 주지 않는다. 부모로서는 자신의 자녀가 어느 정도 성적인
지 모든 사람 앞에 공개되는 것이기 때문에 조금 잔혹하지만 뭐
그것도 독특한 격식이니까 어쩔 수 없었다. 애초에 이런 방식이
있는 것조차 모르고 있던 나는 더욱 긴장하지 않을 수 없었다.

A반 학생 이름이 불리고 그 학생이 무대에 나타나자 부모들
의 박수갈채가 터졌다. 누구의 자녀인가는 상관없었다. 같은
배움터에서 공부한 학생과 가르친 선생님 전원이 일제히 환호
성을 질렀다.

미국 대학 졸업식 같은 느낌을 상상하면 될 듯하다. 맨 처음
불린 학생은 '망시옹 트레비엥'이었고, '허둥대는 학생이기는

했으나 누구보다 열심히 노력했다.'는 평을 들으며 모두의 박수를 받았다. 이미 나는 너무 긴장한 탓에 박수 칠 여유조차 없었다. 과거의 기억이 주마등처럼 스쳐 지나갔다. 나쁜 일보다 좋은 일만 생각나는 게 신기했다. 눈물이 눈가를 적셨다. '이 정도로 자란 학생 모두가 훌륭하다. 애 많이 썼다.'고 생각하니 영화보다 TV보다 더 리얼하고 감동적이었다.

이젠 눈물 때문에 아무것도 보이지 않았다. 옆에 앉은 친구 아빠 라빈스키 씨가 손수건을 쥐어 주었다. 나는 울고 있는데 다들 웃고 있었다. 다른 부모가 "당신 아들은 제일 마지막에 부를 텐데 지금부터 우는 건 좀 빨라요."라며 타박 섞인 위로의 말을 건넸다.

선생님이 여학생 이름 앞에 '마담'이라는 호칭을 붙였다. 뒤에 앉은 어느 아빠가 "쟤 결혼이라도 했나?"라고 말하자, 옆에 다른 아이 엄마가 "행정적으로 여학생들은 다 '마담'이 된 거예요. 몰랐어요?"라고 귀뜸했다. 이 사실을 모르는 프랑스인이 꽤 있는 모양이다. 그 아빠는 주위 사람들에게 "'마드모아젤'이 더 어울릴 텐데."라며 못마땅한 듯 말했다. "그건 여성을 비하하는 발언이야."라고 다른 엄마가 핀잔을 주며 잘라 버렸다. 이런 점도 프랑스인답다.

그리고 한참 후에 윌리엄과 로망이 등장하고 마크, 알렉스가 차례로 등장했다. 이 일기에서도 언급한 애들이 차례로 나오자 나의 긴장은 최고조에 달했다. 일단은 영상을 남겨야 할 것 같아서 여기저기에 카메라를 들이댔다. 그러자 마지막에 내 아들의 이름을 부르는 소리가 들렸다. 그 후 선생님이 무슨 말을 했는지, 감동과 흥분 탓에 이해할 수 없는 상태가 되어 있었다.

아들이 당당하게 나와 담임으로부터 디플로마를 건네받았다. '망시옹 트레비엥'이라는 말을 듣고 나는 다시 펑펑 눈물을 쏟았고, 그 후에는 아무것도 보이지 않았다.

학생들이 무대 위에서 일제히 큰 소리거의 외침를 질렀다. 폭발할 듯한 감동이 모든 부모의 머리 위로 쏟아졌다.

수여식 후 식당에서 성대한 파티가 열렸다. 와인과 가벼운 식사가 준비되어 있었다. 이 부분 또한 프랑스에서나 볼 수 있을 듯하다. 소꿉친구 부모들과 환담을 나누고 있는데 아들이 달려왔다. 집에서는 본 적도 없는 미소를 띠고. 한창 여자 친구 문제와 진로를 고민하고 있던 터라 걱정이 많았는데 그걸 기분 좋게 뒤집는, 그야말로 활짝 웃는 얼굴로 달려온 것이다. 그리고 "아빠, 고마워!" 하고 말했다. 부모들이 일제히 아들을 에워싸고 "펠리시타시옹!félicitation, 축하한다!"이라고 말하며 아들의 어깨를 차례로 끌어안았다.

'이 녀석, 사랑받고 있구나.'라고 생각하자, 미안해요, 나는 거기서 또다시 눈물이 주르르 흘렀다.

만약 내가
담배를 피울 줄 알았다면

12월 어느 날,

아침 5시에 누군가가 문을 두드렸다. 나는 아버지 꿈을 꾸고
있었다. 차 뒷좌석에 아버지가 앉아 있고 내가 운전을 하고 있
었다. 그런데 누군가가 문을 두드리는 바람에 깨어났고, 동시
에 아버지는 사라졌다. "아빠, 시간 됐어."라고 아들이 말했다.
"알았다. 지금 일어났어."

이상한 일본어였다. 침실 문을 열었더니 이미 만반의 준비가
되어 있었고 아들은 서 있었다. 오늘 아들은 N시까지 당일치기
로 갔다 올 예정이었다. 너무 이른 아침이어서 내가 몽파르나
스역까지 바래다주기로 되어 있었다. 나는 두 사람이 이제 사
랑하는 사이가 아닌 것 같아서 N시 행은 취소된 줄 알았다. 자
세한 건 물어볼 수도 없었다. 청춘이란 그런 것이라고 생각하

고 그냥 내버려 뒀는데, 전날 아들이

"내일 역까지 바래다줘."라고 말했다.

"샌드위치라도 가져갈래? 테제베 안에서 먹으면 되니까."

"고마워. 가져갈게."

내가 샌드위치를 만들고 있는데 아들이 와서 옆에 나란히 섰다. 뭔가 하고 싶은 말이 있다는 걸 알 수 있었다.

"아빠, 그 절반이면 돼. 오늘 엘레나랑 맛있는 거 먹을 거야. 점심 먹을 곳도 정해 놨고, 돌아오기 전에 햄버거도 먹을 거야."

"돈 있어?"

"있어. 둘 다 학생이잖아. 그렇게 많이 안 들어."

나는 쇼핑용 지갑에서 20유로 지폐를 꺼내 "기부금." 하며 툭 건넸다. 아들이 웃는 얼굴로 받아들고는 재빨리 그것을 주머니에 넣었다.

"난 헤어진 줄 알았어."

내가 솔직히 물어보자 아들이 웃으며,

"좋은 친구가 된 거야. 그러면 헤어지지 않아도 되잖아."라고 말했다.

"아, 그거 좋다. 장거리니까 그렇게 사귀는 게 좋을 수도 있겠다."

"응, 그래서 오늘은 맛있는 거 먹으러 다닐 거야."

아들은 첫사랑이라고 말했지만, 아직 열다섯 살밖에 되지 않은 데다가 이제 두 번밖에 만난 적이 없다. 말하자면 사랑이 시작된 것도 아니고 끝난 것도 아니다.

어떤 의미에서는 그것도 사랑의 한 단계일 터이다.

둘이서 멋대로 양쪽 부모에게 연인 선언을 했다가 자기들 마음대로 절친이 되기로 한 것에 지나지 않는다. 서로 만나지 못해 괴로워하는 것보다 아직 어리니까 사이좋은 친구가 되기로 한 선택은 매우 잘한 일이라고 생각한다. 거기서부터 다른 무언가가 시작될 수도 있고, 더 중요한 것을 깨달을 수도 있다. 다른 각도로 세상을 바라볼 수도 있다. 아들은 깔끔하니까 분명 둘은 편해졌을 것이다.

두 사람은 서로 의논해서 결정한 게 분명했다. 나는 부모로서 걱정했지만 모든 것은 좋은 의미에서 기우에 불과했다.

토요일 이른 아침 캄캄한 몽파르나스역 앞에 아들을 내려줬다.

"그럼 다녀올게. 돌아올 때는 내가 알아서 할 테니까 집에 있어."

"몇 시나 될 것 같은데?"

"글쎄, 밤 10시쯤."

"오케이, 엘레나에게 안부 전해 줘."

"응, 그럴게."

아들이 역 안으로 사라질 때까지 나는 차 안에서 배웅했다.

핸들에서 손을 떼고, 아들이 역 안에 들어가 보이지 않을 때까지 나는 잠시 그곳에 있었다.

만약 내가 담배를 피울 줄 알았다면 창문을 열고 여기서 한 대 피웠을 것이다.

【추신】여기부터는 자기 전에 황급히 덧붙여 썼다.

밤 10시가 지나서 아들이 돌아왔다.

"어땠어?"

"그래, 좋았어."

"그래, 그럼 됐다. 아빠는 잔다."

침실로 들어가려는데 "아빠!" 하며 불러 세웠다.

"엘레나가 내 생일날 파리에 오고 싶대. 괜찮을까?"

나는 뒤돌아보며, "안 된다고 할 이유는 하나도 없지."라고 웃으며 프랑스어로 대답했다. "이런 표현 되게 프랑스어답지 않니? 부정의 부정, 아, 귀찮다." 웃음.

하지만 멋쩍은 자신을 감추기에는 딱 좋다.

아들과 나눈
소중한 이야기

12월 어느 날,

아들과 단둘이 저녁을 먹는 시간은 서로가 생각하는 걸 인식하는 시간이기도 하다. 돌이켜 보자면 아들이 초등학교 고학년부터 고등학생인 현재까지 우리는 이렇게 둘이서 식사를 해왔다. 그런데 남자 둘이 사는 삶도 나쁘지 않다는 생각이 든다.

실패한 인생을 인정하지 않으려고 억지 부리는 말이 아니다. 저녁을 먹으면서 아들의 입에서 예전 이야기가 나오는 일은 거의 없다. 아들은 기억력이 좋아 10년 전에 딱 한 번 만난 사람까지 잘 기억한다. 그래서 과거를 지워버렸다고는 생각되지 않는다. 하지만 아들 입에서 어린 시절의 일이나 이른바 옛 가족 이야기가 화제에 오르지는 않는다. 그런 아들의 마음속을 들여다보는 소중한 시간이 바로 이 저녁밥을 먹을 때이다.

아들이 날마다 뭘 생각하며 사는지 아빠로서는 가능한 한 파악해 두고 싶다. 억지로 대화를 나누진 않지만 말하고 싶어할 때는 귀찮아 하지 않고 최대한 진지하게 들어 준다는 원칙을 세우고 있다. 오늘은 다음 달로 다가온 자신의 생일에 대한 아들의 부탁으로 얘기가 시작되었다.

"다음 달이 내 생일이잖아? 친구들을 여기로 불러서 파자마 파티잠옷 차림으로 아침까지 떠들며 노는 파티를 하고 싶은데, 괜찮을까?"

프랑스 애들은 다 커 성인이 될 무렵이 되면 파자마 파티를 하는 경우가 많다. 알렉스의 생일날에도 초등학교 동창 등 친구 6명이 모여 파자마 파티를 열었다.

"그럼 괜찮지. 누구나 한 번쯤 통과하는 길인걸. 아빠가 밥 해 줄게. 근데 누굴 부를 건데?"

"알렉스와 일리아나를 부를까 해. 엘레나도 오고 싶다니까 모두 네 명."

나는 입을 다물었다. 알렉스는 소꿉친구라서 좋지만, 일리애나와 엘레나는 여자애다. 더구나 엘레나는 멀리서 오게 된다.

"전에도 말했듯이 이제 너희들은 곧 성인이야. 미안하지만 우리 집에서 여자애들이 잠을 자게 할 수는 없어. 게다가 엘레나는 먼 곳에서 오는 거잖아. 이야기가 더 복잡해지겠어."

아들은 잠시 생각하다가 "알았어. 그럼 안 하는 걸로 할게." 라고 말했다.

"들어 봐. 너희는 어린애에서 어른이 되어가는 어떤 의미에서 매우 민감한 시기야. 설령 저쪽 부모님이 괜찮다고 허락해도 아빠 좋다고는 말할 수 없다. 다들 똑 부러진 애들이라는 건 알아. 하지만 여자애를 맡을 수는 없어. 차별이 아니라 너희가 나이가 많기 때문이야. 남자애들끼리만 모이면 되지 않을까?"

"그렇긴 한데 난 남자라든가 여자라든가 성별로 나눠서 친구를 생각하진 않으니까. 그런데 아빠 말도 무슨 뜻인지 알아. 아쉽지만 이 일은 포기할게요."

'엘레나와는 좋은 친구가 되었다.'고 했지만, 근본적인 것은 아무것도 변하지 않았다. 역시 아직 근본적으로는 어린애인 것이다. 물론 아들의 생각이 기본적으로 틀린 것은 아니지만, 부모로서 어떤 부분은 바로잡아 주는 게 바람직한 역할이 아닐까. 이런저런 일들을 다 허락할 수는 없다. 내가 혼자 애들을 다 지켜볼 자신도 없다. 밥이나 간식은 얼마든지 해줄 수 있지만 말이다.

"아빠, 미안해요. 무리라는 걸 알고 있었지만, 지금의 나에게 가장 소중한 친구는 알렉스, 일리아나, 그리고 엘레나야. 남자친구를 여기 네 명 골라 모아도 난 기쁘지 않을 것 같아. 남자와 여자라는 것은 이해하지만 정말 소중한 친구와 열여섯 살이 되는, 단 한 번밖에 없는 생일날 함께 밤을 새워 가며 이야기하고 싶었을 뿐이야. 하지만 아빠의 입장도 이해하니까 이 일은 잊어버려."

아빠
직업이 뭐야?

12월 어느 날,

아침에 일어났더니 "아빠!" 하고 아들이 불러 세웠다.

"시험은 끝났고 크리스마스도 가까우니까 오늘 사러 가는 게 좋지 않을까?"

"뭘?"

"일렉트릭 기타."

시험이 끝나면 크리스마스와 오쇼가츠 세뱃돈과 1월 달 생일 선물분을 모두 합쳐 일렉트릭 기타를 사주겠다고 약속한 것이었다. 성적은? 좋은 것 같아. 그렇구나. 그럼 약속했으니까 사러 갈까?

우리는 바스티유 악기점 폴 보이셔Paul Beuscher까지 차를 타고 나갔다. 이런 약속만은 반드시 지켜야 하기 때문이다.

"아빠는 기타를 왜 쳐?"

악기점으로 향하는 차 안에서 이런저런 인생 이야기를 하게 되었다.

"무無가 되기 때문이지. 기타를 치고 있으면 마음이 안정돼. 기타는 배신하지 않거든. 아빠를 한 번도 배신한 적이 없어. 돈이라든지 명예라든지 이런 것 때문이 아니라 아빠는 기타를 치고 노래할 때가 제일 행복해. 알지?"

"그건 아빠 일이니까 그렇지?"

"아니, 아빠는 일이라고 생각해 본 적이 없어. 순수하게 음악을 좋아하고 기타를 좋아하니까."

"그럼 본업은 작가라는 거야?"

"글쎄, 모르겠다. 일이지만 잘 모르겠어. 그 부분은 애매모호해. 아빠는 회사에 근무한 적이 없고 명함을 가져본 적이 없어. 월급이라는 걸 받아본 적이 없는 셈이지. 예전에는 음악이나 소설도 일이 되었어. 근데 지금은 책도 그렇지만 CD도 잘 팔리는 시대가 아니니까. 그렇다고 음악이나 소설을 일이라고 단언하고 싶지도 않아. 하지만 너를 키워야 하니까 비즈니스라고 딱 잘라 말할 수 있는 일도 가끔 떠맡아 하지. 일이란 게 비슷하니까 그런 일도 즐기면서 해. 당연한 일이지. 다만……."

"다만?"

"기타 치는 게 좋아. 기타는 배신하지 않으니까."

그러자 아들이 미소 지었다.

자신의 직업을 아들에게 제대로 설명하지 못한다는 게 좀 부끄러웠다. 하지만 나는 자신이 그거라고 생각한 일을 줄곧 해 왔다. 기타 치는 일과 소설 쓰는 일을, 그게 팔리든 팔리지 않든 나는 내 의지대로 묵묵히 계속해 왔다.

한 편집자가 "츠지 씨, 이제 음악은 그만하는 게 어때요? 작가답게 히트작 낼 생각만 했으면 좋겠어요."라고 말한 적이 있었다. 지금으로부터 20년 정도 전의 일이지만, 아직도 잊을 수 없다. '왜 이 사람은 주제넘게 나에게 이런 말을 하는 것일까?' 하고 생각했다. 하지만 그 일을 아들에게 말하지는 않았다.

악기 가게에서 나는 아들과 함께 기타를 골랐다. 그 시간이 너무 사랑스럽고 멋졌다. 쭉 늘어놓은 여러 나라 기타 중에서 내가 집어든 건 아이바네즈Ibanez라는 일본 기타였다. 그것을 앰프에 연결해서 아들 앞에서 연주해 보였다. 멋진 소리가 튀어나왔다.

"바로 이거 아닌가? 이게 좋을 것 같은데 넌 어떻게 생각해?"

"응, 나도 이게 좋아. 근데 괜찮아? 이거 사줄 거야?"

나는 기타를 아들에게 들려 주었다. "한번 쳐봐."라고 하니 아들이 의자에 앉아 일렉트릭 기타를 튕겼다. 서투르긴 해도 그런대로 맛이 있었다. 아들이 행복한 표정을 지었다. 그 모습을 본 나도 행복했다.

여기에는 다른 게 끼어들 여지가 없었다. 아들의 성적이 좋고 나쁘고를 떠나 그저 음악으로 연결되어 있었다. 그것뿐이다. 그냥 그것뿐.

"이걸로 하자."

"응. 고마워."

우리는 돌아오는 길에 근처 이스라엘 레스토랑에 들어가 파라펠falafel, 병아리콩 또는 누에콩을 갈아 둥글게 빚어 튀긴 요리을 먹었다.

"아빠는 뭘 할 때가 제일 행복해?"

"기타 치고 있을 때."

"왜?"

"좋아하니까."

단둘이서 보낸
크리스마스이브

12월 어느 날,

단둘이 크리스마스이브를 보낸 지도 몇 번째가 된다. 아들과 의논한 결과 이번 크리스마스에는 대대적인 장식을 하지 않기로 했다. "이제 고등학생이니까 그럴 필요 없어. 그동안 고마웠어."라고 아들이 말했다.

어디 여행이라도 갈까 생각했지만 프랑스 국철 파업은 연초까지 계속된다는 보도가 있었다. 게다가 1월 9일에는 대규모 시위까지 있는 모양이다. 대체 파업은 언제까지 계속될까.

테제베도 움직이지 않으니 집에 있을 수밖에 없다. 아들 친구들도 마농도 니콜라도 놀러 온다는 말이 없으니 단둘이 크리스마스이브를 맞을 수밖에 없었다. 밖에 나가지 않고 날마다 집에 틀어박혀 보내는 오쇼가츠_{일본의 설날}가 있듯이, 집에서 쉬는 크리스마스가 있어도 좋을 듯했다. 그래도 왠지 쓸쓸하니까 기분을 내 보기로 했다. 일단 케이크랑 저녁에 먹을 걸 사러 가기로 한 것이다. 프랑스의 크리스마스는 일본의 오쇼가츠와 비슷하다. 그래서 내일은 가게가 모두 문을 닫는다. 뭔가 사두지 않으면 참담한 연말을 맞을 수도 있다.

크리스마스 케이크를 '부쉬 드 노엘bûche de Noël'이라고 부른다. 커다란 가마보코일본식 수제 어묵으로 롤케이크 모양으로 만들어 파는 경우가 많다.처럼 통나무를 잘라 놓은 듯한 모양의 케이크인데 이게 꽤 비싸다. 5천 엔 정도 되려나. 모두 예약을 하기 때문에 어디나 미리 만들어서 냉동해 놓는다. 케이크 가게를 네 곳이나 돌아다닌 끝에 겨우 적당한 케이크를 발견해 하나를 샀다.

그러고는 정육점에 가서 평소 친하게 지내는 가게 주인 로제에게 뭔가 크리스마스에 어울릴 만한 고기가 있었으면 좋겠다고 했더니 "지금은 바쁘니까 점심 지나서 다시 오시겠어요? 뭐 좀 만들어 놓을게요."라고 말하며 윙크했다.

집에 돌아왔다가 저녁 무렵에 다시 정육점에 갔다. 로제가 뱃속에 여러 가지를 가득 채워 넣은 닭 한 마리를 쑥 내밀었다. 총리 관저에도 출입한다는 로제가 엄청나게 큰 닭 한 마리를 준비해 놓은 것이다. 내장을 꺼내고 거기에 속을 채운 것인데 다 먹지 못할 만큼 컸다. 프랑스 사람들은 다 먹지 못한 음식을 크리스마스 때 먹어 치우는 습관이 있다. 일본의 오세치 요리

일본에서 명절 때 먹는 조림 요리를 먹는 느낌이다. 남으면 카레 소스라도 뿌려 먹으면 되겠다 싶어 망설임 없이 하나를 샀다.

집으로 돌아와 오븐 접시에 방금 사온 닭 한 마리를 놓고 에샬롯échalote, 작고 길쭉한 양파, 밤, 감자, 허브타임과 롤리에를 곁들였다. 닭 목살과 닭 가슴살과 간도 딸려 있었으므로 시간차를 두고 넣기로 했다. 닭 목살은 괴상망측하게 생겼지만 일본 닭꼬치 집에서 다들 "맛있다, 맛있다." 하며 잘도 먹는 그 '세세리닭 목살'를 말한다. 닭 목 부분은 수도관의 수도꼭지처럼 생긴데다 안에 뼈가 있어 그대로는 먹을 수 없다. 세세리 모양을 어떻게 만드는 걸까. 나는 닭꼬치 가게의 고충을 상상하며 뼈에서 살을 발라냈다. 아들이 마샬 스피커를 들고 와 오븐 앞에 놓았다.

"어두우니까, 뭔가 음악 같은 게 필요하겠지?"

프랑스 가수가 부르는 캐롤 송이었다.

저녁 8시, 테이블 세팅을 했다. 평소와 다를 바 없는 저녁 식사지만, 좀 좋은 접시를 늘어놓고, 촛대를 꺼내 크리스마스이브다운 분위기를 만들어 보았다. 오븐에 1시간 반 동안 구운 닭 한 마리를 한가운데에 툭 내려놓았다.

"이런 건 또 언제 해 봤어?" 아들이 코웃음을 쳤다.

"뭐 크리스마스니까. 너도 언젠가 프랑스 사람과 결혼해서 크리스마스를 가족끼리 축하하게 되겠지? 이런 일을 겪지 않으면 그때 적응하지 못할 거야."

또다시 아들이 코웃음을 쳤다.

"프랑스인이라고 단정 지을 수는 없지. 아시아인일 수도 있고 아프리카인일 수도 있으니까."

그러고 보니 요즘 엘레나 얘기를 화제로 삼은 적이 없었다. 뭐, 그래도 쓸데없는 건 묻지 말자. 인생은 길고, 넌 아직 고등학생이다.

"그렇긴 한데, 가능성은 무지 높은 거 아니냐? 프랑스 가정에 초대받을 수도 있으니까 크리스마스 보내는 방법 정도는 알아두는 게 좋잖아? 창피당하지 않으려면. 이게 부모 마음이거든. 잠자코 먹기나 해라."

닭고기를 잘라서 아들에게 주었다. 아들은 말없이 볼이 미어지게 닭고기를 입에 넣고 먹었다. 나는 와인을 잔에 따르고는 공중을 향해 건배했다.

그래도 어떻게든 된다. 그렇다, 이 나라는 '어떻게든 되는' 나라다. 일본처럼 모든 일이 엄격하다고는 할 수 없다. 그러니까 반대로 시위나 파업을 이렇게 자주 하는 거다. 일본에서 이렇게까지 철도나 버스가 움직이지 않으면 나라가 제 기능을 하지 못할 것이다. 벌써 3주일이나 전국의 철도와 버스가 멈춰 있다. 일하지 않는 노동자는 그만큼 감봉이 된다나……. 이미 3주일이나 되었디. 게다가 내년까지 파업이 계속될 가능성도 크다. 그래도 괜찮은 걸까…….

"아빠"

"뭐?"

"참 맛있다, 이거."

"아쉽지만 아빠가 만든 게 아니야. 정육점 로제가 만든 거지."

"아무튼 이게 프랑스 맛인 것 같아. 나는 왜 프랑스에서 태어났을까?"

"그게 문제구나. 근데 프랑스는 좋아하니?"

"좋아해. 좋은 나라라고 생각하는데."

"그거 다행이구나. 너한테는 고향이니까 좋아하면 됐지, 뭐."

"응, 복잡하긴 하지만 어쩔 수 없지. 어디에 태어날지 선택할 수 있는 사람은 없으니까."

'태어날 곳을 선택해서 태어나는 사람은 없다. 그 말이 맞다.'라고 생각하면서, 나는 와인을 물처럼 들이켰다. 이 생활이 얼마나 더 지속될까. 과연 이 녀석은 누구와 가정을 꾸릴 것인가.

"아마 죽을 곳은 선택할 수 있을 거야. 자신이 원하는 장소를 선택하면 되는 거니까."

아들은 고개를 끄덕이더니 닭고기를 아무렇게나 입안에 집어넣었다. 맛있게도 먹는구나!

"아빠는?"

"아빠도 그렇게 할 거야. 하지만 지구는 넓으니까 벌써 인생을 포기할 수는 없지!"

아들이
파리를 가이드하다

12월 어느 날,

아들이 가이드 역할을 맡았다. 이는 상당히 드문 일이다. 엄마처럼 따르는 내 사촌 여동생 미나 일행을 3일 동안 안내했다. 낯을 가려서 그런지 평소에는 인사도 제대로 못하는 아들이 3일간 스스로 나서서 안내를 도맡았다.

아들은 먼저 자신이 다니는 고등학교를 보여 주겠다며 내 사촌 동생을 데려갔다. 그러고 나서 센강 유람을 하고 샹젤리제 거리로 안내했다. 백화점과 슈퍼마켓에서 쇼핑을 하며 생제르맹데프레 일대를 거닐고 밤에는 에펠탑에 올라갔다.

파리의 고등학생들은 좀 삐딱해서 그런지 에펠탑에 오르지 않는 걸 자랑하곤 한다. 관광지를 싫어하는 파리의 아이들. 하지만 사랑하는 고모를 위해 아들은 잠시 그 규칙을 어겼다. 처음엔 안 가겠다고 우기다가 이별이 다가와서인지 난데없이 같이 올라가겠다고 나섰다.

내가 싱글 파파가 된 지 얼마 안 됐을 때, 사촌 여동생 미나는 아들의 정신적 지주이기도 했다. 평소 냉정한 모습만 보이던 아들이 열심히 파리를 안내하다니, 참 기특하기도 하다.

5년 전쯤의 일이다. "오빠, 애가 갑자기 울기 시작했어."라고 미나로부터 연락이 왔다. 슈퍼마켓에서 장을 보는데 아들이 미나를 "엄마."라고 큰 소리로 불렀다는 것이다. 무언가를 보여 주고 싶어 멀리 있는 미나를 향해 손을 흔들며 "엄마!" 하고 부른 직후 그 어색함이 그의 마음을 뒤흔들었다. 울지 않는 아이였다. 그런데 그때는 펑펑 울었다나…….

내 앞에서는 운 적이 없어서 그 말을 듣고 나도 할 말을 잃었다. 그 후 매년 아들은 일본에 갈 때마다 미나 고모 집에서 지냈다. 아들은 그 가족들 속에서 일본의 여름을 만끽했던 것이다. 초등학생, 중학생, 그리고 이제 고등학생이 되었다. 아들이 미나 고모에게 자신의 고등학교를 왜 보여 주려고 하는지 어렴풋이 알 것도 같았다. "학교 가봐야 재미없잖아?"라고 내가 말하자 "난 학교 가보고 싶어."라고 미나가 가로막았다. 나중에 깨닫고 '쓸데없는 말을 했구나.' 반성했다.

미나는 병원에 근무하고 있기 때문에 이번 파리 여행은 겨우 3박 4일의 짧은 체류였다. 하지만 우수한 가이드(?)가 프랑스

역사상 최장의 파업 속에 파리를 안내한 것이 도움이 되어 3일 동안 상당히 알차게 보낸 것은 틀림없다. 마지막날 밤, 우리는 에펠탑 근처 카페에서 저녁을 먹었다. 이후 일행은 그 가이드와 함께 반짝반짝 빛나는 에펠탑에 올랐다. 나는 먼저 집으로 돌아왔다. 12시 한밤중에 미나가 사진을 보내 왔다.

"지금 정상!"이라는 문자메시지가 덧붙여져 있었다. 구름 한 점 없이 쾌청한 파리 야경 사진과 함께.

2019년 연말 아들은 마침내 에펠탑 정상에 오른 것이다. 그곳에 오르기까지 아들은 15년 11개월이라는 세월이 걸렸다. 2주일 후면 아들은 열여섯 살이 된다. 많이 컸다. 친척들에게 감사할 따름이다.

"그때 나는 사람에게 실망하지 않으려면 기대하지 않는 게 가장 좋은 방법이라고 생각했다. 하지만 아들은 나와는 근본적으로 다른 사고방식을 갖고 있었다. '아빠, 사람에게 기대를 해도 괜찮은 거 같아.'라고 아들은 말했다."

2020

아들 나이 열여섯 살

Sous le Ciel de Paris

아들의 열여섯 살 생일에
부모로서 생각하는 것

1월 어느 날,

극적인 변화 없이 무탈한 일상을 보냈다. 아들의 16번째 생일
날인 오늘도……. 날마다 이렇게 줄곧 둘이서 살아왔고 일상
은 똑같은 일의 반복이다. 오늘도 여느 때처럼 아침 7시에 아
들이 일어났다. 등교 준비 중인 아들 방에 얼굴을 내밀고 '교환
권'을 툭 건넸다.

"뭐야?"

"생일 축하해."

아들이 그것을 받아들고 봉투 안에서 카드를 꺼냈다.

"생일 선물 교환권이야. 오늘 중에만 쓸 수 있으니까 뭘 원하
는지 잘 생각해 둬. 100유로까지면 뭐든지 원하는 거 사줄게.
그게 생일 선물이야."

아들이 웃었다. 나는 학교에 가는 아들의 어깨를 툭툭 치면서 배웅했다.

단둘이 남은 그날부터 오늘까지 아들은 그 일에 대한 말을 꺼낸 적이 없다.

그래서 나도 그 일을 입 밖에 내지 않는다. 이곳 파리에서 단둘이 사는 생활이 조용히 반복되었을 뿐이다. 날마다 아빠와 아들은 평범하게, 어떻게 보면 힘차게 살아왔다. 아들의 소꿉친구 아빠와 엄마 들의 도움으로 아들은 여기까지 성장할 수 있었다.

동네 중식당 주인 아저씨와 아줌마가 삼촌과 이모 역할을 맡아 줬다. 때로는 트위터 팔로워들이 똑 부러진 조언을 해주기도 했다. 이것은 아들에게보다 나에게 고마운 일이기도 했다. 그들 덕에 때로 내팽개치고 싶기도 했던 집안일을 하며 아들을 키울 수 있었다. 일본의 친척과 친구들에게도 격려를 받았다. 처음에는 비방하는 사람도 있었지만, 나는 그런 일에 신경 쓰지 않고 그냥 무시해 버렸다. 프랑스에 있는 아들에게는 전해질 리가 없었고, 그 사람들을 일일이 상대할 시간도 여유도 없었다. 그렇게 하루하루를 살았다.

니콜라 아빠와 엄마한테서 동시에 연락이 왔다.

"오늘이죠? 괜찮다면 우리 넷이 축하하러 가고 싶은데, 어때요?"

"와주시면 좋지요."라고 나는 말했다.

둘이서 생일 파티를 하기엔 좀 쓸쓸하던 차였는데 마침 그들이 와준다니 대환영이었다. 이런 식으로, 피를 나누지 않은 그들의 도움으로 아들은 컸다. 솔직히 아들도 할 말은 있을 것이다. 아빠인 나에게도, 세상을 향해서도…… 하지만 아들은 아무 말도 하지 않는다. 내가 할 수 있는 일이 뭘까, 생각하면서 나는 가만히 아들을 지켜보았다. 그런데 이렇게 생일을 축하할 수 있게 되었다. 그건 무엇보다 다행스러운 일 아닌가.

밤에 니콜라가 뛰어 들어왔다. 손에 작은 선물을 들고. 옆에 넉살 좋은 마농이 서 있었다. 니콜라와 마농의 엄마, 아빠는 그 아이들 뒤에 있었다.

그들 네 사람은 아들을 보고 "생일 축하해."라고 말했는데, 그게 마치 노래하듯 멋진 하모니를 이루었다.

나는 모두를 위해 치킨난반튀긴 닭고기에 타르타르 소스를 얹어 먹는 일본식 닭튀김 요리과 애호박 그라탕과 마카로니 라이스 등 일본식 양식을 만들어 내놓았다. 주스로 건배를 하며 열여섯 살을 맞은 아들을 축하했다.

하지만 아들은 그다지 기쁘지 않은 건지 오히려 행복해하는 니콜라를 차가운 눈으로 바라보고 있다.

니콜라는 "엄마, 아빠!" 하며 아이답게 소리를 한껏 높였다.

그 모습은 어리광을 부리는 듯 무척 어린아이다웠다. 나는 아들이 어떤 마음으로 니콜라를 보고 있을까 생각하며 걱정했다. 하지만 아들은 이제 성인이다. 축하해 준 사람들을 실망시키지 않으려고 어른스럽게 행동하고 있었다. 뭐 어쩔 수 없는 일이다. 그러니까 나도 그 점을 건드릴 수는 없었다. 자극하지 않으려고 가만히 있을 수밖에 없었다. 나는 손수 만든 생일 케이크에 촛불을 꽂고는 축하 노래를 부르며 둘러앉은 곳으로 옮겨놓았다. 니콜라가 손장단을 맞추며 열심히 노래했고, 사적으로는 티격태격할 법한 니콜라의 엄마, 아빠도 미소를 지으며 바라보고 있었다. 마농도 조금 떨어진 곳에서 담담한 표정으로 손뼉을 치고 있었다. 어쨌든 아들은 열여섯 살이 되었다. 마땅히 축하받을 일이다.

니콜라 가족이 돌아간 뒤 아들은 교환권을 가져와 내밀었다.

"뭘로 할까?"

"헤드폰 갖고 싶어. 프로가 쓰는 거. 100유로 좀 넘는데 괜찮아?"

나는 고개를 끄덕였다. 그것으로 아들의 마음을 사로잡을 생각은 없지만, 1년에 한 번 있는 생일이니까 아들이 원하는 걸 사주고 싶었다. 그렇게 해서 아들이 행복하다면 나도 행복할 게 분명하다. 이 애가 언젠가 마음속 깊이 웃을 수 있는 날이 오기를 부모로서는 바라고 있다. 그건 아들이 자신의 힘으로 가족을 만들었을 때가 아닐까.

아들아 열여섯 살이 된 걸 축하한다. 멋진 한 해가 되길!

오랜만에 아들을 만나
마음이 푹 놓인 하루

2월 어느 날,
파리로 돌아왔다. 일본에 그리 오래 머물지는 않았으나 코로나
19가 한창인데다 프랑스로 돌아오기 직전에 목 뒤쪽에 불거져
나온 멍울이 발견되어 병원에 가야 했고 항생제를 처방받았으나 멍울이 없
어지지 않을 경우에는 수술을 해야 한다는 진단을 받았다., 거기다 악천후로 비행
기가 16시간이나 지연되는 바람에 파리에 도착했을 때는 이미
인간으로서 아슬아슬한 지경에 이르렀다.

아들에게 '헬프'라고 문자메시지를 보냈더니 현관 앞에 아주
힘센 아들이 기다리고 있다가 30킬로그램이나 되는 여행용 캐
리어를 방까지 단숨에 당겨 올렸다. 아니, 그때만큼 믿음직스
러웠던 적이 또 있었던가.

나는 침대에 쓰러지듯 기어들어가 잠을 청했다. 저녁 무렵에

눈을 뜨고는 뭔가 간단한 요리를 해야겠다고 생각하고 있는데 아들이 와서는 주방 원형 의자에 걸터앉아 꼼짝하지 않았다. 뭐냐고 묻자, 뭘 먹을 거냐고 물었다. 나는 "맛있는 거."라고만 대답하고는 밥을 짓고 냉장고를 뒤져 남아 있는 것으로 간단한 조림을 만들까 생각하고 있었다.

냉동고에 닭고기가, 야채실에는 당근, 무, 연근이 있었다. 그리고 말린 무와 표고버섯도 나왔다. 무는 좀 오래되었지만 먹어도 될 것 같았다. 레스토랑에 나가는 것이 더 피곤할 것 같아서 치쿠젠니닭고기야채조림와 무말랭이조림을 만들었다. 오! 냉동실 구석에서 돈가스 3장이 출토되어(?) 이것도 튀기기로 했다.

내가 요리하는 동안 아들은 줄곧 거기서 꼼짝도 하지 않았다. 평소에는 가까이 오지 않던 아들이 그러는 게 신기했다. "웬일이냐?"고 물었다. "아무것도 아니야."라고 아들이 말했다. "아빠는 예전에도 요리했어?"라고 물었다.

"응, 요리를 할 줄 알면 삶이 두 배로 즐거워지니까. 너도 배웠으면 좋겠어. 어? 월리엄이랑 토마랑 셋이서 가기로 한 레스토랑, 오늘 아니었나?"

"아, 그거 목요일날 가기로 했어. 아빠가 힘드니까 오늘 말고 목요일날 가기로."

"고마워. 오늘 같으면 죽을 것 같아."

"그렇지? 미안해."

"레스토랑 메뉴 정해졌어?"

"정했어, 무한 리필로."

우리는 둘이서 식사를 했다. 자살한 미국 가수 아비치Avicii 이야기를 하며. "왜 죽는 걸까?" 하고 내가 말하자 아들은 "죽는 건 문제가 아니잖아? 사는 게 문제지."라고 말했다.

저녁 식사 후 작업실에서 소설을 쓰고 있는데 아들이 다시 와서 뒤에 있는 소파에 털썩 주저앉았다. '어라, 일하는 곳에 얼굴을 내밀다니 신기한 일이네.'라는 생각이 들었다. "무슨 일이냐?"고 물었더니 "아무것도 아니야."라고 했다.

"아빠, 뭐 마실래? 커피라도 끓일까?"

그래서 깨달았다. 어쩌면 아들이 쓸쓸한지도 모르겠다고. 혼자 있었기 때문에 외로웠는지도 모른다. 무심코 얼굴 표정이 일그러졌다. 그럴 때도 있는 거다. 그래서 나는 일을 하다 말고 아들과 시간을 보내기로 했다.

아들은 소파에 털썩 주저앉아 휴대전화를 들여다보고 있었고, 나는 기타를 끌어내 한 소절을 연주했다.

"다음 달 라이브용으로 프랑스어 곡을 만들고 싶은데 말이야. 이런 멜로디. 프랑스어로 써줄 수 있니?"라고 툭 던져 보았다. 그랬더니 신기하게도 반응을 보였다. 자리에서 일어나 멜로디를 쫓고 있다. 평소 같으면 싫다는 말을 던지고는 방으로 들어갔을 텐데, 역시 꽤 외로웠나 보다⋯⋯.

이래저래 하다 보니 신곡이 완성되었다. 음악이란 이럴 때 편리하다. 쓸데없는 대화가 필요 없다. 뜻밖에도 즐거운 밤이 되었다. '이런 아빠도 존재 이유가 있었구나.' 생각하니 나로서도 기뻤다.

그런데 아들이 지은 가사란 이런 느낌이다.

Dans la vie
세상을 살다 보면

Y'a toujours des moments tristes
누구나 슬플 때가 있게 마련이지

Pas toujours qu'on réussi
늘 잘 된다는 법도 없고

C'est la vie c'est pas la vie et alors c'est ta vie.
그게 인생이고, 인생은 그게 아닐 수도 있지. 하지만 그게 너의 인생 아닐까.

인생의 갈림길에 선
아들과의 대화

2월 어느 날,

나와 아들은 수제 고기만두를 겨자초간장에 찍어 볼이 미어지게 입에 넣었다.

"진짜 맛있다."라고 아들이 말했다.

"그러게." 하고 나도 응수했다.

"수제에는 아무도 못 당하지. 수제 만두가 최고야. 최고를 얻고 싶다면 남들과 다른 것을 하라."

아들이 고개를 끄덕였다.

"그런데 상의할 게 뭐야?"

"이번 방학이 끝나면 진로를 정해야 해. 간단히 말해서 코스를 선택해야 하는 거지. 근데 그걸 선택하고 나면 미래가 한정되어 움직일 수 없게 되거든. 길이 정해지는 거지. 그래서 수학을 남길지 버릴지 고민이야."

"아빠라면 버릴 것 같은데. 숫자 알레르기가 있으니까."

"알아. 아빠는 계산대 앞에서 손가락을 꼽아가며 계산하잖아."

"시끄러워. 넌 수학 성적이 나쁘지 않잖아? 장래를 생각한다면 수학을 해놓아야 나중에 다른 분야에서도 일할 수가 있지."

"그렇게 말하는 사람이 많긴 해. 하지만 내년부터 수학 수준이 무지 높아지거든."

"지금보다 더? 그렇다면 아빠 생각에는 무리야."

"엔지니어를 목표로 한다면 하는 수 없이 해야겠지. 근데 우리 학교는 수학이 강하기 때문에 따라가느라 정신이 없을 거야. 수학만 해야 겨우 따라갈 수 있을 텐데, 그러면 하고 싶은 공부를 할 수 없게 될 거고."

"그건 그렇고 넌 뭐가 되고 싶은데? 무슨 직업을 갖고 싶어?"

"내가 그걸 알면 아빠와 상의 안 하지. 그게 아직 정해지지 않았는데 지금 코스를 선택해야 하니까 고민인 거야."

"좋아하는 것만 공부하면 어떻게 되는데? 좋아하는 거라면 계속할 수 있잖아."

"근데, 그렇게 생각하면 두 코스밖에 없어. 하나는 생물학, 정치학, 경제학 코스. 다른 하나는 정치학, 수학, 철학 코스야."

"철학이 들어가야 하는 거 아니야? 너 철학 참 좋아하잖아. 그 코스에는 수학이 들어가 있으니까 일단 이어지겠네. 둘 다 정치가 들어가 있구나. 다른 코스는?"

"웅." 하고 아들이 말하고는 고기만두를 입에 넣었다. 겨자가 매웠는지 기침을 해댔다.

"법률이나 정치를 공부하고 싶어."

"변호사가 될 생각? 설마 정치인은 아니지?"

"설마. 하지만 환경 문제 같은 걸 다루는 일에 관심이 있긴 해."

나는 서둘러 고기만두를 삼키고 나서 아들과 마주 보았다.

"부자가 되고 싶니? 아니면 돈 없어도 된다고 생각하니? 어느 쪽이야?"

"없는 것보다는 있는 게 낫지."

"프랑스나 일본이나 앞으로 경제가 더 어려워질 거야. 정치나 법률만 해서는 취업할 곳이 한정되거든. 너는 일본인이니까, 보통 프랑스 사람보다 취업의 문턱이 높을 거야. 아빠가 보기에 프랑스는 계급 사회니까, 상당한 각오로 공부해야 할걸. 네 친구들은 쟁쟁한 집안 출신들이 많으니까 기업 같은 데 연줄이 있을 수도 있어.

그런데 넌 배경도 없는 데다 안타깝게도 아빠는 이렇잖아? 그러니까 넌 실력으로 승부해야 해. 아빠에게 만약 무슨 일이 생기면 이 나라에서 네가 기댈 사람이 없잖아. 일본으로 돌아간다 해도 네 고향은 프랑스고, 네 모국어는 프랑스어니까 프랑스어권에서 우선 취업하는 게 훨씬 유리하고. 아니면 대학에서 영국 등 영어권으로 건너가 영어를 공부하든가, 아무튼 언어의 영향이 크니까 전문직을 구할 필요가 있을 것 같아. 엔지니어든, 의사든, 경제 전문가든 말이다.

길이 정해지지 않았다면 우선 갈아타기가 가능한 걸 고르고 인생에 유예 기간을 둔 후에 재빨리 장래 목표를 정하고 거기로 옮겨갈 수밖에 없지. 수학을 넣어 두면 둘 다 가능하잖아. 아빠가 하고 싶은 조언은 이 두 가지야."

"두 가지?"

"수학은 꼭 선택하라는 거야."

"또 하나는?"

"수제 고기만두보다 더 맛있는 고기만두는 이 세상에 없다는 거지."

아들이 웃었다. 그러고는 "알았어. 고마워."라고 말하며 남은 마지막 고기만두에 손을 뻗었다.

아들아, 그 맛을 기억해 둬라!

아끼던 자동차와
이별하던 날

2월 어느 날,

아들이 태어난 해에 산 차일명 스테파니가 고장 났다. 수리비가 백만 엔 정도 든다는 말을 듣고 그 차를 버리고 새 차를 사기로 했다. 요즘은 새 차를 사는 게 아니라 새 차를 리스하는 게 유행이란다. 차를 좋아하는 친구들이 알려 주었다. 프랑스인 대다수가 리스를 이용하는 탓에 새 차를 사는 사람이 급감하고 있다는 것이다.

스테파니는 아들이 태어났을 때부터 줄곧 우리와 함께했다. 아들은 뒷좌석 아기 시트 속에서 자란 거나 마찬가지다. 지금도 기억에 새롭다. 아기 시트에 앉아 쪽쪽이공갈 젖꼭지를 물고 있던 꼬마 녀석. 발로 조수석을 찬 탓에 그곳만 더러워졌다. 조금 커서 아기 시트를 버릴 때도 "싫어, 싫어!" 하며 그 의자에 줄곧 앉아 떼를 쓴 아들. 내가 싱글 파파가 됐을 때도 스테파니는 수척해진 나 대신 아들을 마중해 주었다.

아들이 열 살 때부터 얼마 전까지 이 차를 타고 우리 부자는 여행을 다녔다. 이 차로 동쪽으로는 독일까지, 남쪽으로는 지중해, 서쪽으로는 스페인, 북쪽으로는 영국 해협 해안선을 내달렸다. 프랑스 국내도 스트라스부르, 릴, 낭트, 보르도, 세트Sète, 마르세유, 아비뇽, 리옹, 도빌 등 거의 모든 도시를 누볐다. 고등학교 2학년이 된 아들의 성장과 함께해 온 우리의 자동차. 우리는 그녀를 스테파니라고 불렀다프랑스어로 차가 여성명사이기 때문에.

"아빠, 스테파니는 폐차할 때까지 타자. 가족이니까."

아들은 그렇게 말하곤 했다. 나도 그럴 생각이었지만 한계가 왔다. 자동차 판매점에 문의했더니 보상 판매를 해주겠다고 했다. 보상 판매가 가능한 연차는 아니지만, 내가 깔끔하게 탔기 때문에 매입하고 싶다고 했다. 아주 드문 케이스인 듯하다. 그 보상금을 계약금으로 해서 스테파니의 딸에 해당하는 차를 리스했다. 그 브랜드 중에서는 제일 작은 소형차다나중에 알게 된 일이지만, 이 차는 리스 후 반드시 구입해야 하는 조건의 리스였다.

"가족은 두 명이고요, 파리 시내에 주차하기 좋은 기동력 있는 소형차면 됩니다."

차는 안전하고 쾌적하게 달려 준다면 그것으로 족하다. 고장

나지 않고, 연비가 좋고, 안전성이 높고, 기동력이 있고, 좁은 장소에도 편하게 주차할 수 있는 차를 나는 원했다.

오늘 아들과 자동차 판매점에 가서 새 차와 대면했다. 생김새는 스테파니를 쏙 빼닮았지만 몸집은 좀 작았다.

나무랄 데가 없어서 사인을 하고 열쇠를 받았다.

"저기 스테파니는 지금 어디에 있어요?"

아들이 자동차 판매점 직원에게 물었다. 지하에 있다는 말을 들은 아들은 마지막으로 한 번 차를 보고 싶다고 했다. 나와 아들은 지하 차고로 향했다. 가장 안쪽 어두운 곳에 스테파니가 있었다. 우리는 잠시 할 말을 잃었다. 완전히 늙어 버린 자동차가 쓸쓸해 보이기도 했다. 자동차 판매점 직원이 문을 열려고 했지만 배터리가 방전돼 있어 문이 열리지 않았다. 눈시울이 뜨거워졌다. 16년간 달려온 차창 풍경이 내 뇌리를 스쳐지나갔다. 나는 자동차 판매점 직원에게 이 차를 얼마나 아끼고 사랑했는지 절절히 이야기했다. 옆에서 잠자코 아들이 듣고 있었다.

"무슈, 그런 식으로 자동차를 아끼는 사람은 좀처럼 보기 드물어요. 저도 감동했어요."라고 말했다.

아들이 스테파니의 보닛을 껴안았다. 나는 그 모습을 사진으로 남겼다.

고마워, 스테파니. 정말 고마워.

우리는 새 차의 이름을 '안느'라고 지었다. 그리고 시운전을 해보았다.

16년 전 차와 지금 차의 차이는 뚜렷했다. 안느는 스테파니보다 한결 작아 파리 시내를 이동하기에 편리했다. 바스티유 악기점에 가기 위해 차를 보주 광장Place des Vosges 근처 길거리에 세운 후 앱으로 주차 요금을 냈다. 그런데 악기점에서 쇼핑을 하고 돌아와 보니 앞 유리에 주차 위반 종이가 끼어 있었다. 벌금이 35유로라는 거였다. 이미 지불했는데, 하고 그 종이를 들여다보았다. 아들이 "이상한데, 이 번호."라고 말했다.

"아까 자동차 판매점에서 확인한 자동차 검사증 번호가 아니야. 보험사와 주고받은 번호와도 다른데?"

우리는 황급히 새 차 검사증을 꺼내 확인했다. 아들 말이 맞았다. 번호가 달랐다!

아들이 번호판을 들여다보러 가서 "아빠, 말도 안 돼!" 하고 큰소리로 외쳤다. 얼른 아들 옆으로 달려갔다. 번호판 번호가 잘못된 게 아닌가. '이럴 수도 있구나!' 우리는 함께 웃었다. 이런 곳이 프랑스인 것이다.

어쨌든 우리 부자의 여행은 계속된다.

'안느, 앞으로 3년간 잘 부탁해.'

아빠와 아들의
마음 조율

3월 어느 날,

아들 기분이 안 좋은지 아침에는 늘 "안녕" 하며 말을 붙여도 거의 대꾸도 하지 않는다. 물론 착한 녀석이기 때문에 마음속으로는 "안녕"이라고 말할 게 틀림없지만…….

저녁때도 평일에는 대답이 즉각 돌아오는 법이 없다. 밥을 먹고 있을 때 "오늘은 어땠냐?"고 물으면 "응." 하고 대꾸할 뿐이다. 그런데 딱히 반항기라서 그런 게 아니다. 단순히 피곤해서 그렇게 반응하는지도 모른다. 지금 이야기하지 않아도 된다고 생각할 수도 있다. 그래서 나도 더 이상 되묻지 않는다. 다 먹고 나면 아들은 "잘 먹었습니다."라고 말하고는 자신의 그릇을 치우고 방에 틀어박힌다. 열여섯 살 나이로 따지면 보통 있을 수 있는 행동이다.

그런데 주말이 되면 돌변한다. 학교에 가지 않으니까 마음의 여유가 생기는 것인지도 모르지만 평일보다 말이 많아진다. 그래서 언제부터인가 대화할 일이 있으면 토요일 점심에 하는 것이 규칙이 되었다. 나는 말하기 좋은 환경을 만들기 위해 아들이 좋아하는 만두를 만들기로 했다. 그래서 오늘 점심은 만두다. 만두가 없어질 때까지 이야기할 수 있도록 나는 만두를 백 개나 만들었다.

우리는 만두를 입에 밀어 넣으면서 만두가 없어질 때까지 다양한 이야기를 나눴다. 퀘벡 할아버지 셰프의 유튜브 프로그램을 함께 보면서 요리하는 것의 중요성을 이야기하다 생명의 고귀함에 대한 이야기까지 하게 되었다. 아들은 생물학 수업의 일환으로 어제 농장을 견학하고 돌아왔다. 거기서 소가 5살이 되면 모두 우시장에 출하된다는 말을 들었다고 했다.

그래서 나는 아들에게 칼을 사용하는 법과 고기 자르는 법을 가르쳐 주었다. 남김없이 생명을 먹는다는 게 얼마나 중요한지를 가르친 것이다. 아들은 윌리엄이 요리를 잘한다며 자신도 요리를 잘하고 싶다고 했다. 그래서 생명에 대한 감사가 있고 가족을 소중하게 생각하면 자연스럽게 요리 솜씨는 좋아진다고 가르쳤다. 윌리엄이 올 가을부터 다른 학교로 가게 되었다고 아들이 쓸쓸하게 말했다. 목표가 있으면 거기에 맞춰서 학교를 바꾸는 것은 당연하다, 하지만 너는 아직 구체적인 목표가 정해지지 않았으니까 학교에 그냥 다니는 게 좋겠다고 말해 두었다. 아들은 자신의 장래에 대해 역설했고, 나는 만두를 먹으며 잠자코 들었다.

인생 설계에 대한 이야기를 하다 그만 과거, 현재, 미래라는 시간의 흐름에 대한 이야기로 흘러갔다. 나는 시간 개념에 대한 지론을 전개했다. 아들은 미소를 지으며 조금은 알 듯하다고 말했다.

윌리엄은 미래를 살고 있고, 이본은 과거에 집착하고 있다. 현재 속에 과거와 미래가 있다는 걸 알고 있다고 아들이 잘난 척하며 말해서 나는 "시간이란 화해."라고 말했다. '화해'라는 일본어가 어려워 두 사람의 대화가 거기서 중단되고 말았다. 아들이 휴대폰 구글 번역으로 검색을 하더니 '화해'가 '레콩실리아시옹réconciliation'임을 알아냈다. 우리는 부모와 자식이지만 때로는 번역기가 필요하다. 하지만 항상 마지막에는 언어를 뛰어넘어 정말 신기한 일이지만 말이 잘 통한다. 부자지간이기 때문일 것이다.

'화해'라는 단어에서 21세기를 구성하는 세계의 구조에 대한 이야기로 넘어갔다. 아들이 잠깐 세계의 현 상황에 진절머리가 난다고 중얼거렸기 때문에 거기서부터는 경제와 정치 이야기로 빠졌다. 일본, 프랑스에 그치지 않고 유럽, 아시아, 미국에서 무슨 일이 일어나고 있는지 얘기했다. 물론 답이 없는 논쟁이다. 때로는 잘 맞지 않는 논쟁이라도 계속하는 게 중요하다고 나는 아들에게 가르쳤다.

사상이나 주장, 정책이나 이데올로기는 사람마다 각기 다르므로 상대방의 인격을 즉각 부정하는 무조건적 파시즘은 좋지 않다고만 말했다. "그건 잘 알아."라고 아들이 말했다. 그때 접시 위에 마지막 만두가 하나 남았다. 나는 흔쾌히 아들에게 양보하기로 했다.

"아빠, 기타 튜닝 좀 가르쳐 줬으면 좋겠는데?" 하고 아들이 말을 꺼냈다. 나는 그릇을 치우고 아들 방으로 가서 기타 조율하는 법을 가르쳐 주었다. 내가 수십 년 동안 변함없이 해 온 방법이었다.

조율하지 않은 기타는 불협화음을 내기 때문에 연주를 망칠 수 있다고 나는 말했다. 조화가 세상을 살아가는 데 가장 중요하다고도 덧붙였다.

아들과 칩거하는
코로나 생활 5주 대작전

3월 어느 날,

아주 화창한 일요일이었다. 프랑스의 모든 레스토랑, 카페, 오락 시설이 문을 닫은 첫날이다. 하지만 제법 많은 사람이 밖에 나와 있었다. 아이들이 부모님과 자전거를 타며 즐거워하는 모습도 눈에 띄었다. 이탈리아처럼 외출 제한 같은 조치는 하지 않은 상태라 따스한 햇살을 즐기러 나온 사람도 많았다.

나는 우리도 뭔가 해볼까 아들과 상의했고, 아들은 이번 5주 동안 날마다 함께 점심을 만들자는 데 동의했다.

'좋아, 좋아, 이런 때일수록 더 즐겁게 해보자.' 우리 부자는 참 긍정적인 것 같다.

무엇을 먹고 싶은지 이야기하다, 제1탄은 아들의 요청으로 '카페 햄버거보다 맛있는 햄버거'를 만들기로 결정했다. 아빠는 찬성!

일요일에는 슈퍼마켓이 보통 오전에만 영업한다. 프랑스 정부는 어제 생존과 직결된 점포 영업은 계속한다고 발표했다. 그래서 나는 사실인지 아닌지, 상황을 보러 갔다. 일본에도 진출한 유기 농산물 전문 슈퍼 비오쎄봉Bio c'Bon도 열려 있고, 자주 가는 까르푸Carrefour와 모노프리Monoprix도 열려 있었다. 오페라 지구에 있는 일본 식자재점도 영업을 하는 모양이었다.

사재기하는 손님들로 북적일 거라고 생각하고 들여다보았더니 아니, 그렇지도 않았다. 여느 때의 일요일과 별반 다르지 않았다. 언제 구해 놓았을까 싶을 정도로 고기, 야채, 햄 등이 진열되어 있는 걸 보고 좀 놀랐다. 어제 오후에는 싹 비어 있었는데……. 회사가 그만큼 노력했다는 건가. 어쨌든 나는 재료로 필요한 쇠고기 생식용 다진 고기유감스럽게도 프랑스에서는 다진 돼지고기를 팔지 않는다, 치즈, 살라미, 야채생식용 시금치, 냉동 감자튀김, 햄버거용 둥근 빵 등을 샀다.

"무슈, 점심은 햄버거네요."라고 낯익은 계산대 청년이 말했다.

"정부가 드디어 레스토랑이나 카페 같은 걸 닫는다고 하니까, 앞으로 5주 동안 아들 점심을 차려줘야 해서요."

이 청년은 얼마 전 "우리가 장갑을 끼는 건 당신 같은 아시아인들이 오기 때문이야."라고 아슬아슬한 농담을 던진 애송이다. 오늘도 장갑을 끼고 있었다. 그런데 많이 더러워 보였다.

'좀 바꿔 끼지 그래?' 나는 속으로 말했다.

"장갑 끼어 줘서 고마워요. 이런 시기에 프랑스인과 접촉하지 않아도 되고, 살았네." 그때 난 그의 농담에 이렇게 되받아쳐 주었다. 애송이가 큰 소리로 웃었다. "역시! 무슈다워요!"

프랑스식 햄버거는 일반 햄버거 크기로 자른 고기를 레어rare로 구워서 둥근 빵에 끼워 먹는다. 그런데 이래서는 만드는 재미가 없다. 그래서 아들과 나는 이런저런 아이디어를 내고 일본의 햄버거에 가까운 걸 만들어 그걸 햄버거용 빵에 끼우기로 했다. 하지만 굽기 정도는 레어가 좋아서 식재료를 엄선했다.

우선 다진 쇠고기는 발사믹 드레싱, 케첩, 다코야키 소스이것밖에 없었다, 소금과 후추로 해서 밑간을 해 놓고 거기에 양파 대신에 샬롯shallot, 작고 긴 양파을 부드럽게 볶은 것과 달걀 노른자를 넣고, 빵과 우유는 쓰지 않는 대신 그리스 요구르트를 조금 넣었다. 이렇게 하면 생고기 같은 상태로 먹을 수 있다. 겉만 살짝 굽고 속은 레어 상태로 해서한쪽 면을 구워 뒤집고 그 위에 치즈를 올리면 그 온도 때문에 치즈가 녹는다. 햄버거용 빵에 끼워 완성했다. 그릇에 담는 일은 아들에게 맡겼다. 다행히 아주 맛있어 보인다. 빵은 오븐에 구워 겉은 바삭하고 속은 촉촉하게 마무리했다. 접시를 안고 둘이서 덩실거리며 식탁으로 옮겨 놓고 맛을 보았다.

"공부 좀 하면 얼마나 좋을까?"

"있잖아, 아빠. 휴교지만 날마다 학교에서 숙제 문자가 와.

선생님이 확인도 하고. 날마다 해야 할 과제가 많아. 그러니까 놀 시간 없어, 나한테는."

"뭐랄까, 아침부터 해피한 음악이 흘러나오던데, 네 방에서."

"기분 전환 좀 한 거야. 내 방은 어둡고, 어질러져 있고, 환경이 별로니까, 음악으로 밝은 기분을 연출해 봤지. 그 정도는 괜찮잖아?"

"아니, 방 청소하고 공부하면 뭘 해도 좋을 것 같은데."

"있잖아, 난 지금 방학이라고는 생각하지 않아. 날마다 학교에 가듯이 책상 앞에 앉아 평소와 같은 시간에 공부를 하고 있으니까."

"그런가? 그렇다면 안심이고. 자, 먹자."

"오오, 맛있다."

아들이 햄버거를 물고 그렇게 한마디 했다. 나도 따라 하듯 흉내내 봤다.

"오, 너무 맛있어!"

첫날은 마음먹은 대로 일이 잘됐지만 그래도 5주는 너무 길다. 하지만 앞일을 생각해도 소용없으니 아들과의 추억을 많이 쌓을 기회라고 생각하며 하루하루를 밝게 헤쳐 나가야겠다.

그게 인생일 테니까.

"저녁에는 마파두부 할 거야. 찬성하는 사람 손들어."

"네, 저요!"

아들이 한 문신 때문에
울어버린 날

3월 어느 날,

5주에 걸친 휴교 생활이 시작되었다. 외출하면 안 되는 것은 아니지만 카페도 상점도 문을 닫은 데다 이유가 이유인 만큼 왠지 밖에 나다니기가 쉽지 않다. 외출할 수 없다고 생각하니 이제 겨우 하루밖에 안 됐는데 밖에 나가고 싶어 좀이 쑤신다.

날씨마저 화창하다. 이탈리아 사람들의 고통을 조금은 알 것도 같다. 프랑스에서도 외출 제한이 시작되는 것 아니냐는 소문도 돌고 있다. 만약 그렇게 되면 사람들의 스트레스는 극도에 달할 것이다. 그래도 어쩔 수 없는 일인지 모르지만……. 코로나19 확진자 수가 하루에 923명 늘어 5,400명을 넘었다.

저녁 무렵에 니콜라와 마농한테서 전화가 왔다. 마농은 스트레스 때문에 미칠 것 같다고 호소했다. 놀러 가고 싶은데 나갈 수 없다고 이번에는 니콜라가 나에게 호소한다. 지금은 참으로고 부드럽게 타이르는 수밖에 없었다. 아무리 그래도 4월 20일까지 휴교라니, 너무 심하다. 여기에 외출 제한까지 더해진다면……

그런데도 아들은 만사태평하게 음악을 만들면서 잘도 놀고 있다. 인터넷과 함께 성장했기 때문에 집 밖에 나가지 않아도 그다지 고통스럽지 않은가 보다. 아들이 열 살 때 "나에게는 인터넷이 들판이야."라고 신통한 말을 내뱉은 적이 있었다. 특수한 사회적 배경과 변화가 만든 세대인 것이다.

점심을 같이 해 먹은 뒤 아빠에게 들려주고 싶은 게 있다며 자작 힙합곡을 들려주었다. 죽었다 깨어나도 나 같은 사람은 도저히 만들 수 없는 세계관이었다. 이런 세계에서 지낸다면 크게 지루하지 않을지도 모른다. 나는 그렇게 사는 것도 나쁘지 않을 것 같다고만 말해 두었다.

저녁 무렵에 청소기를 돌리려고 아들의 방을 들여다보니 아들이 침대 위에서 근육 트레이닝을 하고 있었다.

"뭐 하는 거야?"

"운동하는 거야, 몸이 나른해서. 언제든지 배구 경기에 나갈 수 있는 몸을 만들어 둬야 하잖아?"

어, 팔에 무슨 무늬가…….

"그게 뭐야?"

"아, 심심해서 문신 디자인 좀 해봤어."

"너 말야, 부모님이 주신 소중한 몸, 그런 시시한 무늬나 그려서 망치지 마."라고 화를 냈더니,

"시간이 좀 있어서 해본 건데 그렇게 화낼 일인가?"라며 오히려 화를 냈다.

"그리고 이거 아빠랑 나야."

"어?"

다가가서 그의 팔을 들여다보았다.

"단둘이 살기 시작할 무렵에 말이야, 같이 스트라스부르에 갔잖아. 지금은 밖에 나갈 수 없으니까 그게 그리워서 아빠를 팔에 그려봤어. 추억이 지워지지 않게."

"……."

문신이 사라지기 전에 사진을 찍어두고 싶어 나는 황급히 내 방에 돌아와 핸드폰을 가지고 다시 아들 방으로 갔다. 그건 그렇고, 어설픈 그림이다. 이런 고약한 문신을 하면 두고 두고 웃음거리로 남을 거라고 말했더니 아들이 "아하하하!" 하고 웃었다.

"큰 게 아빠야. 그때 걸었잖아, 그 거리."

"응, 기억하고 있어. 네가 막 열 살이 되었을 때였지, 아마?"

"맞아, 아빠 안심해도 돼. 문신을 새길 생각은 없으니까, 지금은."

단둘이 살게 되고 나서 오늘에 이르기까지 이런저런 일이 있었다. 그런데 이런 타이밍에 코로나바이러스가 전 세계에서 대유행할 거라고는 생각도 못 했다. 그 바이러스 때문에 5주 동안이나 학교가 휴교라니, 인생이란 정말 예측할 수가 없다. 그래도 우리 부자는 어떤 상황에서도 잘 뭉쳐서 위기를 극복해왔다. 코로나 팬데믹도 분명 잘 이겨내겠지만 더 힘을 내야겠다고 생각했다.

　저녁은 냉장고 안에 유통 기한이 임박한 고기와 두부가 있어 마파두부를 만들기로 했다.

　우리는 예전처럼 유튜브를 같이 보면서 저녁을 먹기로 했다. 어떤 세상이 되더라도 부모와 자식이라는 사실만은 변하지 않는다.

　아들이 말했다.

　"일본도 그렇고 이탈리아도 그렇고 세상 어디나 힘들지만 열심히 살아가는 사람들이 많잖아? 아빠, 우리도 힘내자."

　소소한 일상이 참으로 소중하다는 걸 오랜만에 느끼는 하루였다. 맞다, 다들 열심히 살고 있다. 그렇게 생각하니 힘이 솟았다.

　'좋아, 살아내자!'

아빠,

오늘은 내가 점심을 만들 테니까 쉬고 있어

3월 어느 날,

프랑스 전역에 외출 제한이 시작된 지 닷새째다. 나는 가끔 장을 보러 나가지만 아들은 아예 외출을 하지 않고 사회적 거리 두기를 하고 있다. 지금도 외출을 하는 젊은 애들이 있다는 얘기를 들은 아들은 "그러니까 프랑스는 안 되는 거야. 자기들은 중증이 되지 않으니 문제가 없지만 고령자들을 생각해야지." 하며 격노했다. 나는 맞는 말이라고 맞장구를 쳤다. 오늘 아침에는 아들이 내 곁으로 와서

"아빠, 오늘은 내가 점심을 만들 테니까 쉬고 있어."라고 했다.

"뭘 만들 건데? 재료 좀 사 올까?"

"괜찮아. 냉장고 안에 있는 걸로 만들 거니까."

호호호 믿음직스럽다. 그래서 둘이서 냉장고를 뒤져보았다.

갓, 얇게 썬 돼지고기, 김치가 조금, 계란, 양파, 파 등이 있었다. 그래서 나는 아빠로서 살짝 조언했다.

"그럼 갓 돼지고기 김치볶음밥 어떨까?"

"좋아, 낫토 있어?"

"냉동고에 하나 있어."

"그럼, 낫토 갓 돼지고기 김치볶음밥은 어때?"

"완벽해."

부모로서는 아들이 칼에 손을 베거나 가스레인지 주변이 엉망이 되면 곤란하므로 감시 겸 지도 역할을 하며 도와주기로 했다. 둘이서 쭉 재료를 늘어놓았다. 아들의 자존심을 꺾지 않도록 기름이나 간장은 은근슬쩍 투입 타이밍을 알려 주었다. 요리하는 데 익숙하지 않으면 대개 당황하므로 양념을 슬쩍 옆으로 늘어놓았다. 쓰든 안 쓰든 자기 식으로 하는 것도 자유다.

"아빠, 난 중국 양념 같은 거 안 써. 담백한 게 좋거든."

"알았어. 그럼《단츄Dancyu, 일본의 요리 잡지》우에노 편집장이 준 소금 다시마가 있으니까 그걸 육수 대신 써봐."하며, 선반에서 소금 다시마를 꺼냈다. 그러고는 우선 어떤 맛인지 맛보라고 했다. 사실 염분과 바다의 향이 가득한 이런 입맛 당기는 게 하나만 있어도 요리가 살아난다.

"아, 이거 좋은데! 그럼 이거 좀 쓸게. 나머지는 마늘과 생강이지?"

"예스, 깨소금도 있어."

세상의 어려움을 경험하게 하려는 뜻에서 "사랑하는 자식에게는 여행을 시켜라."라고 하지만 코로나19로 인해 이제 당분간 어디로도 여행을 갈 수는 없다. 하지만 어디서든 얼마든지 인생을 즐겁게 살 수가 있다. 요리를 해본 적이 없는 사람이라면 요리를 해보는 것도 좋을 듯하다. 이 책을 읽고 있는 아빠들, 꼭 주방을 '여행'해 보라. 그러면 거기에 광활한 세계가 펼쳐져 있다는 걸 알게 될 것이다.

먼저 마늘을 으깨고 생강을 다져 기름에 살짝 볶다가, 향이 나면 양파와 파를 넣어 숨이 죽을 때까지 볶는다. 이쯤에서 작은 소리로 귓속말을 한다. 어디까지나 아들 마음대로 하는 게 최고니까. 하지만 순서라든가 화력이라든가 간을 맞추는 것은 잘못하면 망치기 때문에 처음부터 실패하지 않도록 티 나지 않게 넌지시 알려 준다.

아들의 손놀림은 나쁘지 않다. 칼 잡는 법 등은 어릴 때부터 가르치긴 했지만, 그래도 하다 보면 다칠 수 있기 때문에 "그래, 조심, 조심……."이라고 그때그때마다 소리를 낸다. 양파를 자르는 방법 등은 집집마다 천차만별이지만 아빠 나름의 방법을 전수한다. 아빠의 기술이 아들을 통해 그 가족의 맛이 되는 것이다. 멋진 일 아닌가! 내가 죽어도 우리 집 츠지가의 맛은 계승되어 가는 것이다. 그 맛은 나의 어머니의 맛이기도 하다.

고기가 익으면 소금, 다시마, 낫토, 김치를 넣고, 마지막에 간장, 참기름, 술 등으로 풍미를 더한 후, 소금 후춧가루를 뿌리고는 반숙 달걀 프라이를 얹어 완성한다. 절대 잊지 말아야 할 것은 "잘하네, 맛있겠다."라는 한마디다. 우리는 다 된 낫토 갓 돼지고기 김치볶음밥을 식탁에 올려놓고 맛을 봤다.

아니, 이렇게 맛있을 수가! 빈말이 아니라 세상에서 가장 맛있는 볶음밥이었다.

오늘은 아들과 정치 토론.
16세 소년이 유럽의 지도자에 대해
이야기하다

4월 어느 날,

오늘 저녁에는 닭 날개로 요리를 만들었다. 아들과 먹다가 유럽의 지도자를 도마 위에 올리게 되었다. 마크롱 정권을 비판하는, 일본의 프랑스 특파원이 쓴 기사를 화제로 삼은 것이다. 그 기사는 마크롱 정권의 태도가 너무 자주 바뀐다고 비판하는 내용이었다. 아들은 이따금 대학에서 정치와 법률을 공부하고 싶다고 말했다. 그 아들이 "천 년 정도 전의 이야기인데……." 하고 온화한 얼굴로 말하기 시작했다.

"우리 같은 아버지와 아들이 낙타를 끌고 여행을 떠났어. 아버지가 낙타를 타고 아들은 낙타 고삐를 잡고 어느 마을을 지나가고 있었는데 말이야, 마을 사람이 그랬대. '세상에, 뭐 저런 아버지가 다 있어? 아들은 걷게 하고 자기는 편하게 낙타를 타고 가다니! 무정한 아버지네.'"

닭 날개는 바삭하고 맛있게 튀겨져 있었다. 나는 그걸 씹으면서 잠자코 아들의 말에 귀를 기울였다.

"그래서 말이지, 다음 마을을 지날 때는 아버지가 고삐를 잡고 아들을 낙타에 앉혔대. 그랬더니 그곳 마을 사람들이 그 아들을 향해 '젊은 주제에 걷지도 않고 늙은 아버지를 걷게 하다니 못됐다.'고 화를 냈대."

아들이 닭 날개를 들고 먹기 시작했다. 나는 맥주를 따라 벌컥벌컥 마셨다.

"그래서 그 다음 마을을 지날 때는 낙타가 피곤할까 봐 두 사람 다 낙타를 타지 않고, 나란히 낙타 고삐를 끌고 간 거야. 그랬더니 거기 마을 사람들이 '저렇게 바보 같은 사람 처음 보네. 낙타 등에 타면 편히 갈 수 있다는 것도 모르나 봐!' 하며 웃기 시작했대."

"그랬구나."

나는 입 주위에 묻은 기름기를 티슈로 닦았다.

"사람들은 다 자기 하고 싶은 대로 말하고 산다는 거지. 나는 아직 16년밖에 안 살아서 잘 모르긴 해도 과거에 이런 감염병을 경험한 정치인은 한 명도 없어. 마크롱 정권은 40대가 중심이잖아. 젊은 사람들이니까 더더욱 그렇지. 어느 정치인이나 모두 처음 겪는 난제에 부딪힌 거야. 물론 사람의 생명과 관련 된 일이니 섣불리 판단할 수도 없을 테고. 그런 가운데서 대통령도 고심하고 결정을 할 테니까 지금은 발목을 잡을 때가 아니라고 생각해."

아들의 의견이 맞다는 생각이 들어서 또 한 번 닭날개에 손을 뻗었다.

"적어도 이탈리아나 스페인에서는 봉쇄령락다운 성과가 나오고는 있지. 프랑스는 정점을 향해 가고 있기 때문에 사망자 수는 최대지만, 중환자실에 들어가는 환자의 증가율은 줄었어. 이건 곧 사망자가 줄어들 거란 걸 말해 주는 거잖아?"

나는 고개를 끄덕끄덕해 주었다. 확실히 조금씩 봉쇄령의 성과가 나오기 시작했다.

"이 정도로 위기 상황이 되면 누구나 지도자를 바보 취급하긴 하지. 뭐, 잘 못하는 지도자도 있겠지만, 선택한 건 국민이니까 바보 취급했다간 그게 튀어서 자신에게 되돌아오잖아."

아들은 일본어와 프랑스어로 나에게 이런 식으로 말했다. 우리 집에서는 가끔 이런 정치 얘기를 한다. 물론 아들은 아직 열여섯 살밖에 되지 않아 편향된 사고방식을 가지고 있다. 하지만 이따금 놀랄 만한 말을 하기도 한다. 낙타 이야기는 꼭 정치와 연결하지 않아도 짚이는 데가 있었기 때문에 나도 모르게 미소가 절로 지어졌다. 적절한 비유를 들어 이야기한 것이다.

다만 마크롱 대통령이든, 필립 총리든, 독일 메르켈, 이탈리아 콘테 총리든 모두 힘찬 자신의 말로 국민에게 호소하는 점은 높이 평가하고 싶다. 의료인들은 어느 나라에서나 화를 내고 있다. 이 전쟁의 최전선이 병원이니까 정치도 국민도 그곳을 지켜야 한다. 하지만 반대 세력은 어디에나 있고, 오히려 그런 적의 마음을 사로잡을 수 있는 지도자가 있었으면 좋겠다.

메르켈 총리도 진지한 호소가 국민의 마음을 움직이면서 지지율이 급상승, 64%로 반등했다.

"지금 이 타이밍에, 이 사람들이 지도자여서 유럽은 다행이라고 난 생각해. 나라면 도망치고 싶을 것 같은데, 나름 애쓰고 있잖아. 자신의 말과 국민을 생각하는 따뜻한 마음이 있어야 진정한 지도자인 거잖아. 지금은 발목을 잡는 사람이 더 나쁜 것 같아. 맘에 안 들면 다음 선거 때 국민이 뽑지 않으면 되는 거고, 지금은 모두가 하나가 되어 이 힘겨운 줄타기를 하는 게 우선이라고 생각해. 아빠 닭 날개 정말 맛있다."

"어? 음, 고마워."

1만 킬로미터 거리에 있는
어머니와 통화하던 날

5월 어느 날,

나는 오늘이 어머니의 날이라고 착각하고정확하게는 5월 둘째 주 일요일이 어머니의 날이다, 하루 일찍 후쿠오카에 있는 어머니에게 전화를 걸었다.

"여보세요, 저, 히토나리예요."

"아니, 히토나리구나, 그쪽은 괜찮냐?"

"네, 괜찮아요. 그보다 오늘은 어머니의 날이니까 고맙다는 말을 하고 싶어서요."

"어, 어머, 그렇구나, 어머니의 날. 이제 무슨 날이라도 좋지, 목소리를 들을 수 있어서 기쁘구나. 고마워, 잊지 않아서."

어머니도 오늘이 어머니의 날이 아니라는 걸 모르는 눈치였다. 어머니의 날은 일요일인데도 이미 요일 따위는 신경 쓰지 않는 모양이었다.

"어머니, 항상 고마워요. 저와 아들은 잘 지내고 있어요."

"그래, 정말 다행이다. 걱정했는데. 너희 두 사람한테는 참 미안해. 혹시 무슨 일이 생기면 어쩌나 하고 계속 걱정하고 있었어."

"그래서 절대 코로나에 걸리지 않도록 조심하고 있어요. 이제 걱정하지 않아도 돼요."

"그래, 남들보다 더 조심해야지. 그게 부모 역할 아니냐."

"네, 알아요. 어머니야말로 조심해야 해요. 다행히 장수하고 계신데, 코로나 걸리면 못 만나게 되니까 조심해요."

"후쿠오카는 코로나 없어. 제로야, 걱정하지 마. 우리 집 주변에는 전혀 없으니까."

"눈에 보이지 않을 뿐이니까 밖에 나갈 때는 마스크 꼭 해요. 집에 돌아와서는 손 씻는 거 잊으면 안 되고요."

"장 보는 건 츠네짱이 해주고 있어서 나는 아무것도 하지 않고 편하게 지내고 있다. 고마워. 너희 형제들 덕이지."

그때 아들이 옆에 와서 "할머니?"라고 물어서 아들을 바꿔주었다.

"할머니, 저예요, 잘 지내요?"

"어이, 너구나. 건강하게 잘 지내고, ○▽□××○▽□……."

아들이 핸드폰을 들고 자기 방으로 가버려서 무슨 말을 하는

지 몰랐는데 웃음소리가 들려왔다. 아들은 할머니 목소리를 들을 수 있어서 기쁜 것이다. 무슨 말을 하는지 궁금해서 슬쩍 들어보려고 아들 방 쪽으로 갔다.

"있잖아요, 아빠가 요즘 할머니랑 아주 많이 닮아가요. 벌써 건망증이 심하고, 집요하고, 제가 하는 말도 듣질 않아요. 말투까지 할머니와 똑같아졌어요. 정말 핏줄이란 건 신기한 것 같아요. 부모와 자식 사이가 뭔지, 아빠를 보고 있으면 할머니 생각이 날 정도예요. 둘이 밥 먹다 보면 아빠가 할미니로 보일 때도 있다니까요. 할머니, 코로나에 걸리지 않게 조심했으면 좋겠어요. 늘 걱정하고 있어요."

어머니의 호쾌한 웃음소리가 들려왔다. 아들도 웃고 있다.

"아빠는 언젠가 조금 있으면 할머니처럼 되겠죠. 아들은 부모를 닮잖아요. 그러니까 언젠가 즈네 삼촌도 할머니처럼 되고, 난 아빠처럼 될 거예요. 그렇게 다 연결돼 가는 것 같아요. 나는 절대로 할머니 잊지 않을게요. 아빠도 소중하게 생각하고요. 이렇게 연결되어 있는 가족을 소중히 생각하며 살게요. 후쿠오카와 일본이 힘들지 않게 항상 아빠랑 두 손 모아 빌고 있어요. 네? 우린 괜찮아요. 아빠는 조심성이 많으니까 우리는 무조건 괜찮아요. 우리보다 할머니야말로 조심해야 해요. 금방 날아갈 수 없으니까 오래 살아야 해요. 코로나가 진정되면 꼭 만나러 갈게요. 그때까지 건강하게 살아야 해요. 어머니의 날 축하해요. 할머니, 고마워요. 그럼 아빠 바꿀게요."

　나는 황급히 내 방으로 달려갔다. 그러자 아들이 웃는 얼굴로 달려와 이렇게 말했다.

　"할머니는 건강해. 근데 말하는 게 아빠랑 똑같아. 빨리 만나러 가야 하는데……."

아들의
또 다른 얼굴

6월 어느 날,

사춘기 아들을 둔 부모는 다 그런지 모르지만, 요즘 아들이 신경 쓰여 견딜 수가 없다. 아들의 눈치를 보고 아들의 안색을 살피고 아들이 뭐랄까 봐 무서워 쩔쩔매며 살고 있다.

말을 걸어도 대답이 없을 때가 많고, 가끔은 "지금 바빠, 나중에 해."라고 한 마디 툭 던지고는 일어나 버리기도 한다. 화를 내도 되고, 무시해도 되지만 부자 둘만 사는 가족이니까 잘 지내고 싶은 게 나의 마음이다.

가끔 아들의 기분이 아주 좋을 때도 있으므로 그럴 때 있었던 일을 일기에 남기고 있지만, 특히 아침에는 저기압으로 떨어지는지 뚱한 표정을 짓는 일이 많다. 싫어할 게 뻔한데도 다이어트 중인 아들이 걱정돼 조심스럽게 "조금이라도 밥 좀 먹는 게 어때?"라고 말을 붙이면 "필요없다고 백 번은 말했잖아."
라고 내뱉듯 말한다.

아들도 그 나름대로 힘든 일이 있을 터이므로 이해를 못하
는 건 아니다. 하지만 친구를 대할 때는 완전히 딴판으로 바뀐
다. 아들 방에서 고양이를 쓰다듬어 주면 내는 듯한 아양 떠는
목소리가 울려 나올 때면 이중인격 아닌지, 이 또한 걱정된다.

"윌리엄, 윌리엄, 윌리엄, 잠깐, 그건 아니지, 으응, 그러지
마, 미치겠네, 윌리엄……." 하며 즐거워하는 목소리가 들린다.
윌리엄과 게임을 하는 것 같은데 말투가 아빠를 대할 때와는
180도 다르다.

그 후 점심밥을 먹으며 "윌리엄? 언제나 사이좋네, 즐거웠
어?"라고 물어도, 무뚝뚝하게 밥을 먹는 아들. 겁난다. 다 먹고
나서는 "잘 먹었습니다."라고 한마디 할 뿐, 얼른 식기를 치우
고는 자기 방으로 돌아가 버린다. 그리고 5분 동안 난 이런 상
태에 빠진다. '으으, 이걸 어쩌지, 내버려 둘 수밖에 없는 건가.'

그래도 고민이 있거나 인생의 고비를 만날 때는 나의 작업실
에 불쑥 얼굴을 내밀고는 "잠깐 괜찮아?" 하며 의논하러 온다.
그럴 때는 '나를 부모로서 의지하고 있구나. 필요로 하고 있구
나.' 하는 생각이 들어 기쁘다. 평소에도 훈훈한 미국 시트콤 드
라마처럼 사이좋고 밝은 느낌으로 대했으면 좋겠다. 아니, 사
이좋게 지내지 않는다 해도 대답 정도는 해줬으면 좋겠다. 만

만한 건 세상에서 아빠뿐이니까 어쩔 수 없는 것일까. 뭐, 아들 입장에서는 조신하지 않아도 되는 부모가 있는 셈이니까, 잘됐다고 해야 하나…….

요즘은 신경 쓰지 않고 아들을 그냥 내버려두기로 했다. 아들이 하는 말에 대응만 하기로 한 것이다. 내가 먼저 잘 지내자고 하면 오히려 기분 상하는 말로 되받아칠 게 분명하므로 필요할 때만 말을 걸기로 했다.

그래서 내가 아들에게 하는 말은 "밥 먹어!"라고 할 때뿐이다. 그러므로 밥을 먹을 때가 우리 부자를 이어주는 귀중한 시간인 셈이다. 아들은 어렸을 때부터 먹는 것으로 대화를 대신해 왔다. 우리는 한 끼도 이미 다 만들어진 즉석 음식으로 때우는 법이 없다. 한 끼 식사에 부모와 자식의 귀중한 연결고리가 남아 있기 때문이다.

아들이 다 자라면 둥지를 떠날 것이므로 날아오를 때까지 지켜보는 것이 내 몫이라고 생각하면, 남김없이 먹어 준 싱크대 안의 둥근 접시는 나에게 특대의 '양육 메달'인 셈이다.

반목과 반발과 속박의 사슬로
연결된 유대감

6월 어느 날,

나는 '기즈나絆, 정이나 인연, 유대감이라는 뜻'라는 말을 자주 쓴다. 이 말에는 부드럽고 따뜻한 온도가 느껴지는 데다 매우 일본어적인 단어이기 때문이다. 영어나 프랑스어에도 이와 비슷한 단어가 있기는 하지만 일본인이 쓰는 기즈나만큼 정신적인 의미가 강한 말은 아니다. 프랑스어로는 'le lien르 리엥'이라는 말이 기즈나에 해당하는데, 이 단어는 원래 링크나 접속을 의미한다. 요컨대 두 가지를 연결한다는 뜻의 말인 셈이다. 일본어의 기즈나는 '가족 간의 정'이라든가 '부부의 인연'이라든가 '영원한 유대감' 등으로 쓰이며, 정신적 유대를 나타내는 말이다. 따뜻한 느낌이 드는 이 말은 사실 '말 다리를 묶어 두는 줄'을 뜻하는 말이었다. 그게 변하여 사람을 속박하는 의리나 인정을 비유하는 말이 되었고, 더 오랜 세월을 거치는 동안 좋은 의미로 바뀌었다.

나와 아들은 어느 날 친척도 없는 외국에서 단둘이 살게 되었다. 말하자면 서로를 속박하는 관계가 된 것이다. 처음에는 나쁜 의미에서 말하는 유대 관계 속에 놓여 있었다. 하지만 나는 그 점에는 초조해 하지 않고 시간에 맡기기로 했다. 생활이라는 나날 속에서 조금씩 그 관계를 따뜻하게 데워가며 살게 될 것을 믿었기 때문이다.

텔레비전 제작사인 N사로부터 '요즘 같은 코로나 시대에 우쿨렐레로 세상을 잇는 프로그램을 만들고 싶다.'는 제안이 날아들었다. 한창 봉쇄령이 진행되고 있던 4월 말의 일이었다. 나는 우쿨렐레를 연주하지 않기 때문에 프랑스에 사는 뮤지션을 소개하고 별 신경을 쓰지 않고 있었는데, 봉쇄령이 해제된 그날, '출연해 주지 않겠느냐?'는 연락이 왔다. 아들은 출연해 우쿨렐레를 연주하고 싶다고 했지만 안타깝게도 나는 연주하지 않겠다고 거절했다.

그러자 아들과 함께 출연해 달라고 N사에서 조건을 바꾸어 제안을 해왔다. 해보고는 싶었는데 솔직히 자신이 없었다. 나와 달리 아들은 튀는 걸 싫어했다. 수줍어 하고, 늦되고, 말이 많지 않은 애다. 그래서 이런 종류의 제안은 전부 거절해 왔다. 저녁을 먹으며 "우쿨렐레 프로그램에 함께 출연해 달라는 제의가 왔는데 어떻게 생각해?"라고 아들에게 물어 봤다. 거절당할 것을 각오하고 물었는데 우쿨렐레라면 해보고 싶다는 의외의 대답이 돌아왔다.

우쿨렐레는 내가 파리로 이사할 때 가져온 것이다. 하와이 호놀룰루에서 30대 때 산, 노령의 장인이 만든 핸드메이드 우쿨렐레다. 우쿨렐레의 부드러운 음색이 어쩌면 유럽에서의 미지의 삶을 위로하는 도구가 될지도 모른다는 생각에 짐에 싸서 가져왔다. 하지만 결국 나는 우쿨렐레 연습도 하지 않고 케이스에 넣어둔 채 그대로 두었다. 그런데 지난 이사 때 아들이 우쿨렐레를 발견하더니 손가락으로 퉁기기 시작했다. 빌려 달라는 아들의 말에 "그래."라고 건성으로 대답했을 뿐이다.

아들은 나와 단둘이 살게 되었을 때부터 본격적으로 음악을 하게 되었다. 처음에는 비트박스를 했으나 지금은 힙합에 빠져 있다. 친구들과 그룹을 결성해 스포티파이Spotify, 2008년 스웨덴에서 시작한 세계 최대의 음원 스트리밍 서비스 등에서 익명으로 곡을 발표하기도 한다. 하지만 나에게 의지한 적은 없다. 쭉 독학으로 일관해 왔을 뿐이다. 내 콘서트에는 오고 싶어 하지 않았고, 와도 분장실에서 나오지 않았다. 뭔가, 내 활동에 줄곧 반감을 가져온 것이다. 부자지간이라는 사실에 대한 무언의 저항 같은 걸 느끼지 않을 수 없었다. 자신의 삶에 대한 불만이라든가 반발도 있었다. 물론 나에 대한 감사도 다소는 있을 것이다. 이 두 마음의 틈바구니에서 살아 온 것 같은…….

그러면서도 아들은 음악 활동을 취미로 선택했다. 아들은 착하지만 고집이 세고 지기 싫어하고, 자신만의 길을 가는 성격이다. 아들이 입버릇처럼 하는 말은 부모처럼 살고 싶지 않다는 것이었다. 그래서 나도 손을 먼저 내밀지는 않았다. 가르쳐 달라고 하면 제대로 가르쳐 주고 싶었다. 맞다, 딱 한 번 코드를 알려 준 적이 있었다. 그런데 그게 전부였다.

지금 아들의 방은 전자 기자재투성이다. 어찌 보면 하우스 스튜디오 같기도 하다. 키보드와 레코딩 기자재, 각종 이펙터까지 갖춰 놓고 온종일 곡을 만든다. 그 전자악기 중에 이 우쿨렐레가 있다. 이따금 아들의 방에서 우쿨렐레의 부드러운 소리가 들리기도 한다. 아마도 아들은 유튜브를 통해 우쿨렐레를 배웠을 것이다. 그리고 아들이 항상 치던 곡이 바로 '플라이 미 투 더 문Fly me to the moon'이다.

이 노래는 나보다 아들이 불러야 훨씬 맛이 산다. 목소리가 낮은데다 부드럽기 때문이다. 녹화일 전날 둘이서 음을 맞추었다. 같이 부르자고 했지만, 아들은 싫다고 거절했다. 하지만 연습에는 응해 주었다. 우리 두 사람 사이에는 '멋쩍다.'는 생각이 자리하고 있었다. 오랜 세월, 우리는 모종의 유대감을 쌓아 왔다.

그 유대감은 우리 사이에 처음부터 있었던 유대감이 아니었다. 단둘이 살기 시작했을 때 우리는 서로 삐걱거리기도 했고 껄끄럽기도 했다. 게다가 어느 날 갑자기 처한 슬픔과 분노도 있었다. 밝은 아이였던 아들은 그날을 기점으로 말이 없는 아이로 변해 갔다. 하지만 초등학생이었던 아들은 고등학생이 되었고, 매년 365일 이런 별 볼 일 없는 아빠와 함께 살아야 했다. 나쁜 의미의 유대감은 오랜 시간 동안 화해하고 성장하며 좋은 의미의 유대감으로 변모했다.

원래 기즈나가 '서로 묶는다.'는 뜻이었기 때문에, 오랜 역사 속에서 서로 연결되고 의지하는 것으로 변해갈 수 있었다. 나쁜 의미의 유대감이 있었기에 좋은 의미의 유대감이 생기고 부자 관계도 돈독해질 수 있었을 것이다.

녹화하는 날, 뜻을 함께해 연주한 우리 두 사람 사이에 눈에 보이지 않는 '기즈나'가 있었다.

2주간의 외톨이,
난 어떡하지?

7월 어느 날,

느닷없이 아들이 친구 안나와 그 부모님, 그 자매, 그 자매의 친구들과 벨기에 국경 근처에 있는 바닷가 마을로 여행을 떠나게 되었다. 어쨌든 그걸 알게 된 게 엊그제여서 황급히 침낭과 기념품을 사러 다녀야 했고, 캐리어에 옷이나 칫솔, 침구류를 넣어 여행 가방을 꾸렸다. 2주일 정도 거기서 공동생활을 한다고 했다. 시골은 감염자가 적다고는 하지만 코로나가 한창인 이 상황에 보내도 될지 좀 고민이 되었다. 그도 그럴 것이 안나 엄마와 전화로 말해 보긴 했으나 어떤 가정인지 모르는 터라 아들을 믿고 보내도 될지 좀 고민하지 않을 수 없었다.

이럴 때는 상의할 수 있는 파트너가 없다는 게 좀 아쉽다. 아들은 확고하지만 아직 열여섯 살밖에 되지 않기 때문에 부모로서 내가 판단할 필요가 있었다. 안나의 엄마 실비는 확실한 사람이었고, 부부가 오랫동안 교직 생활을 한 데다 이들은 애들을 자연 속에서 키우려고 매년 여름을 기다린다는 점을 알게 되었다. 또, 나는 안나가 활달한 애였음을 떠올리며 고민 끝에 아들을 보내기로 결정했다.

여름휴가라지만 올해는 어디에 갈 계획을 세울 수가 없었다. 유럽 내에서는 자유 이동이 가능하지만, 아직도 코로나 상황 수습과는 거리가 멀었다. 그렇다고 해서 한창 자라는 애를 두 달이나 집에 가둬 두는 것도 불쌍하다. 시골에서 자연이나 동물들과 어울리는 것은 나쁘지 않고, 나에게도 도움이 된다. 솔직히 걱정되는 건 코로나지만 어제는 파리 지하철 직원들 사이에 집단 감염이 발생했고 파리에 있는 것보다 안전할 수도 있다고 억지로 자신을 타일렀다.

나는 마스크 10장, 장갑 6세트, 소독 젤 2개, 살균 시트 팩 등을 배낭에 담았다. 기념품으로 피에르 에르메Pierre Hermé 마카롱과 프랑스어로 출간된 《해협의 빛》이 책의 저자 츠지 히토나리가 쓴 소설로, 아쿠타가와상 수상작이다.에 사인을 해서 들고 가게 하기로 했다.

하지만 안나 아빠가 있다고는 해도 18명이나 되는 여자들이 우글대는(?) 여행에 함께 가고 싶다고 하니, 어찌 보면 아들의 성장이 놀랍기도 했다. 프랑스인 집에서 2주일이나 있어야 하므로 날마다 프랑스 요리를 먹게 될 텐데, 하얀 쌀밥을 좋아하는 아들, 괜찮을까? 일단 '최후의 만찬'(?)이 아닌 일본식 아침 밥을 해 믹인 뒤 생라자르역까지 데려다 주기로 했다.

"안나와 네가 제일 나이가 많으니 안나의 아빠를 돕거나 힘 쓰는 일을 할 때는 먼저 나서서 해라. 알았지?

"응, 알았어."

"도착하면 꼭 연락해."

"응, 그렇게 할게."

"전철 갈아타는 건, 괜찮지? 차내에서는 마스크, 장갑을 잘 끼고. 거리두기 잊지 마. 네가 감염되면 아빠가 더 위험하니까 최대한 주의해서 행동해야 해."

"응, 알았어."

집에서는 커 보이지만 생라자르역 앞에 선 아들은 이제 막 시 작한 신출내기 열여섯 살 청소년으로밖에 보이지 않았다. 캐리 어를 끌고, 침낭과 마카롱을 안고 역으로 사라지는 아들의 뒷 모습을 보고 집에 왔다.

그런데 집 현관문이 열리지 않는다……. 지난 반 년간 누수 가 다섯 번이나 있었다. 가장 큰 누수가 일어난 현관 주변 벽의 습도는 100%, 그 탓에 문이 흔들렸다. 그저께 공사하는 사람 을 불렀으나 자물쇠 부분은 도저히 못 고치겠다며 그냥 돌아갔 다. 문에 열쇠를 꽂았으나 빙글빙글 돌기만 할 뿐 열리지 않는 다. 몇 번을 해도 열리지 않는 것이다.

업자를 불러야 하는데 일요일이어서 관리회사도 부동산 중개업소도 연락이 되지 않았다. 의지할 만한 아들은 덩케르크로 향하는 기차 안에 있을 것이다. 어찌해야 할지 몰라 계단에 주저앉아 있기를 1시간, 그때 위층에 사는 제롬이 다가왔다. 결론부터 말하면 제롬이 현관문을 열어 주었다.

그는 "츠지 씨, 이건 열쇠가 고장이네요."라고 말했다.

겨우 방에 들어가기까지는 했지만, 생각해 보니 외출을 할 수 없었다. 문을 닫으면 다시 열 수가 없는 것이다. 아들이 있으면 안에서 열어 주기라도 할 텐데 아들도 없다. 저녁밥은 어떻게 하지?

일단 어떻게든 해달라고 집주인과 부동산 중개업소, 관리회사에 문자를 보냈다. 내일 아침에 제일 먼저 집주인에게 전화해서 열쇠 업자를 불러달라고 하는 수밖에 없다. 아들도 없고 문은 열리지 않고, 외출할 수 없다고 생각하니 별안간 힘이 빠졌다. 이 아파트 안에서 2주간을 대체 어떻게 지내야 할 것인지 난감하기만 했다.

아들이 있으면 밥도 해야 하고 이런저런 해야 일도 있으니까 일단 목표가 생긴다. 의욕도 생긴다. 집안일 하다 지쳤다고 불평을 하기도 하지만 해야 할 일이 있어야 사람은 일단 앞으로 나아갈 수 있다. 그런데 혼자 있으면 과연 자신을 위해 밥을 하게 될까? 하여튼 보름간이나 혼자 지내야 한다. 긴 봉쇄령 후에 기다리고 있던 것은 고독뿐이었다. 마음 한편이 허전하다.

하지만 '허전하다, 허전하다.'고 말한들 무슨 소용이 있겠는가. 인간은 어떤 환경에 처하든 스스로 자신을 다독일 수밖에 없다. 세상은 코로나가 만연해서 힘들지만 '큰일 났다, 큰일 났다.' 하고 계속 코로나를 두려워하고만 있어서는 더 힘들어질 뿐이다.

이런 폐쇄적인 시대일수록 더욱 더 삶의 보람을 찾아 즐겁고 인간답게 살아야 한다. 아들이 없는 2주일 동안, '나도 여름휴가를 받은 거구나.' 생각하고, 인생의 기쁨을 찾아 보기로 했다.

맞다, 올해는 한 번밖에 없다. 이번 여름도 딱 한 번이다.

나는 오늘부터 '인생의 여름휴가'에 들어가야겠다.

걱정하지 말고
아빠만의 시간을 즐겨

아들이 안나의 가족과 여름휴가를 떠난 지 일주일이 지났다.

날마다 "Ça va?잘지내지?"라고 문자를 보냈는데도 "Oui.응."라는 대답밖에 돌아오지 않는다. 그러기를 며칠 계속하다가 정말이지 이런 식으로 물어서는 안 되겠다 싶어, 마침내 아들에게 직접 전화를 걸었다.

"날마다 뭐하니? 어떻게 지내고 있어?"

"응, 즐거워. 괜찮아."

"저기, 괜찮다고만 하지 말고 좀 더 구체적으로 말해 줄래? 일단 남의 집에 아들을 맡긴 부모 입장에서는 걱정되잖아? 잘 도와주고 있지?"

"응, 밥 먹으면 나도 설거지해. 순서대로 치워야 하거든."

"응? 설거지도 한다고? 거기가 대체 어떤 곳인데?"

"아주 시골집이야. 주위엔 아무것도 없어. 밭과 초원만 있고 그 중간에 낡은 집이 덩그러니 있는 곳이야. 정말 작은 마을 한 구석인 거지. 호화롭지는 않지만 아주 아늑한 곳이야. 마당이 있는데 해먹이 나무와 나무 사이에 매달려 있어. 거기서 낮잠을 자기도 하고 마당에서 밥을 먹기도 해. 파리와는 전혀 달라. 별이 예쁜데, 그곳에서 애들이랑 얘기도 많이 하고 놀아."

"뭐 먹어, 맨날?"

"아빠가 만들어 주는 요리처럼 정성 들여 만든 건 아니야. 놀라울 정도로 간단한 것들뿐인데, 그게 너무 신선해. 그러니까 그냥 가정집 맛이지. 다 같이 큰 접시에 담긴 파스타나 치킨 같은 것에 손을 뻗어 먹어. 대가족 속에 있으니까 설렐 때가 많아. 날마다 '가족은 참 좋은 거구나.' 하는 생각이 들어. 안나한테는 여동생이 둘 있는데, 그 애들이랑, 그 애들의 친구들이랑도 이야기를 많이 하고 놀아. 다 같이 바다에 가기도 하고, 근처 동네까지 산책도 하고 그래. 저녁밥 하는 걸 도와주기도 하고."

아들의 들뜬 기분이 전해져 온다. 2개월이나 봉쇄령이 계속되어 거의 집에서 나가지 못한 열여섯 살짜리 온순한 아들 목소리가 통통 튀었다. 컴퓨터 안에서만 살아가는 날들과는 달리 리얼한 것들이 그곳에 있었던 것이다.

"2층에 방이 3개 있는데, 세 그룹으로 나뉘어서 자는 거야. 나는 안나와 안나의 친구 마에와 릴리와 같은 방을 써. 방에 침대가 4개 있는데 이불 같은 게 다 있는 게 아니어서 거기에 침낭을 놓고 자. 안나의 사촌오빠들도 중간부터 합류해서 꽤 시끌벅적해. 날마다 밤늦게까지 다 같이 이야기하고. 가족의 일원인 것 같아서 화기애애해. 안나 엄마는 나를 자기 아들처럼 대해 줘서 나도 많이 도와줬어. 쓰레기를 버리기도 하고, 장 보러갈 때 같이 가기도 하고. 욕실 청소를 하기도 하고.

아빠, 집에 가면 내가 아침마다 조식 세트를 만들 거야. 대가족은 식탁 위에 엄마가 날마다 아침 빵, 요구르트, 오렌지 주스, 잼, 버터, 햄, 삶은 달걀, 같은 걸 올려놔. 요리 같은 건 아닌데, 그게 너무 좋아. 일어난 순서대로 먹는데 애들 중에서는 내가 항상 제일 먼저 일어나니까 안나 아빠, 엄마 이렇게 셋이서식사하는 경우가 많아. 있잖아, '이런 행복도 있구나.' 하고 깨달을 때가 많아. 경험도 되고. 대가족은 좋겠다는 생각도 들었어. 나도 어른이 되면 누군가와 결혼을 하고 가족을 만들고 싶어. 시골에서 보내면서 애들과 함께 밥도 먹고 싶고. 고급 요리가 아니라도 행복해, 밤낮으로 간단한 피자나 파스타를 먹지만모두 행복해 하는 것 같아."

"안나 아빠랑 함께 벽에 페인트를 칠하기도 하고, 가구 고치는 걸 돕기도 했어. 오래된 집을 샀기 때문에 아직 훌륭하지는않지만, 그래도 조금씩 손으로, 가족의 마음을 담아, 자신들의 아늑한 공간으로 바꾸고 있거든. 거기에 함께할 수 있어서 기뻤어. 피를 나눈 형제가 아니고, 혼자만 일본인이지만, 그래도 모두 정말 상냥하게 대해 주고 있어. 그게 보통 있는 일인지도 모르지. 상냥한 것이 당연할 수도 있으니까. 일부러 그렇게 하는 것도 아니고 착한 척도 안 해. 누구도 특별한 취급을 안 해. 그게 말이야, 도와준다는 게 너무 재미있어.

거기에 참여할 수 있는 것, 누군가에게 인정받는다는 것, 신뢰받는다는 것, 어른으로서 대우받는다는 것, 모든 게 아주 훌륭해. 나는 집에서는 아무것도 안 하지만 그래도 좀 달라졌을 수도 있어. 이거 해, 저거 해, 하지 않아도 해야 되니까 몸이 저절로 움직여. 자신이 직접 일을 찾아 한다고나 할까, 고치기도 하고 정리하기도 하고, 누군가에게 무슨 말을 듣기 전에 스스로 나서서 생각하고 그 안에서 역할을 해내고 있거든. 날마다 그런 자신에게 놀라고 있어. 그런 가족 안에 있을 수 있어서 지금은 너무 행복해. 그러니까 걱정하지 않아도 돼. 문자로는 이런 말 못쓰잖아. 아빠는 프랑스어를 읽지 못하고, 나는 일본어를 못 쓰니까. 그래서 늘 '응Oui'이라고 대답했지만, 그래도 그 '잘 지내지?Ça va?'와 '응Oui' 사이에 이렇게 중요한 일이 많았어. 그러니까 걱정하지 마. 아빠는 아빠만의 시간을 즐겨. 더 하고 싶은 말이 있는데, 그건 집에 가서 할게."

아들이 보낸
SOS

7월 어느 날,

혼자서 점심을 먹고 낮잠을 자고 일어나 잠깐 글 쓰는 작업을 했
다. 장을 봐 와서 저녁밥을 해 혼자 먹고는 식후 커피를 마시고
있는데 휴대폰이 울렸다. 들여다보니 아들에게서 온 전화였다.

"전화도 하고, 신기한데. 어디?"

"저기, 상의할 게 있어."

"오호호."

나는 소파에 누워 있다가 일어나 앉았다.

"안나의 가족들 다 상냥하고, 거기 모인 친구들도 모두 착하
고, 배울 것도 많아. 근데 생각해 봐. 여자가 18명이고, 남자는
나와 안나 아빠 두 명뿐이잖아. 그게 좀 힘들어지기 시작했어."

"아, 그렇구나."

아들이 출발한 지 10일이 다 되어 가고 있었다. 3, 4일 지나 파리로 돌아올 예정이었다. 10일 동안이나 안나 가족과 친구들과 함께 보낸 것은 칭찬해 주고 싶다. 하지만 힘들다는 것도 이해할 수 있다.

"응, 그래. 여기서 더 머물 것 같아. 한 일주일, 안나네 식구들도 그렇고 다들 여기서 더 있다 가고 싶다고 하거든. 근데 난 이제 한계라서 집에 갈까 생각하고 있는데, 큰 문제가 있어."

"뭔데?"

"여긴 너무 시골이라서 기차가 다니지 않아. 가장 가까운 역까지 차로 1시간이 걸리는데, 안나 아빠에게 데려다 달라고 할 수는 없잖아?"

"그럼 아빠가 데리러 갈까, 아빠 차로?"

"아빠 차로?"

주소를 물어 구글맵으로 검색해 봤더니 길이 엄청나게 복잡한데다 파리에서 차로 3시간 30분이나 걸리는 곳이었다. 갔다 오는 것만으로도 왕복 7시간이 걸린다. 생각만 해도 현기증이 났다.

"응, 내가 갈게. 하지만 너무 멀고 아빠도 쉬고 싶으니까 이틀 정도 기다릴래? 이왕이면 시골을 천천히 여행하면서 데리러 갈 테니까."

이렇게 해서 나는 또다시 여행길에 올랐다.

파리로 돌아가는 길에 들은
아들의 설교

여름에 있었던 이야기다.

그때 나는 사람에게 실망하지 않으려면 기대하지 않는 게 가장 좋은 방법이라고 생각했다.

하지만 아들은 나와는 근본적으로 다른 사고방식을 갖고 있었다.

"아빠, 사람에게 기대를 해도 괜찮은 거 같아."라고 아들은 말했다.

어느 날, 늦잠을 좀 잤다. 일어났더니 체크아웃 시간이었다. 호텔을 나와 대성당에 들러 기도하고는 운하를 따라 걸어 노천 카페에 도착했다. 그곳에서 크루아상, 팽오쇼콜라Pain au Chocolat, 카페오레, 오렌지 주스로 아침 겸 점심 식사를 하고 나서 출발하기로 했다.

아들에게 "지금 네가 있는 마을로 데리러 갈 건데, 괜찮지?" 라고 문자메시지를 보냈다.

"응." 하고 한마디 대답이 돌아왔다.

꽤 긴 시간 동안 시골길을 달렸다. 내비게이션이 "가까이에 목적지가 있습니다."라고 알려 주었다.

정말 아무것도 없는 시골 마을이었다. 주위에 목장이 있을 뿐, 카페도 슈퍼도 정말 아무것도 없었다. 소나 양밖에 없는 땅이다. "목적지에 도착했습니다."라고 기계에서 여자 목소리가 나오자 나는 차를 세웠다.

작은 길가에 대초원의 집이 있었다.

호화로운 집과는 거리가 먼, 낡은 집을 개조해 손수 지은 집이었다. 울타리로 둘러싸여 있는데, 들여다보니 마당이 있었다. 중앙에 나무 두 그루가 우뚝 솟아 있고 그 사이에 해먹이 매달려 있었다.

의자에 앉아 제각기 책을 읽는 애들도 있고, 옹기종기 모여 이야기를 나누는 애들도, 편안하게 쉬고 있는 애들도 있었다.

마치 한 폭의 그림을 보는 것 같은 신기한 세상이었다. 아들이 안쪽에서 청소하는 모습이 보였다. '집안일을 잘하고 있구나.' 생각하니 미소가 절로 나왔다.

여자애 중 한 명이 울타리 너머로 들여다보고 있는 나를 발견하고 아들에게 달려가 전했다.

내가 손을 흔들자 가족들이 차례차례 눈치채고는 내 쪽으로 다가왔다. 백인 가족 속에 혼자 섞여 있는 아들의 모습이 신기하기만 했다.

"와, 만나서 반가워요, 여러분." 하고 인사를 했다.

안나의 아빠와 엄마가 다가와 문을 열어 주었다.

나는 웃는 얼굴로 안으로 들어갔다.

아들이 여자애들 뒤에 서서 코밑을 쭉 펴는 듯한 느낌으로 겸연쩍은 듯 미소를 짓고 있다. 쑥스러울 때 아들이 늘 하던 버릇이었다.

안나 엄마는 "커피라도 마시고 가세요."라고 했으나, 사실은 오늘이 원고 마감날이어서 느긋하게 쉴 시간이 없었다. 바로 파리로 돌아가야 해서 사정을 말하는 수밖에 없었다.

"느긋하게 함께 시간을 보내고 싶지만 돌아가야 해요. 다음에 파리에 올 일이 있으면 저희 집에 들러 주세요."라고 핑계를 대고 그곳을 나왔다.

코로나 시대였지만 나는 모두와 악수를 했다. 왠지 기뻤다. 3월 17일 봉쇄령 이후, 내가 처음 악수를 한 사람들이었다.

조수석에 왠지 크게 느껴지는 아들이 앉아 있었다.

"남의 집에서 지내는 기분은 어땠니? 청소하고 있는 널 보고 좀 놀랐어. 우리 집에서는 청소 같은 건 안 하면서."라고 돌아오는 길에 나는 아들에게 여행 소감을 물었다. "응." 하고 아들은 말했다.

"뭐, 글쎄."

생각하고 있는 것 같아서 말을 꺼낼 때까지 기다리기로 했다.

우리는 항상 이런 느낌이다. 내가 운전을 하고 옆에 아들이 있다. 지금까지 쭉 이랬다.

이렇게 두 사람은 차로 유럽을 여행했다.

"배고프지? 이제 저녁 먹을 시간인데."

"응, 배고파."

우리는 고속도로 휴게소에 들어가 푸드트럭 햄버거 가게에서 먹을 것을 샀다. 그러고는 조금 떨어진 언덕 위 테이블에 자리를 잡고 저녁을 먹었다. 기대 이상으로 햄버거가 맛이 있었다.

"있잖아, 아빠는 누구 없어?"

느닷없이 묻는 말에 햄버거가 목에 걸려 버렸다.

콜라를 뱃속으로 흘려 넣고는 이상한 질문은 하지 말라고 대답했다.

"가족이란 참 좋은 같아. 하긴 아빠가 지겨워하는 건 알지만 내가 결혼을 하고 집을 나가면 아빠 혼자가 되잖아. 생각해 봐, 100살까지 산다면 아직도 40년이나 남았어. 아빠는 분명 오래 살 거야. 흰머리도 없고 스트레스도 없잖아?"

"있어."

"하여튼 지금은 좋아도 조만간 외로워질 거야. 언제까지나 자신을 탓하며 살아도 소용없잖아. 나는 내버려 둬도 어른이 될 거고, 아빠는 저절로 할아버지가 돼. 외로움을 달래기 위해서만은 아니고, 비슷한 가치관을 가진 사람이 있으면 좋잖아. 즐겁게 살면서 서로 아픔을 나눌 수도 있고. 분명 아빠가 요리해 주면 좋아할 거야. 나도 쓸쓸하지 않을 거고."

"……."

"가족이란 날마다 사는 의미를 가르쳐 주는 존재라고 생각해. 나는 안나 가족들한테 많은 걸 배웠어. 개개인의 역할 같은 게 분명해서 부러웠어. 아빠, 엄마, 딸들, 사촌형이 있고, 그 친구들이 있고……. 아빠랑 둘이서 살 수 있어서 좋았지만 언제까지나 단둘이 살 수는 없잖아. 내가 가족을 만들기까지는 아직 시간이 많이 남았으니까 나 신경 쓰지 말고 찾아 봐."

"아빠와는 안 맞는 것 같아. 난 혼자가 좋아. 너도 알겠지만 내가 쉽지 않은 사람이잖아. 이런 이상한 사람과 좋다며 살아 줄 사람이 어딨겠어. 아빠는 이제 기대하지 않아. 너무 기대하니까 인간이 고통스러운 거야."

"그거 아빠가 늘 입버릇처럼 하는 말인데, 아닌 것 같아. 안나의 가족들은 서로 기대하고 있었거든."

나는 놀랐다. 그리고 마음이 불편해졌다.

"안나의 아빠는 안나에게 기대했고, 안나는 엄마에게 기대했고, 여동생들도 안나에게 기대했어. 다들 엄청 가족들한테 기대하고 있었어. 나는 부러웠어. 서로 기대한다는 건 대단한 거 아냐?"

아들의 시선에서 눈을 돌려 버렸다.

"아빠는 분명 기대를 안 했을 거야. 실망하지 않으려고……. 그래도 기대를 하는 게 나은 것 같아. 비록 기대에 어긋나는 일이 생기더라도 서로 기대하는 관계가 나는 멋지다고 생각해."

나는 아들의 설교를 들어야만 했다. 그런데 도중에 프랑스어로 바뀌어 있었다.

"시골살이는 서로 기대할 수밖에 없어. 사람 수가 적으니 도망갈 곳도 없고. 그래서 누구에게나 기대를 해. 나에 대한 기대가 있으니까 청소도 하고, 아침 식사 준비하는 것도 거들고, 정리도 하고 그랬는데 나쁘지 않았고 싫지 않았어. 오히려 모두 나에게 기대하고 있으니까 자신의 존재 이유와 역할과 의미를 알 수 있겠더라고. 기대 저편에, 고마운 마음이 있었어. 고맙다는 말을 들으면, 또 힘내자는 생각도 들고. 그건 나쁜 일 아니잖아? 사람다운 거니까. 아빠도 남한테 기대해도 돼. 기대하지 않겠다고 생각하니까 잘 안 되는 거야. 알아, 아빠가 항상 마지막에는 사람을 용서한다는 걸……. 근데 이제 아빠도 누군가에게 기대를 하고 살아도 되잖아?"

지평선 너머로 노을이 지고 있었다.

결혼을 앞둔 아들이
할아버지가 된
나에 대해 쓰는 날이 오면?

7월 어느 날,

아들은 일본의 피를 이어받은아빠나 엄마가 일본인 혼혈인 친구들의
인터넷 모임에 참가하고 있었다. 그런데 그중 한 사람이 느닷
없이 나를 화제로 삼은 모양이었다. 아들은 깜짝 놀란 데다 뭐
라고 해야 할지 몰라 입을 다물었다고 했다.

　나는 1년에 한 번 정도는 일본으로 치면 도쿄외국어대 같은
국립동양언어문화대학이날코, INALCO과 파리 제7대학파리 디드로 대학
에서 강의를 하고 있다. 그는 내 강의를 들은 학생이었던 모양
이다. 학생들은 대부분은 일본어가 유창하고 수준이 높아서 나
는 일본어로 수업을 했다. 학생 수가 3,000명 정도 되는 이날코
대에서는 전 세계 언어를 가르치고 있는데, 그중 일본학과 학
생만 해도 1,000명이나 된다. 일본어 인기가 높은 데 놀랐고 좀

반갑기도 했다. 게다가 학생들 대다수가 일본에 대한 호기심이 많았다. 그곳에 모인 친구들이 다 나를 알고 있었던 듯하다. 아들이 내 일에 관심을 보이지 않는 이유는 분명 이런 게 영향을 주었을 것이다.

"넌 아무 말 안 하고 있었니?"

"응, 처음에는 깜짝 놀랐고 부끄럽기도 해서."라고 말했다.

"그래도 결국에는 털어놨어. 사실은 우리 아빠예요."라고.

"그랬더니? 그랬더니 애들이 뭐라고 했어?"

"그냥 뭐, 그렇다고."

"그렇다고……."

겸연쩍은 순간이었다. 우리는 식사 중이었지만, 이 대화는 그것으로 끝났다. 지난해거나 지지난해 일인 것 같은데 왜 이제 와서 그 얘기가 나왔는지 신기했다. 하지만 내가 하는 일에 아들이 좀 더 흥미를 갖게 만드는 좋은 기회이기도 했다.

그래서 나는 마침 잘됐다고 생각하고 책장에서 책 한 권을 꺼내 "읽어 봐." 하며 내밀었다. 내 작품 중에서는 읽기 쉬운 편에 속하는 책이었다. "읽어 봐."라고 강제적으로 말한 건 아마 쑥스러움 때문이었던 것 같다. 아들은 특이하게도 "응." 하고 대답하며 순순히 그 책을 받았다.

"이거 전에도 준 적 있어."

"그래? 그거 읽어 봐. 지금 새로 주는 거니까."

프랑스에서 살기 시작한 지도 벌써 20년이 되어간다. 아들은 열여섯 살이 되었다. 내후년에 아들은 대학생이 된다. 이렇게 숫자만 쭉 늘어놓고 보면 프랑스와 꽤 인연이 깊게 느껴진다. 솔직히 운명의 장난인지, 여기서 여태껏 살고 있는데도 "오, 프랑스!"라는 말을 들을 때면 여기서 계속 눌러사는 게 편치만은 않았다. 실제로 길거리를 배회한 시기도 있었다.

언젠가 아들에게 읽히고 싶은 소설이 있다. 몇 년 전에 펴낸 《아버지 몽 페르Mon Père》이 책의 저자 츠지 히토나리가 쓴 소설로, 가족 간의 사랑을 다루었다.다. 이 소설은 아들의 시각으로 쓴 이상한 아빠 이야기인데, '만약 아들이 작가라면 어떤 소설이 나올지 읽어 봐.'라는 생각이 이 책을 쓰게 된 계기가 되었다. 그런 의미에서는 사소설근대 일본 문학의 독특한 소설체로서 주인공이 자신의 체험과 운명을 이야기 형식으로 쓴 소설적 관점을 가진 이상한 작품이 돼 버린 것 같기도 하다.

결혼을 앞둔 '줄'이라는 청년이, 치매가 진행된 아빠와의 관계를 그린 작품인데, 나도 정신이 흐려질 가능성이 크다. 그렇게 되면 아들은 나를 어떻게 대할까, 이런저런 상상을 하면서 때로는 눈물을 흘리고, 때로는 한숨을 쉬며 썼다. 미래의 일을 쓴 소설이긴 하지만 현재의 삶이 엿보이는 작품으로 완성되었다. 픽션인데도 어딘가 논픽션처럼 이상한 세계가 펼쳐졌다. 이 책에 담겨 있는 부자의 세계관과는 좀 다른 이야기다. 이야기라는 필터를 통과시켰더니, 오히려 이상하게도 현실감이 풍부해졌다…….

이 작품을 썼을 때 아들은 초등학생이었다. 나와 아들의 관계가 점점 이 작품을 닮아가고 있어 놀랄 때가 있다. 최근 아들에게 여자 친구도 생겼으니 조만간 이 작품에서처럼 결혼 얘기를 할 날이 올 거라는 걸 충분히 생각할 수 있다. 그러고 보니 지난해에 아들이 "아빠는 프랑스인이 될 수 있어."라는 말을 했었다. 무슨 말을 하려는 건가, 하고 귀를 쫑긋 세웠다. 아빠가 옆에 있어 줬으면 좋겠냐고 물었더니, 뭐, "그렇다."라고 해서 왠지 기뻤다.

이 아이가 열 살 때인 2014년 1월, 우리 부자는 여행을 하기 시작했다. 첫 여행지는 스트라스부르였다. 아들은 "나는 행복한 4인 가족을 만들 거야. 아빠도 우리랑 같이 살아."라는 말을 하기도 했다. 그때 나는 둘이서 살아야 하는 상황을 아들에게 미안하게 생각했다. 그리고 그때 이 소설의 첫 문장이 탄생했다.

이 소설의 프랑스어 제목 'Mon Père'는 '아버지'를 뜻한다. 아들이 나를 누군가에게 소개할 때, 반드시 '몽 페르'라고 말하고는 겸연쩍은 듯한, 약간 걱정되면서도 좀 기쁜 듯한 표정을 짓는다. 그래서 나는 이 소설에 '몽 페르'라는 제목을 붙이고 싶었다. 그런데 그냥 '몽 페르'라고만 하면 신발 이름 같아서 거기에 '아버지'라는 말을 덧붙였다.

괘씸한 아들,
그렇다면 나도 보여 주겠다

7월 어느 날,

일기에는 항상 아들을 참 괜찮은 애처럼 써놓았다. 그런데 모든 걸 다 쓰기는 어렵다. 사실 우리 아들은 정말 나한테 무례하게 굴 때가 많다. 자신이 말하고 싶은 게 있을 때는 자꾸 말을 걸지만, 평소에는 다르다. 내가 일기에 아들의 좋은 점만 쓰기 때문에 독자들은 "츠지 씨의 아드님은 잘 자란 것 같다."라고 댓글을 달기도 하지만, 그렇지만은 않다.

착하고 좋은 점도 있어 분명히 그런 부분은 인정한다. 하지만 그건 극히 일부이지 실제 아들은 99% 전혀 다르다. 귀엽지도, 잘 자란 것도 아니다. "내가, 안녕!"이라고 인사해도, 안녕이란 말이 돌아온 적이 없다. 다시 한 번 큰 소리로 "안녕!"이라고 말할 것 같으면 "했어!"라고 언성을 높인다. 오, 노!

그뿐이 아니다. 용돈을 줄 때는 "아, 고마워."라고 들리는 크기로 대답이 돌아오는데, 둘이 밥을 먹을 때, 오늘 점심시간에 "학교는 어땠어?"라고 물어도 대답이 없다. 일단 나직이 "어." 라든가 "응."이라고는 하는 것 같은데, 설명이 없다. 오, 노!

평소에는 거의 이런 식이다. 하지만 자신의 장래 일이나 음악에 대해서 고민이 있을 땐 "잠깐 괜찮아?"라고 묻고는 주구장창 자기 말만 한다. 그 차이가 정말 크다. 오늘 낮에 나간다고 했는데 나갈 기색이 안 보여 "너, 먹고 나서 나간다고 하지 않았니?"라고 물었더니 "나가지 않기로 했다고 말했잖아?"라고 말하지도 않았으면서 목소리를 높인다. 오, 노!

어이가 없지만, 부모의 위엄도 없는 나는 맥없이 아들 방을 뒤로하고 복도에서 그 취급을 받는 것에 화가 나서 "젠장!" 하며 벌레 씹은 얼굴을 한다. 밥이 다 되어 "밥 먹어!" 하면 "알아!" 라고 불평하고, "맛있어?" 하고 물으면 "맛있어!"라고 소리 지른다. 거기서 내가 폭발해 화를 내면 자리에서 일어나 방으로 사라지기 때문에 귀찮아서 그만 참는다. 이렇게 쓰면 독자들은 "그게 보통이에요. 잘 자라고 있다는 증거입니다."라는 댓글을 다는데, 그건 아니잖아! 대답도 제대로 못하는, 열여섯 살 반항기 아들 때문에 열 받지 않는 날이 없다. 오, 노!

그래서 나는 마침내 한 가지 꾀를 생각해 냈다. 오늘부터 말을 하지 않기로 한 것이다. 밥이 다 돼도 "밥 먹어!"라고 말하지 않고, 아들의 몫만 거기에 놓아 둔다. 식든 말든 상관없다. 나만 다 먹고 나서 내 몫만 치우면 그만이다. 식사하는 중에도 대화는 하지 않는다. 말을 걸어 봤자 불쾌할 게 뻔하므로 한마디도 입 밖에 내지 않는다. 뭐라고 말하고 싶으면 마음대로 중얼거리면 된다. 그때 내 기분이 좋으면 들어주는 정도의 자세로 일관한다. 용돈도 내가 주지는 않는다. 용돈을 받으러 오면 물론 주지만 부모인 내가 머리 숙이며 주고 싶지는 않다. 물론 아침 인사도, '잘 자.'라는 저녁 인사도 하지 않는다. 밖에서 돌아오면 아들 방문에 '손 소독, 샤워'라고 쪽지를 붙여 둔다. 어때, 이제 아빠가 화났다는 걸 알겠니?

자기 아들한테까지 무시당해서는 이런 코로나 시대를 살아갈 수 없기 때문에 신경 쓰는 일은 그만두기로 했다. 자신의 장래 정도는 스스로 결정하면 될 일이다. 걱정이 돼서 진학에 대한 조언을 해도 "근데 어쩔 수 없어, 하기 싫은걸." 그딴 식으로밖에 대답 못 하는 녀석한테 대체 무슨 조언을 할 수 있단 말인가. 내버려 둬도 죽지 않을 것이고, 자신이 선택한 길이니 그건 자신이 책임질 일이다. 바보 취급하는 것도 정도가 있다. 그러면서도 로버트나 사라, 니콜라의 부모가 우리 집에 놀러 오면 활짝 웃으며 잘도 재잘거린다. 나를 따돌리고 통역 따위는 할 생각도 없는지 프랑스어로 대화를 이끌어 간다. 내가 이해하지 못하는 걸 아니까, 곁눈질로 나를 힐끗힐끗 보면서. 그리고는 도중에 "아빠는 모르지?"라고 놀리듯 묻는다.

"바보 취급하지 마!"

하고 말하고 싶다.

"너를 이렇게까지 키운 건 나잖아. 생색내고 싶지는 않지만, 아빠는 노예가 아니다. 너희들 같으면 프랑스어로 떠들어대는 수다에 이러쿵저러쿵 끼어들고 싶기나 하겠니? 여기는 내 집이다. 너희들 모두 일본어로 해라!"

이렇게 하여 즈지가의 냉전 시대가 개막되었다. 나는 진짜 화가 났기 때문에 이쪽에서는 아예 대꾸하지 않기로 마음먹었다. 일절 말도 걸지 않기로 했다.

나는 전혀 불편하지 않고 아무렇지도 않다. 정말이다.

연금을 받게 된
자신의 나이에 놀란 하루

8월 어느 날,

오늘 아침 아들이 컴퓨터를 들고 와 프랑스 시골집민박 목록을 보여 주었다. 그리 비싸지 않고, 지금이라도 예약할 수 있는 곳을 아들이 골라 보여 준 것이다. '잘 알아봤구나.' 하고 놀랄 정도로 프랑스 각지의 시골집이 나와 있는 정보였다.

"아빠는 시골에 살고 싶다고 맨날 그랬잖아. 그러려면 이런 곳에 한번 머물면서 찾던 곳이 맞는지 알아보는 게 좋지 않을까?"

남프랑스, 프로방스, 스위스 국경, 알프스, 알자스, 스페인 국경, '프랑스의 교토'로 불리는 보르도 지방, 브르타뉴 지방 등등 풍광 좋은 시골 민박집을 모아 놓은 것이었다.

"아빠는 어떤 곳에서 살고 싶어?"

"글쎄, 남프랑스나 알프스까지 가버리면 파리로 돌아오기가 힘드니까 파리에서 1시간 정도 걸리는 마을이 좋을 것 같은데."

"마을? 그건 무리일 것 같은데?"

"왜?"

"아빠는 시골의 작은 마을에서 살 수 없잖아요."

"살 수 있어. 나 외딴 산골을 참 좋아하거든."

"아빠는 외로움을 많이 타서 그런 곳에서는 3일도 못 버틸걸. 사람이 전혀 없는 곳은 안 될 것 같아."

아들이 나를 잘도 파악했다는 생각이 들었다. 이 녀석은 나와 16년밖에 같이 살지 않았는데 말이다.

사람의 인생이란 참으로 묘하다는 생각이 든다. 아무리 인생을 잘 설계하거나 계획을 세워도 그대로 사는 사람은 없다. 예정대로 인생의 마지막을 맞이하는 사람도 별로 없다. 제아무리 철저히 준비를 한다 해도 결국은 닥치는 대로 살기 마련이다.

"파리면 되는 거 아니야?"

"아니, 도시는 피곤해. 평생 재택근무로 살아갈 수밖에 없는 몸이니까 땅을 갖고 싶구나. 어디든 괜찮은데 너를 남겨두고 일본으로 돌아갈 수도 없고. 네가 가족과 사는 파리에 무슨 일이 생기면 바로 돌아올 수 있는 곳이 좋을 것 같아. 그래, 아빠는 이제 화가가 돼야겠다."

"또 시작이군. 이제 됐어, 좋을 대로 해."

아들은 웃었으나 나는 웃지 않았다. 어찌 됐건, 좋다.

"집 뒤에 작은 아틀리에가 있으면 좋겠고, 아무튼 내가 창작한 세계에 둘러싸여 살고 싶다. 장 콕토 같은 느낌으로."

"그럼 바르비종일명 '화가들의 마을'로 불리는 작은 시골 마을. 밀레 등 소박한 마을 풍경에 매료되어 그 마을에 정착해 농촌 풍경과 농민 생활을 낭만적이고 서정적으로 그린 화가들을 '바르비종파'라고 부른다. 같은 곳?"

"아, 좋지, 그곳이라면 1시간이면 갈 수 있으니까."

"잠깐만."

아들이 컴퓨터로 바르비종 주변의 물건을 검색했다. 그리고 집 한 채를 찾아냈다. 아기자기한 마당이 있고, 오래된 안채 옆으로 마구간이었던 창고가 딸려 있다. 건물이 형편없이 낡아서 공사가 필요하지만 그만큼 싸다. 사진을 봤더니 주위는 숲으로 둘러싸여 있다.

"이 마구간을 민박집으로 개조해 작은 호텔이라도 해볼까?"

"됐어. 화가가 되겠다면서?"

"한 쌍만 받고 저녁에는 내가 밥을 차려 주면 되지 않을까?"

"관두는 게 좋겠어."

"왜?"

"아빠, 금방 사람들이랑 티격태격할 것이고, 돈도 계산할 줄 모르잖아. 애초에 혼자서는 할 수 없으니까 사람을 고용할 거고. 그러면 힘들어서 결국 파리로 돌아가겠다고 할 게 뻔해."

'예리하다! 나와 16년밖에 같이 살지 않았는데.'라고 생각했다.

"그냥 파리를 탈출하고 싶어. 남은 인생은 남에게 휘둘리지 않고 외롭더라도 자신에게 가식이 없는 삶을 살고 싶다."

"그거 괜찮은데?"

"얼마 전에 연금 안내 통보를 받았어. 프랑스 정부로부터."

"연금? 진짜?"

"앞으로 5년 후면 연금을 받을 수 있대."

"벌써 그런 나이가 됐다고? 믿을 수가 없군. 아빤 할아버지 다 됐네. 난 결혼도 안 했는데."

우리는 마주 보며 파안대소했다. 큰 액수는 아니지만, 20년이나 세금을 냈기 때문에 연금이란 걸 받을 수 있게 된 모양이다. 뜻밖의 소식에 난 뒤로 넘어갈 뻔했다. 하지만 이걸로 최소한의 생활은 해나갈 수 있다. 책상 서랍에서 연금 안내장을 꺼내 아들에게 읽어 보게 했다.

"정말이네, 예순다섯 살부터 지급하나 봐. 연금 생활자가 되는 거야. 아빠한테 그런 삶이 준비되어 있었다는 말인가. 어울리지 않아!"

"네가 어른이 된다는 거지."

웃는 아들을 보면서 별안간 늙어버린 기분이 들었다. 하지만 내가 하는 일엔 끝이 없다. 죽을 때까지 원고지를 채워나갈 것이고, 죽을 때까지 기타 줄을 교환하며 살 것이다.

"아빠, 어디 갈까? 어디든 좋지 않아? 아직 방학이 많이 남았으니까 거기서 한가하게 보내자."

이렇게 장래에 대해 아들과 이야기를 나누다 보면 왠지 자신이 우뭇가사리처럼(?) 쑥 밀려나는 듯한 기분이 든다.

솔직히 프랑스 시골에서 잘 살 수 있을지 정말 모르겠다. 결단하기까지는 앞으로 2, 3년, 혹은 더 걸릴 수도 있다. 아직 몇몇 프로젝트와 창작 아이디어가 남아 있으므로 이 일들을 마무리하면서 결정해 갈 것이다. 하여튼 파리 탈출, 이것이 지금 나의 작은 목표이다. 그때가 바로 아들과 헤어져야 하는 순간인지도 모른다. 그래서 지금은 옥신각신하면서도 둘이서 살고 싶다.

그건 그렇고, 내가 벌써 연금 받을 나이라니!

코로나를 피해 멀리 떠난
아들과 나

8월 어느 날,

'고 투 트래블Go To Travel, 일본 정부가 실시한 여행 장려 캠페인' 같은 게 프랑스에는 없지만, 지금은 한여름이라 바캉스를 좋아하는 프랑스 사람들은 모두 가족 혹은 연인과 바캉스를 떠난다. 코로나 19 때문에 3월부터 5월까지 전국적으로 봉쇄를 한 나라라고는 생각되지 않을 정도로 많은 사람들이 이동한다. 하기야 올해는 EU권이나 프랑스 국내에서 휴가를 즐기려는 사람이 대부분이다. 일본은 오본일본에서 양력 8월 15일에 지내는 한국의 추석에 해당하는 명절을 앞두고 귀성 자제 등이 화제가 되고 있는데, 그 차이는 뭘까.

오늘 아침 카페에서 문학계에 있는 친구와 차를 마셨는데 '일본 코로나 상황은 어떠냐?'고 묻길래 일본 사망자 수를 알렸더니 눈을 휘둥그렇게 뜨고 나를 물끄러미 쳐다봤다. 적다는 의미에서 놀란 것이다. 3만 명 이상을 코로나19로 잃은 나라 사람이 보면 일본의 사망자 수는 극소수에 지나지 않는다. 그런데 일본과 프랑스를 비교하면 일본 사람들이 더 긴장하는 듯하다. 양쪽의 뉴스를 비교해도 그런 분위기를 느낄 수 있다. 어느 쪽이 좋을지 판단하기 어렵지만, 프랑스는 봉쇄령을 한번 겪으면서 제2의 대유행에 맞설 마음의 준비가 돼 있는 것 같은 느낌이다. '이건 안 돼. 이건 괜찮다.' 식의 휴가 관련 행정 지침에 시민들의 흔들림이 없는 것도 다행스럽다.

결국 우리는 산이 아닌 바다를 또다시 선택했다. 아들이 찾은 북프랑스 해안가 민박집이 작고 예쁘장해 그곳을 빌렸다.

하지만 도시가 아니라면 어디든 좋았다. 찌는 듯한 무더위가 계속되는 파리에서 탈출해 자신을 되찾기 위해 휴가를 떠나는 거니까. 만약 감염 확산이 어느 수준을 넘을 경우 프랑스 정부는 다시 봉쇄나 얼마간의 이동 제한을 할 것이고, 그렇게 되면 그에 따르면 된다. 그런 유연한 자세로 받아들이지 않으면 몸이 버티지 못한다. 마음도 버티기 힘들다. 이 코로나 팬데믹은 장기전이므로 현재 일상의 좋은 점은 그대로 두고, 고쳐야 할 것은 적절하게 수용해 나가는 것이 중요하다고 나는 생각한다.

인적이 드문 피서지로 가기 때문에 파리에 있는 것보다 안전할 듯하다. 시골 사람들도 관광경제 재개를 준비하며 파리 사람을 두려워하면서도 내가 보기에 거리두기를 잘 지키고 방역도

철저하다. 바캉스를 떠난 파리 사람들도 나름대로 조심하는데, 그 부분은 훌륭하다고 생각한다. 도쿄 사람들은 이동 자제를 촉구하고 있기 때문에 여행하기 어려운 분위기가 조성된 것일까? 올 오본은 귀성 자제도 어느 정도는 피할 수 없을지 모르지만, 이 감염병은 자칫 몇 년, 혹은 이후로도 계속될 수 있으므로 언제까지나 참고 견디는 데는 한계가 있지 않을까.

단거리 달리기와 같은 방식으로 생활하다 보면 정신이 피폐해지기 쉽다. 상당히 느슨한 마라톤 스타일로 바꾸고, 때로는 꾀를 부려 쉴 정도의 뻔뻔함도 필요하다. '안전한 곳에 머무는 휴가'라는 선택지도 있다. 그러기 위해 나와 아들은 여행을 떠났다.

우리는 영국 해협을 목표로 했다. 그리고 파리를 떠난 지 3시간 반 뒤, 우리는 작은 언덕 위의 작은 민박집에 도착했다. 공기가 맑았다. 최고였다. 나는 즉시 기타를 치기 시작했다. 아들을 믿길 잘했다는 생각이 든다.

인생은 이기고 지는 게 아니다. 그렇다, 코로나를 피해 멀리 가는 게 좋지 않을까.

부모 가슴에 못을 박는 아들,
이에 발끈하는 아빠

8월 어느 날,

프랑스 시골 생활 이틀째 되는 날 아침, 나는 다락방 침실에서
눈을 떴다.

일어나니 평소 천장과 달리 삼각형이어서 왠지 기분이 묘했
다. 아들이 인터넷에서 찾은 바닷가의 작은 집인데 주위에 띄
엄띄엄 민가가 있을 뿐 정말 자연에 둘러싸인, 정말 사람이 없
는, 진짜 시골 마을이다.

아빠가 파리를 떠나 사람 없는 마을에서 살고 싶다고 해서 찾
은 곳이니까 잘 생각해 보라고 아들은 말했다.

"지금은 코로나와 이런저런 문제가 있어 도시를 떠나고 싶어
하는 마음은 알지만, 나는 파리에서 학교에 다녀야 하니까 아
빠와 함께할 수 없어. 그러니까 아빠는 여기서 혼자 살아야 해.

밤에 누가 보고 싶어도 술집도 없고 친구도 없어. 계속 여기서 혼자 살아도 괜찮아? 그 점을 잘 생각하면서 앞으로 1주일을 여기서 지내 보면 좋지 않을까?"

내가 넓은 방을 쓰고 옆 작은 방에서 아들이 잤다. 방 2개에 거실과 주방이 있는 주택으로 50제곱미터 정도 되는 느낌의 시골집이었다. 대대적인 리모델링이 막 이루어졌기 때문에 아늑함은 최고였다. 사람이 없기 때문에 무척 조용하다. 어젯밤에는 창문을 열자 바로 머리 위에 별이 반짝이고 있었다. 귀여운 욕조가 창가에 있는 특이한 구조. 내 방에는 다다미 1장도 안 되는 작은 작업실이 딸려 있다. 그림 같은 좁은 공간이지만 작은 창문이 있고 멀리 희미하게 바다가 보였다. 창문으로 얼굴을 쑥 내밀자 왼편에 등대가, 멀리 영국이 보일 듯한 기분이 들었다실제로 영국은 아닐 것이다…….

1층은 살롱거실인지 주방인지 알 수 없는 공간으로, 이상적인 오픈 키친으로 되어 있어 요리를 좋아하는 나로서는 그냥 있을 수 없다. 주방 창문부터 돌계단 오솔길이 해변까지 뻗어 있는데, 이것이 정말 그림이 되고 힐링이 된다. 아들의 방은 다다미 4장 반 정도의 방이지만 샤워실이 같이 있어 만나기 싫으면 서로 방에 틀어박혀 만나지 않아도 된다.

집 옆에 작은 정원이 있고, 거기에 의자를 들고 나와, 나는 기타를 치며 지내고 있다. 뒤쪽이 숲이고 말이 다니는 길도 있고 반대편은 바다다. 프랑스 시골에서 살아본 적이 없어서 어떤 사람들이 살고 있을지 전혀 상상할 수가 없었다. 그래서 식료품을 사러 아들과 외출했다.

그런데 그 마을은 너무 작아서 식료품점이 없었다. 마을 사람보다 훨씬 나이가 많은 할아버지에게 물었더니 고속도로 입구에 있는 슈퍼마켓까지 가야 한다고 알려 주셨다. 발길을 돌려 차를 타고 슈퍼마켓까지 15분 가서, 1주일 동안 먹을 식재료를 사 왔다.

"여기서는 이런 식으로 살아야 되는데, 괜찮아?"

"그건 뭐 그렇게 하면 되는 거잖아?"

"아빠, 여행과 생활은 전혀 다르잖아, 이 마을 사람들밖에 만날 사람이 없어요. 아빠가 좋아하는 젊은 여자가 없는데도?"

"저기, 요즘 아빠는 젊은 여자한테는 전혀 관심이 없어."

"거짓말."

"거짓말입니다."

나는 즉각 앞서 한 말을 철회했다.

"어쨌거나 잘 봐. 모두 아빠보다 나이 든 사람들뿐이야. 이렇게 사람이 드문 마을에서 아빠는 외지 일본인으로 살게 되는 거야. 노골적인 차별은 하지 않을지 몰라도 반기지 않을 수는 있겠네. 해낼 수 있을까? 파리 사람들은 코즈모폴리턴 cosmopolitan, 세계주의 사상을 가진 사람이라 누구든 재미있으면 받아주는데 이런 시골 마을은 보수적이야. 아빠가 아무리 재미있는 일본 아저씨라도 안 될걸. 집을 사고 나서 파리로 돌아가고 싶다고 해선 이미 늦어. 아빠는 언제나 충분히 생각하지 않고 결정을 내려 실행에 옮기니까 실패를 하는 거야."

제기랄. 분해서 어금니를 깨물어 버렸다. 하지만 아들은 괘심한 말을 하긴 해도 조리는 있다. 그러니까 잘 듣고 판단 자료로 삼는 게 좋겠다. 파리는 대도시여서 옳고 그름을 따져 우기면 되지만 여기서 다투다가는 사방이 막힌다. 불안해졌다. 파리라면 외로울 때 크리스토프나 로망 같은 바술집에 가서 수다 떨며 시간을 보내면 된다. 근데 여기에는 원래 바 같은 건 없다. 아니, 카페조차 없다.

"카페가 없네."

"그거구나, 문제는."

토마토 스파게티를 만들고 점심은 밖에 식탁을 내놓고 먹었다. 바다 쪽에는 일요일이라 어디선가 사람들이 모이기 시작했다. 지금은 한물간 쓸쓸한 해수욕장인 것 같다.

"근데 봐봐, 젊은 애도 있어. 있잖아, 젊은 애."

"쟤네는 어디서 왔을까?"

"주변에 거리가 있나 봐."

"그래도 쟤네 중에 아빠가 불러서 어울릴 만한 일은 99% 없잖아. 아니, 100% 없어. 상대 안 해. 애당초 아빠의 프랑스어는 형편없으니까."

젠장.

"여름에는 바다에 사람들이 몰리나 봐. 근데 겨울은 반대로 엄청 외로워. 부딪치는 바람이나 파도를 상상해 봐. 창문이 덜 컹거리고 바람이 휘몰아쳐."

아들은 정말 밥맛없는 놈이다.

"한겨울 북프랑스는 얼어붙을 정도로 추워져. 지금은 괜찮지만, 눈도 쌓일 거고 점점 고독해질 거야. 아빠 같은 수다쟁이가 하루 종일 가만히 있어도 괜찮을까?"

"그러니까 개라도 키울 거야."

"그거 괜찮지. 하지만 그래도 외로울 거야. 사람 하나 없을 테니까."

"너 말이야, 아빠 꿈을 마구 깨뜨려서 대체 뭐가 즐거운데?"

"별로 안 깨뜨렸어. 하지만 현실적인 걸 생각하면 도시밖에 모르는 아빠의 성격을 잘 아니까 걱정이 돼. 조언을 해줄 사람이 나 말고 없잖아."

"생색내고 있네."

"근데 여기서는 만남도 없어요. 시골 말고 적어도 수만 명 정도 사는 도시 근처로 하면? 시골로 단정 짓지 말고, 파리 이외의 중소 도시로 한다든가……. 카페가 두세 군데 있는 곳이 좋지 않을까? 노후를 생각하는 것은 나쁘지 않지만, 아직 예순 살이고, 틀어박히면 창작도 뭐도 할 수 없게 돼. 전원생활 같은 소설 암만 써도 아무도 읽지 않을 거고."

"시끄러워. 아빠 일까지 참견하지는 마."

"토마 엄마가 아빠 멋있다고 하더라."

"무슨 뜻이야?"

"그 사람도 싱글 맘이니까 우선 혼활婚活, '결혼 활동'의 줄임말로 '보다 나은 결혼을 위한 적극적 활동'이란 뜻의 신조어이라도 해보는 게 어때?"

나는 저녁 무렵에 혼자 해변을 걸었다. 파리는 폭염으로 40도 가까이 되는데 이 근처는 30도 정도로 시원하다. 그리고 해변은 잔잔했다. 조개껍질을 주우며 걸었다. 어떻게 살 것인가, 그것은 코로나 시대를 사는 나에게 매우 중요한 일이었다. 아들이 말하는 것도 이해한다.

아들은 반대하는 게 아니었다. 자꾸 생각이 바뀌는 내 성격을 다 알고 있어서 못 박은 것에 불과하다. 하지만 문명의 속도에 맞춰 사는 데 질려버렸다. 그 결과 코로나와 같은 팬데믹이 인류를 기다리고 있었던 게 아닐까. 삶의 방식을 바꿀 수 있는 기회는 아직 몸도 마음도 움직일 수 있는 지금밖에 없다고 생각했다. 틀린 것 같지 않다. 발을 내디딜지 말지 지금 생각해 봐야 한다.

내가 무엇을 목표로 살려고 하는지, 여기 머무는 동안 계속 스스로에게 질문해 봐야겠다.

엄마를 외치는 소년,
그걸 물끄러미 바라보는 아들

8월 어느 날,

지는 석양을 보기 위해 저녁 무렵 아들과 해변으로 나갔다. 아들과는 늘 이런 식으로 살아왔다. 아들은 이제 나보다 훨씬 큰 남자로 성장했다. 우리는 모래사장에 나란히 앉아 있었다. 대화는 없었다. 할 말이 없는 게 아니라 할 필요가 없었다. 문득 아들이 태어났을 때가 생각났다. 지금은 무례하기 짝이 없는 고등학생이지만 어릴 때는 사랑스러운 애였다. 아빠란 참 신기하다. 어린 소년이든, 무례하기 짝이 없는 고등학생이든 다를 바 없다. 평생 이애는 나의 귀여운 아들인 것이다.

그러자 그때 "엄마!" 하는 소리가 들렸다. 한 소년이 달려와 우리 근처에 있던 엄마의 다리를 껴안았다. 그 아이는 돌아가고 싶지 않다고 떼를 쓰고 있다. 더 놀고 싶지만, 벌써 태양이지고 있기 때문에 돌아가야 한다. "싫어, 싫어, 더 놀고 싶어, 엄마, 엄마!" 하며 아이는 외치고 있었다. 그러다가 점차 울음소리로 변해 간다.

"엄마, 엄마."

아이가 큰 소리로 울고 있다. 그 모습은 어린 시절 나의 아들 같기도 했다.

나는 단둘이 살게 되면서 어린아이들이 부르는 이 '엄마'라는 말을 경계해 왔다. 특히 열 살 때, 열한 살 때, 초등학교 고학년 때, 엄마가 없어진 뒤 한동안 "엄마." 하고 어리광부리는 아이들의 목소리로부터 아들을 지켜왔다. 아들도 어리광부리는 아이들에게 등을 돌리고 살았다. 도망갈 때도 있었고, 대부분은 무표정으로아마 필사적으로 무시하고 있었다. 내가 그곳에 있는 경우에는 아들의 어깨를 끌어안고 그 자리를 떠났으나, 내가 없을 때 그런 상황이 닥칠 때는 도대체 어떻게 했는지 잘 모르겠다.

"엄마, 돌아가고 싶지 않아. 더 놀고 싶어."

"안 돼, 자크. 이제 돌아가야 해."

"돌아가고 싶지 않아."

"자크, 집에 가는 거야. 자, 착하지, 울지 마. 또 데려올게. 이제 그만 집에 가자."

그 아이의 엄마는 내 아들의 눈앞에서 소년을 껴안고 키스를 했다. 하지만 나는 예전에 그랬던 것처럼 그 자리에서 아들을 피하게 하지 않을 거다. 아들은 이제 곧 열일곱 살이 된다. 내후년부터 대학생이다. 아들은 나름대로 자신의 처지를 알고 있다. 곁눈질로 아들을 힐끗 확인했다. 무표정한 얼굴로 가만히 소년을 바라보고 있었다. 그냥 가만히 보고 있다. 이애는 항상 이런 눈으로 온 세상의 모자母子들을 바라보고 있었다.

내 시선을 알아차렸는지 다음 순간 아들은 속마음을 숨기듯 코웃음을 쳤다. 나는 아찔했다. 그 웃는 모습은 '어쩔 수 없는 아이구나.' 하며 자못 형이라도 되는 양 바라보는 느낌이었다. 태양이 이 모자의 맞은편을 붉게 물들이고 있었다.

우리에게 더 이상의 대화는 없었다. 아들이 엄마를 어떻게 생각을 하는지 나는 물어 본 적이 없다. 아니, 딱 한 번 열두 살때 왜 이렇게 됐는지 객관적으로 말한 적이 있었다. 그러자 아들은 "내 앞에서 일절 그런 말 하지 마. 난 필사적으로 참고 있는 거야."라며 엄청나게 일그러진 모습으로 화를 냈다. 나는 아들이 떠안고 있는 아픔을 알기에 더 이상 아무 말도 할 수 없었다.

언제든지 숨기지 않고 이야기할 생각이었지만, 잘한 건지 잘못한 건지는 몰라도, 이 문제만은 츠지가에서 금기 사항이 되었다. 내가 부족한 탓도 있기 때문에……. 그렇다, 나는 쭉 부담감을 안고 살았다. 빈자리를 그대로 둔 채 그것만은 보이지 않으려고 노력했고, 아들은 내 옆에서 무럭무럭 성장했다. 내가 채워 줄 수 없는 것이 있으니, 이것만은 어떻게 해줄 수도 없는 까닭에, 나도 그 점에 대해서는 언급하지 않고 모든 걸 시간에 맡겨 왔다.

엄마는 광활한 모래사장 한가운데서 소년을 두 손으로 끌어안더니 그대로 껴안았다. 어린아이는 엄마 품에 안겼다. 두 사람은 천천히 멀어져 갔다. 그 아이는 젖은 얼굴을 엄마의 어깻죽지에 문지르며 눈물을 참고 있었다. 그리고 젖은 눈매를 엄마의 목덜미로 쓱 닦았다. 엄마는 소년의 얼굴에 키스를 했다. 그러고 나서 다시 껴안았다.

나는 죽었다 깨어나도 할 수 없는 일이었다. 태양이 수평선 건너편으로 기울고 있었다. 시뻘건 세계였다. 나는 아들을 보지 않으려고 했다.

"야, 스케이트보드 탈래?"

모자가 시야에서 사라진 뒤 나는 붉은 태양을 보며 물어보았다.

"응."이라고 아들이 말했다.

해변 중간에 콘크리트 방파제 잔해가 50미터쯤 묻혀 있었다. 그곳은 현지 스케이터보더들이 스케이트보드 연습을 하는 장소였다. 젊은이들이 떠난 후 아들은 거기서 스케이트보드를 타기 시작했다. 나는 조금 떨어진 곳에 앉아 바라보고 있었다. 나의 젊은 시절을 쏙 빼닮았다고 생각하며. 거기에 록밴드 에코즈를 시작했을 때의 나 자신이 있었다. 너무 닮아서 나도 모르게 그만 입꼬리가 올라갔다.

스케이트보드가 우둘투둘한 콘크리트 위를 달리는 소리가 주변에 울려 퍼지고 있었다. 우리밖에 없었다. 아무도 없는 모래사장이었다.

그렇다, 나랑 아들밖에 없었다.

일하지 않는 자
먹지도 말라

8월 어느 날,

아들이 아르바이트를 더 하고 싶다고 해서 집안 전체를 걸레질하라고 시켰다. 돈 벌 욕심에 무조건 할 거라고는 짐작하고 있었다. 아들은 1시간여 만에 집안 바닥을 반짝반짝하게 닦아 놓았다. 자기 방은 쓰레기장이나 다름없었는데, 돈이 개입되니 이렇게까지 하는구나, 놀라지 않을 수 없었다. 걸을 때마다 바닥이 뽀드득 소리가 나 기분이 좋았다.

아들은 반스VANS라는 브랜드의 운동화를 사고 싶은 듯하다. 도저히 용돈으로는 살 수 없기 때문에 집에서 할 수 있는 아르바이트를 신청한 셈이다. "앞으로 날마다 걸레질을 하면, 다음 달 초에 그 신발을 살 수 있다."고 계획을 털어놓았다.

나는 이런 영악한 꾀에 약하기 때문에 그걸 인정하기로 했다. "실은 또 하나 상의할 게 있는데⋯⋯."라며 아들이 말했다. 학교 급식에 관한 것이었다. 9월부터 시작되는 새 학기, 아들은 학교에서 급식을 먹지 않고 날마다 집에서 밥을 먹고 싶다는 것이다. "아이고, 그건 안 되겠다." 그랬더니 아들이 안색을 바꾸고는 "제 얘기 좀 들어주세요, 아바마마!" 하며 물고 늘어졌다.

아들은 9월부터 고등학교 2학년이 된다. 내년 2021년 9월부터는 3학년, 내후년 2022년 9월에는 대학생이 된다. 프랑스는 초등학교가 5년제, 중학교가 4년제, 고등학교가 일본과 같은 3년제이다. 프랑스 고등학교는 일본의 대학과 대체로 같은 시스템이다. 반은 있으나, 모두 선택 과목별로 수업을 듣기 때문에 반이라고 해도 명단상의 반에 지나지 않는다. 고등학교 1학년에는 필수 과목, 고등학교 2학년부터는 선택 과목뿐이다. 프랑스 고등학교는 거의 대학과 같은 시스템인 것이다. 다른 점은 학점이 없다는 것 정도이다.

그런데 아들은 문과를 선택했기 때문에 현재 재학 중인 이과계 고등학교에서 주류가 아니다. 오전 이른 시간과 오후 늦은 시간에 학교에 가야 한다. 낮에는 이과계 학생들의 수업이 집중되어 있기 때문이다. 그래서 학교 급식을 먹지 않고 집에 와서 따끈따끈한 밥을 먹고 싶다는 게 아들의 작전이었다.

하지만 나도 느긋한 시간을 보내고 싶은지라 점심 식사까지 챙겨주고 싶지는 않다. 이번 여름휴가 동안만 해도 헉헉거리면서도 아침밥은 물론 점심, 저녁밥까지 차려주었다. 이렇게 애써 하는 것도 가을이면 해방이다. 프랑스의 급식은 일단 풀코스이기 때문에 학교에서 실컷 먹는 것이 나에게는 경제적으로도 도움이 된다.

"하지만 아빠, 급식 먹으려면 4시간이나 학교에 있어야 하는데, 그거 불합리하잖아?"

"자습실에서 책이라도 읽으면 어때? 친구와 교정에서 이야기하면서 보내도 되고. 급식은 싸고 좋잖아?"

"아니 싫어. 월요일부터 금요일까지 날마다 중간 4시간을 학교에서 보내는 건 피곤하단 말이야. 난 집에서 공부하고 싶어."

"음악 할 거잖아? 공부는 안 하고."

"아빠, 나 변호사 되고 싶어. 공부 안 하면 자격증 못 딴다고."

나는 아들을 자립시킬 작정이다. 이건 아들을 위해 필요한 일이다. 빨리 부모를 의지하지 않는 어른이 되었으면 좋겠다.

"그래, 집에 있는 걸로 만들어 먹어도 된다면 허락할게."

그러자 아들은 "그 이상은 바라지도 않아."라며 당당하게 말했다.

"사실 화요일과 수요일은 같은 반 토마도 급식 시간에 있으니까 이틀은 급식 먹어도 돼. 그럼 이렇게 하면 어떨까? 월요일, 목요일, 금요일엔 집에서 뭔가 만들어 먹고, 화요일, 수요일엔 급식을 먹는 거야. 그럼 아빠가 내는 급식비도 절반 이하로 줄 것이고. 어때?"

나는 이런 똑 부러지는 설명을 무척 좋아하는 까닭에 좋은 아이디어라고 생각하고 수락하기로 했다. 식재료는 냉장고에 있는 걸로 직접 만들면 된다.

"아, 그럼 부탁이 하나 더 있어. 맛있는 스파게티 만드는 법을 알려줬으면 좋겠어. 점심은 파스타를 만들어 먹으려고."

나는 이 녀석의 귀여운 설명이 대체로 마음에 들었다. 좋지, 알려줄게. 거래가 성립된 것이다.

그러고 보니, 돈이 떨어지면 나도 늘 부모에게 아쉬운 소리를 했다. 아버지한테 말하면 혼나니까 몰래 어머니에게 부탁하곤 했다.

"히토나리, 먹고 살기 힘드니?"

"밴드가 힘들어. 좀 있으면 데뷔할 수 있으니까 그때까지만 부탁할게. 아버지한테 말 좀 잘해 봐."

한번은 한밤중에 아버지의 전화로 잠이 깬 적이 있다.

"히토나리, 너 언제까지 어린애처럼 굴 거냐. 아쉬운 소릴 하면 돈을 줄 거라고 생각하는 모양인데, 음악 한다고 빈둥거리는 놈한테 돈을 줄 수는 없다. "일하지 않는 자 먹지도 말라."고 하지 않았느냐. 다시는 전화하지 마!"

전화는 끊겼으나, 술에 취한 듯한 아버지 목소리가 계속 귓가에 맴돌았다.

데뷔 당시 록밴드 에코즈의 월급은 월 5만 엔이었다. 월세 3만 엔을 내고 나면 생활이 될 리 만무했다. 며칠 후 어머니가 보낸 현금 등기가 도착했다. "내 비상금 보낸다. 아껴 써라."라고 쓰여 있었고, 3만 엔이 들어 있었다.

어머니는 나에게 유독 마음이 약했으나 아버지는 내가 어려워할 만큼 엄격했다. 지금 내가 살아갈 수 있는 것은 두 사람의 애정 덕분이다. 아들에게는 나밖에 없으므로 내가 아빠와 엄마 역할을 둘 다 해야 한다. 애지중지하는 모습을 보일 필요도 있지만, 본인을 위해 엄격하게 대해야 할 필요도 있다.

"일하지 않는 자, 먹지도 말라."

지금은 내가 아들에게 가장 자주 하는 말이 되었다.

앞으로 약 2주일 뒤면 새로운 학기가 시작된다. 아들은 코로나가 한창인 가운데 프랑스에서 고등학교 2학년이 되는 것이다.

부모가 없어도
자식은 자란다

9월 어느 날,

아침 8시에 아들이 등교했다. 문 닫히는 덜컹거리는 소리가 울
려 퍼졌다. 초등학생 때는 배웅이 의무였고 혼자 다닐 수 있게
됐을 때도 아침 준비 등을 해주며 배웅해야 했다.

고등학교 2학년이 된 지금은 자신이 알아서 등교한다. 내가
좀 편해진 것이다.

어제는 드러누워 있었더니 아들이 저녁을 해주었다. 성장하
는 모습은 눈에 보이지 않는다. 하지만 어느 순간 훌쩍 자라 있
게 마련이다.

그렇게 성장하는, 인간이란 참 멋지다는 생각이 든다.

아들이 학교에 간 뒤 먹을 것이 아무것도 없어서 바구니를 가

지고 근처 마르셰marché, 시장까지 장을 보러 갔다.

일상을 되찾을 수 있어서 다행이다.

시장을 지나가는 가을바람이 기분 좋았다. 생선가게 엠마뉴엘이 "무슈, 안녕!" 하고 먼저 인사했다.

대량으로 식재료를 사서 집으로 돌아와 침대에서 꾸벅꾸벅 졸고 있는데 아들이 돌아왔다. 오전 수업이 끝나고 일단 집으로 돌아온 것이다. 핸드폰을 보니 12시였다.

점심을 먹고 다시 학교로 돌아가야 한다. '뭔가 만들어 줄까?' 하고 일어나려고 하는데 아들이 얼굴을 불쑥 내밀고,

"어, 아직도 몸이 안 좋아? 그럼 뭐 좀 만들어 줄까?"라고 했다.

그 순간 아빠는 뜻밖의 대답을 하고 만다. 나도 깜짝 놀랐다.

"아직 온전한 몸 상태가 아닌가 봐. 머리가 너무 아파."

"누워 있어. 내가 뭐든 만들 테니까. 1인분이나 2인분이나 만드는 건 똑같으니까 만들어 놓을게. 일어나면 먹어."라고 말했다.

럭키. 정말이지 그건 더 멋진 일 아닌가.

그렇다면 아들 말대로 좀 더 뭉그적대고 있어야겠다고 생각했다.

어제 저녁밥을 먹으면서 기분이 참 좋았다. 그런데 '이번에도 같은 기분을 느낄 수 있겠는데.' 생각하니 신바람이 났다.

싱글 파파가 된 이후로 나는 완벽한 아빠 노릇을 해야 한다

고 생각하며 살았다.

그런데 이번처럼 내가 아프니까 아들이 더 애쓰는 모습을 보고, 완벽한 아빠를 추구한 것이 오히려 아들의 자립을 방해했을지도 모른다고 생각이 들었다.

그럼 하루나 이틀 더 꾀병을 부리며 상태를 지켜보면 어떨까.

내가 아무것도 하지 못하는 아빠라면 아들은 집안일이나 요리 같은 걸 더 잘할지도 모른다.

그건 우리 같은 아들과 아빠만 있는 가정에는 매우 좋은 일이고 내게도 도움이 된다.

아들이 요리를 하면 그만큼 나는 자유로워진다. 아니, 오히려 아들도 요리에 재미를 붙일 수 있어 좋지 않을까. '어쨌든 몸 상태가 좋지 않은 척하자.'라고 생각했다.

낮이 지나고 다시 덜컹 하고 문이 닫히는 소리가 났다. 아들이 학교에 다시 나간 것이다. 일어나 주방을 들여다봤더니 식탁 위에 도시락통이 놓여 있었다.

조심조심 열어 보니 어젯밤처럼 손수 만든 요리가 담겨 있었다. 어제와 마찬가지로 보기에 썩 좋아 보이지는 않지만, 그건 분명 아들이 태어나서 처음으로 싼 도시락이었다. '이야, 멋진 일 아닌가.'

그 녀석이 초등학교 고학년 때 나는 날마다 아들을 위해 도시락을 쌌다. 스스로를 '도시락 작가'라고 비아냥거리기도 했다.

그러다가 도시락 화보집을 내기도 했다. 그게 중학교 2학년 가을 무렵까지 계속되었다. 그때의 도시락통을 아들이 사용했다. 오사카 니혼바시의 다카시마야 백화점에서 산 것이다. 어디서 끄집어 냈을까. 여기에 어떤 메시지가 담겨 있는 것일까.

보은? 어, 은혜에 보답하는 거야!?

어쩌면 정말 그럴지도 모른다. 아들은 내가 하는 걸 보고 그대로 흉내 내는 것인지도 모른다. 그 무렵 자신이 그렇게 받았던 걸 떠올리며 몸 상태가 좋지 않아 누워 있는 나에게 그렇게 해준 것이다.

'정말 은혜에 보답하는 건가?' 하고 생각하자 또 눈물이 났다.

소시지, 계란말이, 그리고 모양이 썩 좋지만은 않은 차조기 주먹밥 두 개가 담겨 있었다. 유카리_{우메보시와 함께 절인 차조기 잎을 건조시켜 가루로 만든 것}를 뿌려 만든 것인데, 맛있다. 지난날을 보상받은 기분이 들었다.

아들은 이런 식으로 요리를 배울 것이다. 그리고 사회에 나가 거센 파도에 시달리면서 때로는 남에게 배신당하고, 때로는 남에게 도움을 받을 것이다. 그때 아빠가 만든 도시락을 떠올리며 자신도 자기 가족을 위해 뭔가를 하지 않을까.

졸저 《아버지 몽 페르Mon Père》의 주인공 줄미츠루지은 아들에 대한 기대가 낳은 인물이라고 할 수 있다. 아들이 이런 어른이 됐으면 좋겠다는 소소한 소망이 주인공 줄을 만들어 낸 것이다.

이 도시락 안에 있는 손수 만든 요리가 그 작은 가능성을 암시한다. 그렇다면 나는 지나치게 완벽한 아빠가 되지 않는 게 좋을지도 모른다. 이 소설에 나오는 아빠, 타이지 씨처럼 좀 서투른 게 좋을 수도 있다.

그러면 스트레스도 안 생기고, 그러면 오히려 애가 잘 자랄 테니까.

그래서 "부모가 없어도 자식은 자란다."는 말을 하나 보다.

사춘기 아들이
고민을 털어놓았으니,
이젠 아빠가 나설 차례다

10월 어느 날,

아들이 작업실에 얼굴을 불쑥 내밀며 "아빠, 고민이 있는데 좀 들어줄 거지?"라고 물었다.

"뭔데?"

일단 일손을 멈추고 아들을 돌아다보았다.

"키가 안 크고 있어. 지난해부터 5밀리미터밖에 안 자랐거든. 학년에서 내가 제일 키가 컸는데 여름방학이 끝나고 학교에 돌아갔을 땐 밑에서 세는 게 빠를 정도로 작아져 있었어."

"갑자기? 티보와 시몬은 어린애 같았잖아?"

"걔네들 이제 나보다 커. 프랑스인은 열여섯 살 정도부터 크기 시작하고, 일본인은 열여섯 살이면 성장이 멈추나 봐."

"그럴 리가 있겠니. 노력하면 스무 살까지는 쑥쑥 자란대. 그리고 넌 175센티미터나 되니까 그걸로 충분하잖아?"

"하지만 여자애들도 나보다 크단 말이야. 그래서 고민이 돼."

"그럼 작은 생선과 고기를 많이 먹어야지. 우유도 마시고."

사실 아들은 요즘 고기가 싫다며 생선만 먹고 있다. 머리가 커져서 그런지 육식에 대한 거부감을 느끼는 것 같다.

키가 크고 싶다면서도 다이어트도 하고 편식도 하는 아들……. 솔직히, 말하는 의도를 모르겠다.

"5센티미터만 더 컸으면 좋겠어."

"사치스러운 고민이야. 그럼 아빠는 어떻게 되게?"

"아빠는 이제 환갑도 지났으니까 작아도 별 상관없잖아?"

부글부글.

"그리고 탈모도 심해. 걱정돼서 잠이 안 와. 왠지 뒤통수가 휑한 느낌이야."

나는 일어나서 고개를 숙인 아들의 머리를 확인했는데, 나보다 더 덥수룩했다. 그건 그렇고, 아들이 뭘 고민하는 건지, 정말 모르겠다.

"문제없는 것 같은데? 평균 아니야?"

"아니, 문제 있어. 토마랑 로망이 그러는데 내 머리카락이 가늘어졌대."

"바보 아니야? 금발 애들은 피부색이랑 머리색이 같은 계통 색이라서 그렇지, 실제로는 너보다 더 가늘거든. 너는 검은 머리에 뻣뻣한 털이라서 맨살이 선명하게 보이는 거야. 그렇게 느껴질 뿐이니까 신경 쓸 거 없어."

"튀르키예에 가고 싶어."

"튀르키예? 왜?"

"털 이식 기술이 대단하다나 봐."

나는 웃음이 나왔다.

그 이유는 나도 고등학생 때 같은 고민을 했기 때문이었다.

그래서 나는 머리카락이 가느다란 아버지를 지목하고는 유전되면 아버지 탓이라고 불평했다.

젊었을 때의 나에게는 키라든가 헤어스타일이 진학이나 성적보다도 중요했다.

아들을 작업실 소파에 앉히고 그때 일을 들려줬다.

"봐, 아빠 머리카락, 예순한 살인데 아직 염색 한 번도 안 했고 빠지지도 않았어. 하긴 흰머리가 살짝 늘어나긴 했지만 그래도 괜찮잖아?"

"아빠는 나이가 많아서 이제 상관없잖아? 아무도 봐주는 사람 없는데, 뭘."

부글부글.

"난 이제 연애를 해야 하는데 키가 작거나 머리카락이 없다면 생사가 걸린 문제 아닌가? 이런 게 절실한 거야."

"바본가? 조상님께 미안한 소리 하지 마라. 할아버지가 풀잎

그늘에서 슬퍼하고 있어."

아들은 맥없이 고개를 떨구었다. 하지만 사춘기 특유의 고민이니까 '그걸로 됐다.'라고 나는 생각했다. 아들은 머리가 커져서 그런지 어른스럽다. 슬프든 힘들든 언제나 꾹 참는다. 지금까지 한 번도 떼를 쓴 적이 없다. "안 된다."라고 말하면 참는다.

그래서 힘들면 울어도 된다고 말한 적도 있다. 하지만 아들이 운 것은 지금까지 한두 번에 불과했다. 슬픈 일이 있었을 때도 눈물 그 자체를 나에게 보여 준 적이 없다.

그래서 오히려 걱정하고 있었다. 하지만 오늘 키와 머리카락 때문에 고민하고 있다는 걸 알게 되었고, 나는 그 순간 속으로 기뻤다. 아주 평범한 일이기 때문이다.

"근데 아빠. 고민이 또 하나 있어."

"또 있다고?"

"응, 어제 점심으로 볶음밥을 해먹었는데 맛이 좀 없었거든. 그래서 괜찮다면 볶음밥 맛있게 만드는 법을 배우고 싶은데."

"어? 그거 아주 간단하거든. 그럼 지금 당장 해볼까?"

"응."

그래서 우리는 바로 주방으로 갔고, 나는 아들에게 세상에서 가장 맛있는 볶음밥 만드는 법을 가르쳐 주게 되었다.

우리는 냉장고를 들여다보며 재료를 함께 찾았다. 고기는 떨어졌으나 냉동고에 새우가 있었고, 야채실에 파가 있었다. 양파와 마늘, 계란 등을 쭉 늘어놓았다.

아들이 만든 볶음밥을 확인했더니 소금 간이 부족해서 맛이 나지 않았다. '그렇구나, 그럼 맛없는 게 당연하지.' 중요한 건 소금 간이다. 인생과 마찬가지로 소금을 뿌리는 타이밍이 무엇보다 중요하다.

가스레인지 불을 켜고 나서 프라이팬을 올려놓고 기름을 둘렀다. 그러고는 먼저 반숙 계란말이를 만들어 옆에 놓았다.

기름을 넉넉히 두르고 으깬 마늘과 고추로 향을 냈다.

등 쪽에 있는 내장을 제거한 새우를 잘게 썬 양파, 채를 썬 파와 함께 프라이팬에 던져 넣었다.

새우가 익어 붉은색을 띠었을 때, 밥을 넣어 고슬고슬해질 때까지 볶고는 뇨크만nuocman, 베트남의 생선 간장, 간장, 다시마 차, 닭고기 육수 분말, 소금, 후추를 넣어 맛을 냈다.

불 세기를 보면서 잘 섞어 놓고, 여기에 만들어 둔 반숙 계란말이를 넣은 후 강불로 볶다가 참기름을 살짝 넣고 불을 껐다. 이제 접시에 담기만 하면 완성이다.

어제 남은 완두콩이 있어서 색감을 살리기 위해 곁들여 봤다. 숟가락으로 떠먹던 아들이 함박웃음을 지으며 맛있다며 소리쳤다.

아들이 잘 자라는 것 같다. 사랑스럽다.

가족이 뭐냐고
아들이 물었다

11월 어느 날,

봉쇄령이 내려졌지만, 우리 츠지가는 아우성치면서도, 날마다 잘 헤쳐 나가고 있다. 뭐, 서로 붙어 있지도 않고 떨어져 있지도 않지만 그럭저럭 잘 지낸다.

대학 진학에 대해서는 프랑수아즈 선생님에게 맡겼고, 선생님으로부터도 "걱정하지 마세요. 제가 알아서 할 테니까요."라는 답변을 듣고 맡겨 둔 상태지만, 아들에게 확인해 보니 아직 아무런 논의가 없었다고 한다.

코로나 때문에 다들 좀 지쳐 있지 않은가. 이 문제는 조금 시간을 들여 해결할 수밖에 없겠다 싶어 상황을 지켜보기로 했다.

오늘 아들에게 간단한 요리를 가르친 직후의 일이었다. 아들은 맛있는 요리를 입안에 몰아넣으면서 상의할 게 있다며 말을 꺼냈다.

'뭐야?'

"아빠, 가족이란 게 뭐라고 생각해?"

'아이고, 큰일 났다. 무슨 말을 하려는 거지······.'

"글쎄, 세상에서 제일 신경 쓰지 않아도 되는 존재 아닐까?"

아들은 생각하는지 잠자코 있다. '경솔한 말을 해서는 안 되겠구나.' 싶었다.

"저, 인터넷으로 찾아보니까, 혈연관계이거나 결혼한 사람과 만드는 집합체라고 되어 있네."

"뭐, 그게 전부는 아닐 것 같은데?"

"'어려울 때 서로 도울 수 있는, 뭔가 정신적으로 연결된 관계'라고 써 있는 사이트도 있었어."

"그래, 그거야. 하지만 그게 다는 아니야."

"아빠와 난 든든한 가족이지?"

"물론이지."

"어떨 때는 서로를 속박하고, 어떨 때는 의지하는 관계가 가족인가? 뭔가 서로를 묶는 줄 같은 게 있어서 때로는 너무 불편하고 때로는 그게 생명줄 같은 관계? 그런 관계인가?"

"그게 바로 핵심이네. 너한테는 아빠가 짜증 날 때도 있지만, 존재 그 자체로 안심될 때도 있잖아? 그런 관계일 수도 있겠다."

"응." 하며 아들이 고개를 끄덕끄덕했다.

"지금은 나한테 가족이라고 하면 아빠뿐이지만……. 내가 누군가와 결혼을 하면 가족이 되는 거지?"

"뭐 그런 건데, 마음에 짚이는 사람이라도 있니?"

아들은 시치미를 떼며 지금은 없다고 했지만, 혹시 있는 거 아닌가?

"아직 열여섯 살밖에 안 됐으니까, 넌."

"그래. 근데 알고 싶어. 가족이란 게 뭐지?"

"그거야 좋은 일이지. 가족은 참 소중하다고 생각해. 가족이란 공기 같은 거니까 있는 것만으로도 좋은 존재지. 이래야 한다, 저래야 한다는 규칙이나 틀이란 게 없는 거야. 가족 형태가 정해져 있지 않아도 되는 거고. LGBT lesbian(레즈비언)과 gay(게이), bisexual(양성애자), transgender(성전환자)의 앞 글자를 딴 것으로 성소수자를 의미한다. 가족도 있고, 너와 아빠처럼 세상에서 가장 작은 가족도 있잖아. 그런가 하면 20명이나 되는 대가족도 있거든. 결혼하지 않고 살아도, 아이가 없어도 가족은 가족이야, 이 세상에는 다양한 형태의 가족이 있고 그게 연결되어 있지."

"알지. 다양한 가족이 있다는 거, 알아. 아빠랑 나 같은 이상한 가족도 있고."

"아아."

"나는 가족이란 건 마음을 놓을 수 있는 곳이라고 생각하는

데, 그거 아닐까?"

"맞아. 고향 같은 거지."

"나는 일본인이지만 프랑스에서 태어났어. 그런데도 일본의 역사나 문화와 연결되어 있잖아. 고향이란, 한 예로 내가 달걀말이나 된장국을 좋아한다는 말인가?"

"맞아. 아빠가 하는 요리가 너의 고향 아닐까?"

아들이 미소 지었다. 수긍한다는 듯이.

"가족이란 차츰차츰 만들어져 가는 거잖아? 말로 하지 않아도 고마워하는 관계인 거지. '잘 먹겠습니다.'라든가 '고마워.'라든가 '잘 자.'라든가 '다녀왔습니다.'라든가 '다녀올게요.'라고 일상적인 말만 해도."

"그게 너에게 가장 부족하다고 생각하는데. 아빠가 맨날 그러잖아? '안녕.'이라고. 그러면 '안녕.'이라고 답해 줘야 하는 거 아니야?"

"근데, 가족이니까 답하지 않는 거야. 말로 하지 않아도 되는 관계가 가족이잖아?"

"그렇구나!"

나는 웃음을 터뜨리고 말았다. 그 말이 맞다는 생각이 들었기 때문이다.

아들은 '본심을 터놓을 수 있는 관계가 가족'이라고 생각하고, 나는 '뭐든지 말할 수 있는 게 가족'이라고 생각한다.

"뭐랄까, 당연한 관계 아닐까. 아빠한테는 항상 본심을 보이잖아. 난 별 신경 안 쓰고 하고 싶은 말 편하게 하는데, 아빠도 나 신경 쓰거나 조심하지는 않지?"

아, 그건 아니다. 아빠는 늘 조심하면서 말하거든. 하지만 뭘 조심하는지는 말할 수 없구나.

"아하하하!" 하고 나는 웃었다. 부모와 자식은 좀 다르다. 하지만 그걸 굳이 설명할 필요는 없다.

"근데 왜 넌 뜬금없이 가족이란 말을 꺼낸 건데?"

"아니, 그냥……. '가족이란 참 좋은 거구나.' 하는 생각이 들어서."

"왜 그런 생각을 한 거야? 상대가 있어?"

"됐어."

침묵…….

"네가 언젠가 누군가와 결혼을 하고 함께 살기로 결정하면 우선 가장 작은 가족이 생기는 거야. 사실 그거면 충분하거든. 너에게는 아빠가 있고, 그 사람에게도 부모가 있을 테니까. 그리고 아이가 태어나면 가족이 늘어나는 거지."

"이혼하면?"

"그건 사람마다 다르겠지? 다양한 가족이 존재하니까. 한 핏줄이어도 사이가 안 좋은 사람도 있고, 피 한 방울 섞이지 않았는데도 가족이라고 부를 수 있는 관계도 있는 거잖아?"

아들은 뭔가 생각하는 듯 보였다.

나는 아들이 무슨 말을 할지 잠자코 기다렸다.

"나도 가족이 있었으면 좋겠어. 누군가를 위해 살아 보고 싶거든."

"그거 좋지."

하지만 아직 상대는 없다. 아직 열여섯 살밖에 안 됐으니까.

"조급하게 생각하지 않아도 되잖아?"

"응."

우리는 거기서 대화를 끝냈다.

아들이 학교로 돌아가야 할 시간이었다. 어쩌다 보니 많은 이야기를 했지만 사실 핵심에는 도달하지 못했다. 하지만 조금씩 주제에 다가가면 그것으로 충분한 게 아닐까.

아들은 교과서가 들어 있는 백팩을 어깨에 메고 내 앞으로 왔다. 그러고는 특이하게도 "다녀오겠습니다."라고 말했다.

"그래, 잘 다녀와."

나는 그렇게 말하며 아들을 마중해 주었다. 가족답게…….

아들과 머리를 맞대고
이야기하던 그날 밤,
난 또 울었다

또다시 아들과 대결할 시기가 왔다. 오랫동안 꿈꿔 왔던 유튜브 채널 '지구 칼리지세계 각지 여러 분야에서 전문적으로 활약하고 있는 사람들을 초청해 경험이나 지혜를 배우는 유튜브'가 무사히 출항하자 비로소 나는 아들의 진로와 마주할 정신적인 여유가 생겼다.

지금까지 아들과 나는 저녁밥을 먹으면서 몇 마디 하는 게 대화의 전부였다. 그 탓에 녀석의 고집스러운 성격을 눈치채지 못했다. 어떤 의미에서는 이 문제에 관한 한 소화불량이 된 상태였다.

그저께 일부러 아들 방에 가서 통보했다. 토요일 중요한 일이 끝나면 이야기를 좀 하자고. 무게 잡는 듯한 나의 말투가 아들을 심리적으로 흔들었는지 동요하는 모습이 보였다.

드디어 오늘 나는 중요한 일을 마치자마자 차를 끓여 과자도 함께 아들의 방을 노크했다.

쟁반에 담긴 차는 아빠로서 나의 강한 결의를 연출하는 소품이기도 했다.

"약속대로 얘기하러 왔다."

"아, 웅."

헤드폰을 벗고 아들이 일어났다.

나는 의자에 앉고 아들은 침대에 걸터앉았다. 차는 바닥에 내려놓았다.

"뭐, 모처럼 끓였으니까 마셔."라고 권했다.

둘이서 어색하게 차를 홀짝였다. 평소보다 아들은 고분고분했다.

모종의 각오가 되어 있음이 전해져 온다. 이렇게 미리 얘기하고 싶은 게 있다고 전달하는 방식은 꽤 효과가 있다.

차를 쟁반에 내려놓고 나서 나는 "진로 얘기야."라고 말문을 열었다.

"아빠가 이렇게 너랑 진지하게 마주하는 건 특별한 일이라는 거 알지? 이건 무척 중요한 일이야. 왜냐하면 네가 앞으로 프랑스에서 살아가면서 지금이 가장 중요한 시기이기 때문이지. 그러니까 속마음을 터놓고 얘기할 필요가 있거든."

아들은 차를 마시며 차분하게 듣고 있었다.

나는 우선 일본인 아들이 프랑스 사회에서 가정을 꾸리고 사는 게 얼마나 힘든 일인지 설득하기 시작했다. 언제 진정될지 모르는 코로나19 사태로 인해 경기가 좋지 않은 이 세상에서 뮤지션으로 살아간다는 게 얼마나 고달픈지도 구체적인 예를 들어가며 설명했다.

변호사 자격을 취득하는 게 확실한 선택이라는 내 생각도 전했다. 그리고 음악은 재능이 있으니 그만둘 필요 없이 취미로 계속하면 된다고 다시 한 번 단단히 못을 박아두었다.

그러자 아들이 "알고 있어. 나도 그렇게 할 생각이야."라고 의외로 선선히 말했다.

차 세트 작전(?)이 주효했는지 모르지만 더 이상 열을 올릴 필요는 없었다.

아들의 마음은 줄곧 흔들리는 모습을 보였다. 변호사를 목표로 하겠다고 했다가 음향 엔지니어가 되고 싶다고도 했다. 수학과 물리를 선택하지 않기로 결정하는가 하면 다시 변호사를 목표로 하겠다고 말하기도 하고……. 그런데 사실 뭘 하고 싶은지가 중요하므로 설령 그게 내 마음에 상처를 준다고 해도 아들이 하고 싶다면 반대하지는 않을 생각이었다.

하지만 '아직은 확실한 신념이나 비전이 없으므로 일방적으로 정한 미래를 강요하는 건 잘못이다.'라고 생각했다.

내가 설득하는 동안 아들은 바닥을 내려다보며 줄곧 잠자코 있었다.

"어떻게 생각해?" 하고 재촉하자 고개를 들고,

"응, 실은 그저께 담임이 불러서 얘기 좀 했어."라고 말해서 나를 놀라게 했다.

"프랑수아즈 선생님이? 뭐래?"

아들은 말을 골라 자신이 선택한 과목, 자신이 일본인이라는 점, 그렇기 때문에 이 나라에서 경력을 쌓아야 한다는 점 등등 내 의견도 포함해서 죄다 선생님에게 말했다고 했다.

물론 아들의 음악 활동에 대해서는 선생님도 잘 알고 있다. 아들은 학교 축제 때마다 스타이기 때문이다. 그런 모든 문제점을 저울 위에 올려놓고 논의했다고 한다.

"선생님은 뭐라고 하던?"

"선생님은 아빠가 불안해 하는 것도 잘 안다고 했어."

"그래서?"

"선생님은 내가 법과대학에 갈 실력이 된다고 했어. 근데 내가 얼마나 음악을 좋아하는지 알기 때문에 하는 말이겠지만, 그걸 버리기는 좀 아깝다고도 했어."

나는 좀 실망했다.

더 이상 듣고 싶지 않아서 "그럴지도 모르지만 말이야." 하고 일단 말을 가로막았다. 담임은 아무래도 내 생각과는 다른 의견을 가지고 있는 것 같다. 왜 그럴까? 못마땅하다.

"그래, 프랑수아즈답지 않은 사고방식이네. 홀라댄스의 신이라 불리는 사람답지 않다는 얘기야."

그렇게 말했지만, 나는 냉정해져야 했다. 그러자 아들이 '사실은 친구들에게도 물어 봤다.'고 했다.

"아빠가 모르는 친구들, 그 길로 나간 선배라든가 뮤지션 친구들과도 얘기해 봤어. 그리고 학교에는 진로 지도 선생님도 있으니까 물론 그 선생님과도 상담을 했고. 사라, 로버트, 알렉스와도 상담을 했어. 근데 가장 중요한 조언자는 이미 프로로 활동하는 친구들이었어."

"뭐랬는데?"

"그중 한 명, 뮤지션 조는 누구보다 아빠가 하는 말에 가장 깊은 사랑이 담겨 있다고 했어."

나는 놀라는 한편 안도했다.

아들 친구 뮤지션들은 힙합이나 비트박스 세미프로로, 어떻게 보면 프랑스의 다음 세대를 이끌어 갈 만한 애들이었다.

그들은 분명히 나를 좋지 않게 볼 것이라고 생각했기 때문에 그 '사랑'이라는 말은 의외로 울림이 컸다.

"프랑스는 지금 음악을 해서 먹고살 수 있는 상황이 아니다. 그러니까 고연봉을 받는 변호사를 목표로 하는 게 너를 위해 좋다고 조가 말했거든."

"그래, 좋은 선배구나. 근데 넌 어떻게 할 생각이야?"

"나도 그렇게 생각하니까 법과대학에 가려고."

나는 마음속으로 승리 포즈를 취하고 쾌재를 불렀다. 그러자 아들이 고개를 숙인 채 이렇게 덧붙였다.

"그런데 한 가지 말하고 싶은 게 있어. 잘 들어줬으면 좋겠는데."

"물론이지, 말해 봐."

"아빠, 담임도 말했어. 넌 지금처럼 하면 법과대학에는 들어갈 수 있을 거라고. 나도 그곳을 목표로 하고는 있어. 가족을 부양하려면 그것밖에 선택지가 없으니까, 그걸 목표로 하는 거지. 근데 이건 분명히 해두고 싶어. 법률 관련 일을 하겠다는 모티베이션이랄까 동기나 이유가 충분하지 않다는 거."

하긴 그 말은 전에도 들은 적이 있었다. 그래서 나는 "생각해 봐. 회사원 중에 처음부터 그 일을 하고 싶은 이유가 있어 선택한 사람이 얼마나 될지? 가족을 부양하기 위해서일 수도 있고 돈을 벌어야 하거나 생계 때문이거나 이런저런 이유가 있는 거야. 잘살기 위해 좋은 학교에 가는 사람도 많고. 뭘 하고 싶다는 동기나 이유는 나중에 생기기도 하는 거야."라고 말했다.

"알아. 잠깐만. 한 가지 더 있어."

"뭐야?"

"전에도 몇 번 말했지만 난 뮤지션이 되고 싶지는 않아. 음향공학 학교에 가서 엔지니어를 꿈꾸고 싶은 거지. 물론 음악으로 먹고살 수 있으면 좋겠지만, 나는 무대 뒤에서 일하는 걸 더 좋아하기 때문에 음향 공학 대학에 가고 싶었어. 그리고 영화나 TV 혹은 콘서트장에서 일하고 싶었거든. 왜 그런 것 같아?"

"……."

"들어봐. 나는 아빠랑 단둘이 살기 시작하면서 아빠가 일하는 곳에 같이 갈 때가 많았잖아. 어떤 날은 영화 촬영장에 가기도 하고, 어떤 날은 일본이나 프랑스 콘서트장에 가기도 했어. 그리고 한때는 아빠 소개로 일본문화회관 콘서트홀에서 인턴으로 일하기도 했고. 어렸을 때부터 나는 아빠가 하는 일을 보고, 문득 같은 세계에서 일해 보고 싶단 생각을 했어. 나도 그런 일을 하고 싶다고.

그런데 난 지기 싫어하는 성격이라서 아빠한테 음악을 배운 적이 없어. 다 독학으로 했지. 이 음향 기술은 모두 내 스스로 배운 거야. 그 과정에서 나는 역시 음향 일을 좋아한다는 걸 깨달았어. 아빠의 등을 보고 컸으니까 나도 그 세계로 나가고 싶다고 진심으로 생각했어. 난 남의 눈에 띄는 걸 별로 안 좋아하는 성격이라서 무대에는 적합하지 않아. 하지만 음악은 좋아해. 음향 대학에 진학하고 싶은 이유는 충분한데, 법과대학에 진학하고 싶다는 이유는 유감스럽게도 부족한 거지.

그런데 제대로 된 직업이 없으면 이 나라에서 살아가기 힘들다는 아빠의 걱정은 애정인 것 같아. 그러니까 자식으로서 그걸 하는 게 좋을까 생각하다 흔들리기도 했어. 그래야겠다, 이렇게 반쯤 포기하면서 생각도 하고. 확실히 법률 일을 시작하면 그게 천직이라고 생각하게 될지도 몰라. 근데 나 흔들리고 있거든. 그것만은 아빠가 알아줬으면 좋겠어."

솔직히 나는 속으로 또다시 울었다. 물론 애 앞에서는 울지 않았지만, 아들이 처음으로 내가 하는 일의 영향을 인정하는 순간이기도 했기 때문이다.

나는 발밑으로 시선을 떨구며

"잠깐, 하루만 더 함께 생각해 볼까?"

이 애의 행복을 생각할 때 뭐가 최선인지 알 수 없었다.

"아빠도 더 생각해 볼게. 친구 중엔 대학교수도 있고 영화감독도 있고 프로 음악가도 있으니까 그들과 충분히 얘기해 봐야겠어. 내일 또 이 시간에 여기서 얘기하자. 좋지?"

"응, 알았어."

내가 일어서자 아들도 일어났다.

우리의 '1차' 대화는 일단 이렇게 끝났다.

아들의 말에
다시 발끈한 아빠

사건은 12월 23일 밤에 일어났다.

저녁밥 준비를 하고 있는데 아들이 와서 문을 두드렸다. 아들이 이 문을 노크할 때는 으레 터무니없는 부탁을 한다.

돌아서서 문간에 서 있는 아들을 보고 무슨 일이 있다는 것을 금방 알아차렸다.

"잠깐 괜찮아?"

어디 보자, 뭐가 있나. 이럴 땐 주의해야 한다.

"새해 전날 안나네 집에 놀러 가도 돼? 친구들이 다 모여서 카운트다운을 할 건데."

"안 돼. 그거 안 되는 거 알지?"

나는 그 이상 아무 말도 할 수 없었다. 어떤 대답이 돌아올지 뻔히 알면서 물으러 온 아들에게 화가 났다.

아들은 문 옆에 계속 버티고 서 있다.

별다른 증상이 없다 해도 코로나 바이러스가 몸 안에 잠복해 있을 확률도 무시할 수 없는 데다, 하룻밤 여럿이 함께 뒤섞여 잠을 자야만 한다. 이 일기에도 언급한 적이 있지만 안나의 부모님은 고등학교 교사이기 때문에 그 집에 머무는 것은 지금까지 인정해 왔다. 안나도 굉장히 똑똑한 애고 어린 자매들도 착한 애들뿐이어서 문제가 없다. 하지만 안 되는 이유는 설명할 필요가 없는 사실이다. 안됐지만 인정할 수는 없었다.

"생각해 봐, 안 될 게 뻔하잖아. 이렇게 코로나 확진자가 많은 상황에."

프랑스 애들이 얼마나 힘든 청춘을 보내고 있는지는 충분히 이해한다.

놀러 다니고 싶은 나이인데 집에서 나갈 수 없다. 게다가 지금은 겨울방학 기간이라 학교에 가지도 않는다. 애들이 불쌍하긴 하지만 나도 젊지 않으므로 바이러스를 들여오게 내버려 둘 수는 없다.

"안 돼."라고 하자 아들은 "알았어."라고 하면서 자기 방으로 가버렸다.

미안하지만 어쩔 수 없는 일이었다.

그날 밤에도 그랬지만, 어제 크리스마스이브에도, 오늘 아침에도, 아들 표정이 어둡다. 내가 "좋은 아침!"이라고 인사해도 원래 아무 말도 하지 않기는 했으나 요즘 유독 표정이 어둡다.

어제 니콜라, 마농과 즐겁게 식사할 때조차 때때로 얼굴을 두 손으로 가리고는 고민하는 듯한 몸짓을 했다. 한숨만 내쉴 뿐……

니콜라 엄마가 "괜찮아? 무슨 일 있니?"라고 물었지만, 왜 그런지 알고 있는 나는 시선을 딴 데로 돌릴 수밖에 없었다.

아들은 니콜라 엄마를 향해 억지 미소를 지으며 얼버무리고 먹는 둥 마는 둥 하고는 자기 방으로 들어가 버렸다.

어쩔 수 없는 일이었다. 프랑스는 봉쇄 해제와 함께 다시 감염 확산이 시작되면서 하루 확진자 수가 2만 명을 넘어섰다. 이대로 가다가는 다시 봉쇄령을 내릴지도 모른다. 게다가 변이종이 영국에서 출현하면서 유럽은 패닉 상태다. 덴마크에서는 이미 도시에서 감염이 확인됐다. 백신 승인은 났지만 아직 얼마나 유효할지, 어느 정도 희망으로 이어질지 말로 표현할 수 없는 상황이 이어지고 있다.

지금은 사실 마음이 느슨해지기 쉬운 시기지만, 마음을 다잡아야 하지 않겠는가.

다 같이 카운트다운을 하고 싶은 마음도 알지만, 유감스럽게도 올해는 절대 허락할 수 없다.

아들은 말하고 싶을 것이다.

"니콜라와 마농은 우리 집으로 불러 크리스마스 파티를 하면서, 나는 왜 안나의 집에서 친구들과 새해를 맞으면 안 되느냐고?"

안나의 방에 매번 열 명 정도의 애들이 모여 밤을 지새운다. 말하자면 여럿이 함께 뒤섞여 자는 거다. 모두 침낭을 들고 모인다. 아들에게도 침낭 하나를 사준 적이 있다. 하지만 환기가 잘 안 되는 방에서 애들끼리 떠들어대면 감염될 확률이 높다. 니콜라와 마농을 불러 2, 3시간 동안 크리스마스 식사 모임을 하는 것과는 차원이 다르다.

아들도 잘 알고 있지만 희미하나마 희망을 품고 싶었을 것이다.

프랑스에서도 많은 애들이 마음의 병을 앓고 있고, 이것이 사회문제가 되고 있다. 어린이 자살도 늘고 있다. 다 코로나 탓인 건 아니지만 코로나가 방아쇠 역할을 한 것도 사실이다. 느닷없이 세상이 확 바뀐 이 상황에 비관적인 사람이 늘어날 수밖에 없다.

오늘 밤 나는 아들에게 이 문제를 정확하게 말해 주고 후속 조치를 할 생각이다. 안 된다고만 할 게 아니라 대화로 풀어 나가면서 거기서 조금이라도 희망을 품게 할 필요가 있어서다.

오늘은 크리스마스라서 아침부터 교회 종소리가 울려 퍼졌다.

부디 사람들의 기도가 하늘에 닿기를⋯⋯.

"아빠, 괜찮지? 시시한 소리도 하고, 아무 말이나 할 수 있는 사람들과 마음으로 연결되어 있으면 정말 힘들 때 이 친구들이 내 편을 들어주고, 손을 쏙 내밀어 주기도 하는 거잖아. 인간이란 그렇게 살아가는 것이 가장 인간다운 삶의 방식이라고 나는 생각해. 아니야?"

2021

아들 나이 열일곱 살

Sous le Ciel de Paris

아들의 영어 낙제 점수에도
화 못 내는 아빠

1월 어느 날,

대단한 사실이 밝혀졌다.

요즘 아들의 고등학교 선생님들과 날마다 원격 면담을 하고 있다. 그러던 참에 부모와 학교를 연결하는 정보 시스템을 통해 우리 아들 페이지로 들어갔더니 새해 시험 결과가 쭉 나와 있었다. 점수가 그리 나쁜 과목은 없었다. 그런데 맨 마지막에 영어 점수가 나의 눈에 띄었다.

아니, 이게 뭐야!

그 숫자는 예전에는 본 적도 없는 점수였다. 0점은 아니지만 한없이 저공 비행, 착륙 직전 상태. 이른바 낙제점 이하였다. 뭔가 이상하다. 이 녀석 영어를 잘하는데 이게 무슨 실수일까 싶어 학교에 문의했더니 "유감스럽지만 사실입니다."라는 답

변이 돌아왔다.

에에에엣! 이런 점수로는 어느 대학에도 들어갈 수 없다. 아들이 목표로 하는 법과대학에는 문전박대 수준이다. 난 충격을 받은 나머지 드러눕고 말았다.

점심 먹으러 아들이 돌아왔지만 어떻게 따져 물어야 할지 몰라 잠자는 척했다. 그래서 점심 준비조차 하지 못했다.

노크 소리가 났다.

"저기 점심은?" 아들의 목소리다.

"오늘은 없다."

"없다고? 왜?"

"인스턴트 라면이 선반 위에 있으니까."

"오케이."

아들이 학교로 돌아간 후, 누군가와 상담하지 않으면 마음이 안정되지 않을 것 같아 아들의 프랑스인 친구 엄마에게 털어놓았다. 그런데 웬걸, 그게 화근이 되고 말았다.아들의 상냥한 일본인 친구 엄마에게 상담할 걸 그랬다.

이번에는 아들 성적에 관한 것이어서 그룹이 아닌 같은 반 친구 엄마인 레티시아와 오딜에게만 따로 조언을 구했다.

"네? 그럼 과외 선생님이라도 소개해 줄까요?"라고 말하는 레티시아.

"근데 영어를 지금 공부하기는 좀 그런데요. 영어는 어렸을 때 머릿속에 얼마나 집어넣느냐에 따라 차이가 나니까요."라며 이미 때가 늦었다고 말하는 오딜.

"왜, 그런 점수를 받게 되었는지 본인에게 물어 봤어요?"라고 묻는 레티시아.

"아들에게 엄격하지 못하나 봐요. 다른 부모라면 엄청나게 격분할 텐데요. 근데 내가 상상하기에 히토나리 씨는 혼내지 못할 것 같은데, 야단 못 치죠?"라고 말하는 오딜.

"잠자코 보고만 있으면 애 성적은 오르지 않아요. 부모가 제대로 이끌어 주지 않으면요."라고 레티시아는 말했다. 맞는 말인만큼 난 일일이 반박할 수가 없었다.

"결국 엄하게 기르지 않고 제멋대로 하게 내버려 둬서 그런 거예요."라고 말하는 오딜.

친구이기 때문에 솔직하게 자신의 의견을 말하는 것은 이해하지만, 문자메시지를 읽을수록 화가 치밀어 올랐다. 그 분노는 결국 아들에게로 향했다. 나는 점점 더 자리에서 일어날 수가 없었다.

저녁에 아무렇지도 않은 얼굴로 아들이 돌아왔다. 물론 그때까지도 밥 준비는 하지 못했다. 못 먹게 할 수도 없고, 나도 배고파서 주방에 가서 고기와 야채를 꺼내서 요리를 시작했다. 내키지 않았으므로 뭘 만들었는지 모를 만큼 그냥 대충 만들었다. 그러고는 뭔지 모를 요리들을 식탁에 늘어놓았다.

아들의 식욕은 대단했다. 낮에 컵라면만 먹어서 그런지 별안간 또 한 공기를 먹었다. 쌀 2컵을 지었는데 결국 아들이 다 먹어 치웠다. 아이고.

"저기 있지."

식사를 거의 마칠 때쯤 내가 말을 꺼냈다.

"영어, 왜 그런 끔찍한 점수를 받았니?"

나는 조곤조곤 말할 작정이었다.

"아, 실은 질문을 거꾸로 해석해서 완전히 반대로 논술했거든. 근데 선생님께도 그 사실을 설명했더니 이해해 주더라고."

"그래도 다른 애들 평균 점수의 절반 이하잖아. 다들 이해하는 걸 이해하지 못했다는 건데, 기막히지 않니?"

"응."

아들이 젓가락을 멈추었다. 오딜의 말이 머리를 스쳤다.

'아들에게 엄격하지 못하나 봐요. 다른 부모라면 엄청나게 격분할 텐데요. 근데 내가 상상하기에 히토나리 씨는 혼내지 못할 것 같은데, 야단 못 치죠?'

레티시아의 말도 되살아났다.

'잠자코 보고만 있으면 애 성적은 오르지 않아요. 부모가 제대로 이끌어 주지 않으면요.'

'젠장!' 하고 나는 혀를 찼다. 그러다 아들과 눈이 마주쳤다.

"과외라도 할까?"

"필요 없어."

"성적이 너무 형편없잖아."

"나 혼자 힘으로 할 수 있어. 이번엔 착각했을 뿐이고."

"너 혼자 할 수 없는 일도 있어. 이 성적으로 대학은 무리잖아?"

아들은 젓가락을 식탁 위에 내려놓았다.

"그렇다면 왜 학교 선생님이 있는데? 나는 영어 선생님과 매주 3번씩이나 만나 공부하고 있고, 세심하게 조언도 해주거든. 공부할 의욕도 있는데 과외를 따로 하면 선생님한테 미안하잖아."

"미안하다니 그게 무슨 소리야. 상관없잖아, 결과만 좋으면."

"스페인어도 예전에는 잘 못했는데 지금은 많이 향상됐잖아? 스페인어도 다 독학으로 한 거야. 영어도 할 수 있다고."

"아빠는 딱히 안 된다고 말하고 싶지는 않지만……."

다음 순간 내 말을 가로막듯이 아들은 "잘 먹었습니다." 하고 말하면서 일어서더니, 초조한 기색을 감추지 못하고 자리를 뜨고 말았다. 잠시 후 '쾅' 하고 문 닫히는 소리…….

오딜이나 레티시아의 집이라면 부모가 일어나 애를 붙잡고 설교를 하겠지만, 나는 하지도 못하고 할 생각도 없다. 그녀들의 말대로 결국 엄하게 기르지 않고 제멋대로 하게 내버려 둬서 그렇게 된 셈이다. 나는 식탁에 혼자 남겨졌다.

이럴 때 싱글 파파라는 게 답답하다. 어쩔 수 없는 일이지만 오딜과 레티시아의 말대로 나는 아들을 과보호하며 키우고 있는지도 모른다.

어떤 점에서는 안된 처지라고 생각해 온 면이 없지 않다. 제멋대로 한다 해도 받아주고 싶은 생각이 드는 것이다. 게다가 아들 녀석은 그 나름대로 노력하고 있는 데다 반드시 좋은 대학에 들어가야 하는 것도 아니고…….

'이봐, 아들을 엄하게 기르지 않고 다 봐주면 어떡하겠다는 거야. 네가 죽고 아들 혼자 남으면 어떻게 여기 프랑스에서 살겠어? 일본에 돌아가도 일본어도 제대로 못하고 한자도 못 쓰는데 무슨 일을 할 수 있냐고? 네가 응석받이로 키우면 결국 고통받는 건 어른이 된 아들이야. 알아? 참, 뭘 모르는 아빠군. 오늘은 이제 여기까지 할게. 이건 푸념도 아니고 체념한 것도 아니야. 그냥 좀 피곤해. 살다 보면 그런 날도 있는 거잖아?'

이건 물론 내 마음의 소리다.

파리를 떠나고 싶어 하는 아빠,
흔쾌히 승낙하는 아들

1월 어느 날,

저래 봬도 외로움을 많이 타는 아들이 내가 코로나에서 도망쳐서 시골 생활을 한다고 하면 반대할 줄 알고 어떻게 말을 꺼낼까 한참 고민했다. 그러다가 저녁을 먹으면서 "파리를 진심으로 떠나고 싶은데 대학에 합격하면 너는 대학가에서 살고, 아빠는 시골에서 사는 게 어떨까?" 하고 말문을 열었다.

"코로나는 그리 쉽게 수그러들지 않을 듯하고, 아빠도 이제 젊지 않으니까."

"그래, 이제 젊지 않지."

"이제 마흔일곱밖에 안 됐어."

"…….어이없는 얼굴"

"야, 너도 드디어 내년에 대학 입학시험을 보는구나. 정확히

1년 뒤 너는 성인이거든."

프랑스에서는 열여덟 살에 성인이 된다.

초등학교 고학년부터 남자 손 하나로 여기까지 키워 낸 지난 날을 뒤돌아보면 눈시울이 뜨거워진다. 요즘 나이 탓인지 눈물이 많아졌다.

"괜찮지? 네가 대학생이 되는 타이밍에 맞춰 아빠는 홀로서기를 하고 싶은데."

"……. 쓴웃음"

"지금까지 마차 끄는 말처럼 한눈 팔지 않고 창작에 몰두해 왔어. 근데 앞으로의 삶을 생각하면 대도시 파리에서 코로나를 걱정하며 사는 건 좀 피곤해. 그래서 시골로 이사하고 싶다. 장 콕토프랑스의 시인, 소설가, 극작가, 영화감독. 전문적이지는 않았지만 그림을 그리기도 했다.도 그렇게 했거든."

"장 콕토와 동일시하다니, 주제를 잘 아는 거야?"

"네가 어느 대학에 갈지 모르지만, 파리에 있는 대학이 아닐 수도 있고 말이야. 근데 어차피 따로 살게 될 테니까 난 지금부터 준비를 하고 싶구나. 그러니까 아빠는 자신이 살 땅을 찾고 싶은 거야. 무슨 말인지 알지?"

아들이 젓가락질을 멈추고 내 얼굴을 물끄러미 바라보다가 "뭐야, 그래서?"라고 말했다.

"일본으로 돌아가지 않고 프랑스에서 살아 준다면 어디에 있든지 난 괜찮아. 만약 아빠한테 무슨 일이 생기면 내가 날아갈 수 있는 곳에 있었으면 좋겠어. 일본에 있다가 코로나에 걸려 심각해지면 더 이상 만날 수 없을 테니까."

"그렇구나, 오케이, 프랑스에 있을게."

"근데 언제부터?"

"네가 대학 생활을 시작하기 전까지는 살 곳을 찾고 싶다. 아니, 찾기 시작해야지."

"근데 그런 돈 있어?"

"은행에서 빌려야 하는데, 아빠 나이가 마흔일곱이니까 은행도 이제 빌려주지 않을 거야."

"예순하나야."

"그러니 서둘러야 해. 최악의 경우엔 20년 장기 대출을 받아 갚아나갈 계획이거든."

"그럼 여든한 살까진 살아 있어야겠네."

"그래, 그때까지는 살아 있어야지."

"저기, 내가 돈 벌면 그때부턴 내가 갚을게. 그렇게 하는 게 어때?"

으, 눈물이……

"괜찮아. 아빠는 어디에도 빚이 없으니까 뭐, 어떻게든 될 거야. 너한테 기대어 살고 싶진 않아."

"어쨌든 파리를 떠나는 건 좋은 생각이야. 사실 걱정하고 있었어. 백신이 효과가 별로 없는 것 같아서."

"효력이 있길 바라지만 기대할 수 없다는 거지?"

"뭐, 나는 접종할 생각이지만, 임상 실험을 제대로 해서 안전한 백신이 나올 때까지 기다리는 게 좋을 것 같아. 그게 몇 년 후일지 모르지만. 아빠도 가능하면 기다리는 게 좋아. 그래서 그때까지 안전한 곳에 숨어 있으면 좋겠다고 생각했어. 변이종은 우리의 상상을 뛰어넘을 가능성이 있으니까. 어느 정부인들 대책을 세울 수 있겠어?"

"아, 알아."

나는 핸드폰을 꺼내 부동산 사이트에서 찾은 집 몇 채를 아들에게 보여 주었다. 산속에 있는 집, 바다에 가까운 집, 파리에서 1시간 정도 걸리는 작은 시골 마을에 있는 집 등등……. 파리는 너무 비싸서 살 수 없지만, 시골이라면 어떻게든 되지 않을까…….

그러자 아들이 별안간 미소를 지었다.

"좋아. 다 너무 낡았지만, 리모델링한다면 도와줄게."

"진짜? 아빠가 직접 페인트 칠하고 주방 만들 생각인데."

"어? 그래서 작업실 문 페인트칠을 직접 한 거야?"

"어떻게 알았어?"

"하굣길에 책을 가지러 들렀더니, 솔과 페인트가 어지럽게 널려 있었는데, 프로가 했다고는 생각되지 않는 형편없는 솜씨여서 무슨 일인가 했지."

"아하하하, 어차피 거기 물이 새서 다시 칠할 거야. 연습, 연습인 거지. 땀 삐질."

"어, 너무 심하다. 심한 말 안 할 테니까 돈 들더라도 전문인한테 맡기는 게 좋을 것 같아."

페인트칠에 대해서는 좀 생각을 해봐야겠다. 하지만 아들도 내가 지금은 파리보다는 시골에 있는 게 좋겠다고 이해를 해주었다.

엑소더스exodus, 대탈출 계획은 가족회의(?)를 거쳐 찬성 다수로 통과한 것이다! 야호.

예산은 예금 통장과 상의(?)를 해야 하지만 어디서 살지, 어디까지 견딜지, 규모라든지, 건축 연수 등을 생각해 봐야겠다. 시골일수록 저렴하고, 그만큼 안전하므로 아무것도 없는 곳이라도 광케이블만 지나간다면 일기도 쓸 수 있고, 지구 칼리지도 할 수 있다. 사치하지 않는다면, 이떻게든 살아갈 수 있을 것이다.

지난해 3월부터 긴급 사태 선포, 야간 외출 금지령, 봉쇄령 등을 계속해 왔고 아직도 계속되고 있어서 앞으로 어떻게 될지 아무도 모른다. 햇볕을 쬐고 싶고 큰소리로 노래하고 싶어도 파리는 너무 어둡기만 하다.

프랑스어도 서툴지만 뭐 그럭저럭 통하고, 영어로도 대충 하면 되니까 살 수는 있다.

비록 좁은 집이라도 아들이 묵을 수 있는 공간만은 마련하고 싶다.

어쩌면 이 이주 계획 자체가 망상일 수도 있다는 생각이 들기도 한다.

하지만 나는 아들이 대학을 졸업할 때까지는 부모의 책임이 있으므로 가능한 한 아들 곁에 있어 주고 싶다. 만약 무슨 일이 생기면 파리까지 차로 남프랑스에서건 스위스 국경이건 10시간 정도면 돌아올 수 있다.

햇볕을 쬐면서 자신과 마주하는 시간을 갖고 살아가면 된다.

때로는 자유가 불편하게 느껴질 수도 있지만 뜻밖에 달콤한 고독을 즐길 수도 있을 것이다.

일하는 틈틈이 의자에 깊숙이 등을 기대고 새로운 삶을 상상해 보았다. 인간다움을 되찾기 위해서는 도시의 편리함 정도는 포기해야 하겠지만, 물론 전에도 사치 따위는 생각해 본 적도 없다. 어쨌든 내년 가을에는 엑소더스 계획이 완료될 테니까.

아들 열여섯 살, 마지막 날,
아빠는 고민했다

1월 어느 날,

아들이 낮에 학교에서 돌아와 "여권 있어?"라고 물었다.

"오후에 전국 모의고사가 있는데 신분증이 필요해. 나 같은 경우는 여권이 있어야 하고."

여권을 찾아 아들에게 건네면서 "이건 네 목숨 다음으로 소중한 거니까 잃어버리면 큰일 난다."고 말해 놨다.

"알았어."

"학교에서 돌아오면 아빠한테 바로 돌려줘야 한다."

왠지 모르게 짜증이 난다. 물론 코로나 때문이다.

이렇게 세상이 힘든데, 아들은 대학시험 준비 태세에 돌입했다.

'코로나로 미래가 이렇게 불투명한데 모의고사라니, 도대체 뭐지?' 하는 생각이 들었다. 하지만 그런 불투명한 시대를 살아가는 지금의 애들을 생각하면 가슴이 답답해진다.

내가 아들 나이일 때는 홋카이도의 하코다테에 있었는데, 밴드를 하기도 하고, 거리를 쏘다니며 놀기도 했다. 요즘 애들은 놀고 싶은 나이인데도 밖에 나가지 못하고 집에 틀어박혀 있을 수밖에 없다.

내일 아들은 열일곱 살이 된다.

사실, 내가 지금 고민하는 것은, 아들의 열일곱 살 생일 축하를 어떻게 할지, 해야 할지 말지도 결정하지 못했기 때문이다.

아들과 단둘이 살게 된 지 어느덧 8년째. 쏜살같이 가버린 세월이 느껴진다. 그 꼬마가 열일곱 살이라니! 내일 아들 생일인데 코로나 상황이라서 성대한 생일 파티를 해주기도 어렵다.

여느 때 같으면 아들 친구 엄마들이 이런저런 것들을 해주거나, 아들이 좋아하는 친구들을 초대해서 생일 파티를 할 텐데, 코로나 시대를 맞은 올해는 뭘 해주고 싶다고 말하는 사람도 없고, 뭘 하자고도 말할 수가 없다.

음, 나도 참 어쩔 수 없는 아빠다. 그러고 보니 생일 선물도 사지 않았다!

언제나 발끈하게 만드는 아들이지만, 열일곱 살 생일날은 일생에 단 한 번밖에 없으니 뭔가 해주고 싶은데…….

이혼할 당시에는 아들 생일날을 어떻게 보냈더라, 생각하다
꽤 성대한 생일 파티를 했던 그 시절을 기억해 냈다.

지인 중에 거합도검술의 일종 사범이 있는데, 그가 제자들과 함
께 참바라'칼싸움'이라는 뜻으로, 일본의 사무라이나 닌자가 등장하는 작품을 일컫는 말이
다.를 보여 준 적이 있었다.

그렇다, 나는 프랑스 애들에게 참바라를 보여 주고 싶었던 것
이다. 그래서 체육 시설의 실내구장을 빌렸다. 아들의 반 친구
등 많은 아이들이 와서 아주 신나는 파티가 되었다.

참바라를 가르쳐 준 마쓰우라 사범에게 나는 합기도를 배웠
다. 그는 파리에 사는 상냥한 무사로 후에 나의 콘서트에서 무
도 댄스를 춰주기도 했다.

아이들은 마쓰우라 사범의 멋진 칼 솜씨를 보고 환호하며 좋
아했다. 마지막에 우리 모두는 일렬로 서서 사무라이가 되었다.

케이크를 함께 잘라 먹고, 생일 축하 노래를 부르고, 박수를
치고, 많은 선물을 받아들고 집으로 돌아왔다.

그 후에도 나는 매년 아이들의 여러 취향을 고려해서 생일
파티를 준비했다.

하지만 중학교 3학년 때부터 아들은 생일 파티는 이제 하지

않아도 된다고 했다. 그리고 도시락도 싸지 않아도 된다고 했다. 그만큼 용돈을 올려 달라는 것이다. 아하하하.

그래서 아들이 학교로 돌아가기 전에 넌지시 떠보았다.

"내일 말이야."

"응."

"아무 계획도 없는데. 뭐 먹고 싶은 거 있어?"

"없어."

"케이크 같은 건?"

"음, 별로 필요 없을 것 같은데?"

"선물도 필요 없어?"

"필요하지."

필요하구나웃음.

"근데 내일이니까, 갖고 싶은 게 있으면 말해. 그리 비싸지 않은 거라면 사줄게."

"정말?"

"생일 파티도 못 하는데, 뭘. 갖고 싶은 거 있으면 인터넷으로 사줄게. 오늘 내일 중으로 오지는 않겠지만."

"지금은 생각이 안 나. 잠깐만 생각해 볼게."

"그래."

이것으로 이야기는 끝났지만 '내일 아무것도 하지 않아도 괜찮을까?' 하는 생각도 들었다.

케이크라도 만들어 줄까? 아니, 맨날 만들었고 애당초 아들은 달콤한 걸 싫어하니까 안 좋아할 거야. 그럼 뭐 맛있는 거 해줄까 했는데 항상 맛있는 거 해주니까 별로 안 좋아할 거야.

'분명 그런 특별한 걸 원하는 건 아니겠지?' 하고 생각했다. 그럼, 평범한 게 가장 좋다고 하니까…….

아들 녀석에게는 단 한 번밖에 없는 열일곱 살 생일날. '소소하지만 마음에 남는 하루를 만들어 주고 싶은데…….' 하고 아빠는 생각했다.

글쎄 그건 대체 어떤 하루일까?

세븐틴

1월 어느 날,

0시가 지나 축하한다고 말하러 갔더니 이미 아들 방은 불이 꺼져 있었다.

대학입시까지 모의고사가 연속이다. 성실한 놈이니까 내일을 대비해 일찍 잤겠지. 뭐, 일어나서 해도 되겠지, 라고 생각했지만, 일단, 내가 일어나지 못할 경우, 저녁까지 '축하한다.'고 말을 할 수 없을 테니까 초등학생 시절의 사진을 확대한 복사지에 손으로 축하한다고 써서 현관문에 붙여 두었다.

하지만 아직 선물도 아무것도 사지 않았다. 딱히 아무것도 하지 않아도 된다고 본인은 말했지만 적어도 선물 정도는 사야겠다고 생각했다.

가랑비 내리는 파리의 한적한 오후, 열일곱 살 먹은 아들이 좋아할 만한 걸 찾기 위해 밖으로 나왔다.

그런데 열일곱 살짜리 남자가 좋아할 만한 게 뭔지 알 수가 없었다.

그래서 공원에서 아들 친구 엄마들에게 일제히 조언을 구하는 문자메시지를 보냈다.

"사실 여러분 덕분에 우리 애가 오늘 열일곱 살 생일을 맞았어요. 선물을 사야 하는데, 뭐가 좋은지 전혀 모르겠어요. 아들이 좋아할 만한 게 뭔지 알려 주시면 감사하겠습니다."

이것은 나다운 그럴싸한 아이디어였다.

참견하기 좋아하는 프랑스 마담들, 어릴 때부터 아들에 대해서는 모든 걸 알고 있는 사이……. 자칭 프랑스의 엄마들…….

"그렇다면 생제르맹데프레Saint Germain des Prés 거리에 스케이트보더들의 사랑을 받는 패션 브랜드 매장이 있으니까 거기서 재킷이나 스웨터 같은 걸 사면 어때요? 분명 아들이 아주 좋아할 거예요. 우리 애도 갖고 싶어 하거든요!"

아들의 반 친구 엄마들, 역시 의지가 된다!.

나는 벌떡 일어나 그곳으로 뛰어갔다. 털털한 점원들과 상의하여 멋진 방한 코트와 트레이닝복을 샀다. 아들이 틀림없이 마음에 들어 할 거라고 생각하면서.

그러고 나서 저녁밥을 어떻게 해야 하나 생각했다. 네, 이건 본인에게 직접 물어보는 편이 빠르다고 생각해서 왓츠앱으로 '밤에 뭐 먹고 싶어? 생일이니까 뭐든지 만들어 줄게.'라고 보냈더니 '다코야키_{밀가루 반죽에 잘게 썬 문어를 넣고 구운 일본 과자}'라는 답이 왔다.

오, 다코야키 먹고 싶구나! 다코야키, 문어……. 특히 간사이 지역이 유명한 다코야키. 열일곱 살 생일날 다코야키라, 소박하고 서민적어서 너무 좋다!

그래서 생선가게에서 문어를 사고, 정육점에서 생햄을 사고, 치즈가게에서 모차렐라 치즈를 사고, 아시아 식재료점에서 덴카스_{튀김 부스러기}와 파래와 가다랑어포와 기무치와 일본 마요네즈를 사고, 마지막으로 야채가게에서 토마토를 사려고 하니 눈앞에 오늘 아침에 도착한 페리고르_{Périgord}산 블랙 트뤼프_{송로버섯}가 쭉 늘어서 있었다. 이야!

다코야키는 밀가루 음식이기 때문에 비용도 수고도 들지 않는다. 열일곱 살이 된 걸 기념하는 생일이니까 좀 더 정성이 들어가는 음식을 만들어 주고 싶다.

평소에 안 하던 걸 해보고 싶다. '트뤼프+다코야키'라는 것은 어쩌면 생각지도 못한 발견이 될지도 모른다는 생각에 뜻하지 않게 사버렸다.

'뭐, 계속 코로나 때문에 외출을 자제하는 생활을 하느라 사치도 못 했으니까 이 정도는 용서해 주겠지? 아이고 하느님, 감사합니다.'

그래서 문어가 들어간 일반 다코야키를 메인으로 하고, 모차렐라와 생햄 다코야키, 기무치와 모차렐라 다코야키, 그리고 블랙 트뤼프 다코야키를 추가로 만들어 주기로 했다.

그런데 문제가 생겼다. 다코야키 기계를 어디에 두었는지 찾을 수 없었다.

19년 전 프랑스에 올 때 가져온 다코야키 기계가 어딘가에 있을 텐데 아무리 찾아 봐도 찾을 수 없었다. 마지막으로 사용한 것이 언제였던가? 아직 아들이 어렸을 때 아니었나?

그러면 지하실에 있을지도 모른다. 아니면 수납장이나 주방 선반 안쪽 어딘가에 처박혀 있을지도…….

문득 아들이 태어난 그날이 떠올랐다. 그리고 이 아이가 처음 유치원에 다니기 시작했을 무렵의 일들과 다코야키 기계로 다코야키를 만들어 먹던 날의 일들도 떠올랐다.

정말 많은 일이 있었지만 그래도 그 애가 이렇게 자란 게 모든 결론이기도 했다. 앞으로 1년만 더 노력하면 아들은 프랑스에서 성인이 된다.

그래, 나도 많이 애썼다는 생각이 들었다. 나 자신한테도 포상을 해야 하지 않을까? 어쩔 수 없다. 오늘은 아들의 일생에 한 번뿐인 열일곱 살 생일이다. 샴페인 한 병 샀다고 벌이야 내리겠냐고.

나는 들뜬 기분으로 단골 와인 가게에 들어가 고급스런 샴페인 한 병을 사 버렸다. 그럴듯한 핑계 아닌가! 멋지다. 열일곱 살 생일이니까!웃음

코로나 따위에 질 수는 없지, 하는 마음으로 나는 다코야키 재료와 트뤼프와 샴페인을 사들고 집으로 돌아왔다.

뒤돌아보니 즐거웠던 일밖에 기억나지 않는다. 많이 웃었던 날들밖에 생각나지 않았다. 어린 아들의 웃는 얼굴만이 마음에 깊이 새겨 있다. 그 애가 열일곱 살이 되었다.

"밥 먹어!"

여느 때와 다를 바 없는 목소리로 아들을 불렀다.

아들이라고 부를 수 없을 정도로 덩치가 큰 녀석이 아들 방에서 저벅저벅 걸어 나왔다.

"다코야키다, 요청한 대로 해본 거야!"

"대박, 제대로 만든 다코야키잖아!"

나는 긴 꼬치를 이용해서 다코야키를 만들었다. 아들은 친구들에게 자랑하기 위해 차례차례 사진과 동영상을 촬영해 나갔다.

"됐다, 자, 뜨거울 때 먹어!"

"앗, 뜨거워!"

이제 막 꺼낸 다코야키를 갑작스레 입에 몰아넣은 탓에 입안을 뎄는지 아들이 주방으로 달려갔다. 그 모습이 어찌나 재미

있던지 웃음이 터졌다.

일반 다코야키를 먹은 뒤 생햄과 모차렐라 치즈 다코야키를 입에 넣었다. 그러고 나서 기무치 다코야키를 만들고, 마지막으로 트뤼프 다코야키를 독창적으로 만들었다. 트뤼프가 등장하자 집안에 그 독특한 향이 진동했다.

"우아, 이런 거 처음이야."

사실 이렇게 외친 것은 나다. 에헤헤.

아들은 트뤼프에는 딱히 관심이 없다. 샴페인을 마시고 트뤼프 다코야키를 입안 가득히 넣었다. 뭘 숨길 수 있겠는가, 아들의 생일을 가장 기뻐한 건 아빠, 바로 나였다. 스티비 원더와 비틀즈의 생일 축하 노래를 큰 소리로 틀었다.

이웃들은 틀림없이 누군가의 생일이라는 걸 알게 될 것이다. 난 알리고 싶었다. 아들이 열일곱 살이다!

"태어나서 다행이지? 이 녀석아!"

나는 술에 취해서 아들과 뒤엉켰다.

아들의 친구들로부터 계속해서 축하한다는 문자메시지가 들어왔다. 그걸 같이 들여다봤다.

내 핸드폰에는 그 친구 엄마들의 축하한다는 메시지가 쏟아져 들어왔다.

우린 단둘이 아니었다. 이 녀석은 이 나라에서 17년이나 살아왔다. 어쩌면 친구들과 그 부모들에게 둘러싸여 있는 지금이 가장 행복한 시기인지도 모른다. 코로나가 활개 치는 세상이긴 하지만…….

"코로나 때문에 밖에 못 나가니까 대학 입학시험에 집중할 수 있겠네. 잘됐네. 놀러 다니지 않아도 되고."

내가 술김에 비꼬는 투로 말하자 아들이 말했다.

뭐든지 웃어넘기면 되는 거다.

"아빠도 술 마시러 못 나가니까 명작을 쓸 기회네. 명작 좀 써 보시지."

우리는 서로를 보고 웃었다.

세븐틴, 좋은 울림이라는 생각이 들었다.

야간 외출금지령 아래 파리에서 또 한 해가 시작되었다.

다음은 열여덟 살을 향해…….

마침내 시골에
아파트를 한 채 샀다.
이주 계획 개시!

2월 어느 날,

어쩌다 보니 시골에 맘에 드는 아파트를 한 채 발견하고 구입하기에 이르렀다. 그걸 여기에 보고하고 싶다. 이런저런 고민 끝에 내린 결단이지만 3월에 다시 봉쇄령이 내려질지도 모른다는 소문이 퍼져서 단숨에 단행한 것도 사실이다. 아쉽기는 하지만, 어처피 내가 살아 있는 동안 코로나가 완전히 종식되기는 어렵다는 데 생각이 미쳤다.

흑사병도 70년 남짓 지난 후에야 완전히 사라졌다. 현대를 살고 있다고는 하지만 유효한 수단은 중세와 똑같은 봉쇄령일 뿐, 인류는 아직 감염병을 제압할 수 있는 완벽한 수단을 갖고 있지 않다. 어느 정도 백신이 무기가 될 수는 있겠지만 바이러스도 살아남기 위해 변이를 거듭할 것이 분명하므로, 끝없는 싸움이 계속되지 않을까 생각한 것이다. 코로나가 종식되기를 가만히 기다리고만 있을 수가 없어 내가 변이하기로(?) 결정을 내렸다. '시골 변이종 츠지'가 되려고 작정한 셈이다.

　이제 원래 세상으로 돌아갈 수는 없을 것이다. 2019년 이전과 똑같은 세계는 돌아오지 않을 것이라는 생각이 들었다. 원래의 세계는 일단 잊고, 새로운 가치관과 기준으로 새로운 세계를 살아야만 하는 새로운 출발선에 인류가 서 있다고 생각한 것이다.

　하여튼 유행에 휘둘리며 대도시에서 지금까지의 가치관으로 사는 건 이제 무리라는 생각이 들었다. 적어도 지금의 나 자신에게는…….

　자신의 분수에 맞는 행복감을 느끼며 조용히 살고 싶다는 생각이 들었다.

　봉쇄령을 두 번 겪고 이동할 때마다 자가격리가 매번 기다렸다. 그런데 앞으로도 봉쇄령이나 야간 외출금지령이나 긴급 사태 선포가 반복된다면 그건 싱글 파파로서뿐만 아니라 인간으로서도 솔직히 힘들다. 그래서 나는 사는 세상을 바꾸기로 했다. 속도감 있게 살아야 하는 인간의 소용돌이에서 벗어나 인적이 드문 시골에서 자연과 마주하며 평범하면서도 안온한 일상을 보내야겠다고 결심했다. 호화로운 생활은 할 수 없지만,

기대할 만한 곳인지도 모른다.

그것이 지금 나에게 주어진 중요한 선택지라고 생각했다그영
적인 철학에 대해서는 졸저 《날짜 변경선》에서 더 자세히 언급해 두었으므로 관심 있는 분은
읽어 보기 바란다.

언젠가 인류는 자연으로 돌아가야 하며, 지금 이 타이밍을 놓
쳐서는 안 된다고 자신에게 다그쳤다.

도시에 길들여진 내가 단번에 도시를 떠나기는 어려울 것이
므로 한동안 시골과 도시를 오가며 10년에 걸쳐 조금씩 삶의
터전을 완전히 시골로 옮길 계획이다. 조용히 살고 싶으므로
이주지가 어딘지 밝힐 수는 없지만 파리에서 3, 4시간 떨어진
조용한 곳이다.

그리 넓지 않고 멋지지도 않은 아파트다. 하지만 내가 무리
하지 않고 살 수 있는 범위의 집으로 나 혼자 살기에 충분한 공
간이다.

그곳은 시골이라서 광케이블이 존재하지 않는다. 4G가 아
직 최첨단인 곳이어서, 그곳에서 유튜브 '지구 칼리지'를 진행
하기는 어렵다. 그 때문에 '지구 칼리지'를 진행해야 할 때는 파
리로 돌아와야 한다.

게다가 아들 침대를 놓을 공간조차 없어 놀러 올 때마다 좀
푹신한 침낭에서 자게 해야 한다. 하기야 시골에 관심이 없는
아들이 몇 번이나 올지 모르지만.

계약이 끝났고 공사 스케줄도 나왔다. 일단 최소한 봄 중반 쯤까지는 살 수 있는 상태로 정돈할 예정이다. 그 후, 여름, 가을, 겨울에 시간을 들여, 천천히 나만의 세상을 그곳에 창조해 나갈 생각이다. 특히 작업실과 도서관책장 말이다. 웃음. 만드는 데 힘을 쏟을 것이다!

페인트칠은 내가 직접 할 것이고, 간단한 가구도 만들까 생각하고 있다. 주방과 작업실은 현재 나의 이미지에 충실하게 설계 중이다. 에헤헤.

가구 하나부터 벽지 색깔까지 모두 내가 좋아하는 세상을 만들 생각이다. 그걸 생각하면 마음이 설렌다.

그곳은 내 집, 즉 돌아갈 곳이기 때문이다.

이 결단이 결국 올바른 결정이 되지 않을까 생각한다.

인류는 이제 높은 밀도보다는 낮은 밀도를, 확대보다는 축소를 지향해야 할 필요가 있다고 생각한다. 광대한 우주보다 좁지만 자신이 관리할 수 있는 세계가 필요한 시대가 될 테니까 말이다. 정점을 향해 야심과 욕망을 활짝 펴고 힘들게 사는 것은 이제 시대에 뒤떨어진 삶이 아닐까. 큰 성공을 목표로 하기보다 남몰래 나만의 소소한 행복을 누리는 인생을 나는 선택하고 싶다.

이 새로운 가치관을 나는 내 주변 사람들과 공유하고 싶다.

대도시보다 시골이 더 중요한 시대에 접어들었다고 생각한다.

파리 사람들 대다수가 엑소더스를 시작했다.

사람들과 가까이하지 않고, 최소한의 가족이나 친구들끼리만 접촉하는 세계로 들어가고 있다.

떠나는 사람이 늘어나면 도시도 덩달아 살기 좋아지게 될 것이므로, 한 곳에 집합하는 시대는 완전히 끝날지도 모른다.

모두가 위험을 회피하면서 언제까지나 견디는 삶이 아니라, 인간미가 넘치는 새로운 르네상스를 향한 삶의 개혁을 시작했다고 나는 생각한다. 나는 잠시 도시와 시골을 오가겠지만, 언젠가 인류가 이 세계의 큰 방향타를 돌리는 순간이 올 것을 진심으로 기대하고 있다.

아빠, 내가 가정을 꾸리면
아빠 어떻게 할 생각?

4월 어느 날,

오전엔 맑았는데 오후부터 별안간 눈이 내리기 시작했다. 눈? 지난 주말에 섭씨 27도, 28도나 되는 여름날이었는데, 주초가 되자 눈이 온다는 소식에 놀랐다. 라디오를 진행하던 아나운서가 '이상 기후'라고 했다. 코로나로 이미 비상 사태라서 눈 정도는 더 이상 놀랍지도 않았다.

눈앞을 스쳐 지나가는 아이 사진을 찍어 저녁밥을 먹으면서 아들에게 보여 주었더니,

"나도 이런 때가 있었지?"라며 말하길래, 아들의 어린 시절 사진을 찾아서 보여 주었다.

"줘 봐. 여자 친구에게 주고 싶어."

"그래, 좋지."

하드디스크에 잠들어 있는 아들의 사진을 한 장 한 장 꺼내 아들에게 보냈다.

아들이 여섯, 일곱 살 때 찍은 사진이다.

그림책 번역을 하고 있는데, 다 큰 아들이 내 작업실 방문에 어깨를 기대고 웃으며 "여자 친구가 사진 더 갖고 싶대."라고 말했다.

"그래? 근데 나중에 찾아 볼게. 지금 일하는 중이니까."

"오케이."

발길을 돌리는 아들의 등에 대고 "그런데 왜 예전 사진을 그렇게 갖고 싶대니?"라고 던져 봤다.

"글쎄 뭔가……."

아들이 이쪽을 돌아보며 말했다.

"두 사람이 결혼해서 가족이 되면 어떤 가정이 될지 상상하는 것 같아."

나는 심장이 멎는 줄 알았다.

"좀 성급하지 않아?"

"물론이야. 하지만 코로나가 이렇게 심하면 우리에겐 희망과 미래가 필요하니까."

으, 가슴이 아프다…….

"정말."

"비록 세상은 어둡지만 그래도 밝은 미래를 생각해야 현실에 짓눌리지 않잖아."

아들은 웃는 얼굴이었다.

"아빠, 프랑스 실업률이 글쎄, 곧 10%가 될 거래. 열 명 중 한 명은 일자리가 없는 시대니까 대학을 나왔다고 해서 안심할 수는 없을 것 같아. 사람은 누구나 행복해질 권리가 있는데 말이야."

"뭐, 그렇지."

"아빠를 보면 특히 그런 생각이 들어."

뭐라고?!

"아빠, 그러니까 가족이 있으면 안심할 수 있잖아?"

"뭐, 그렇긴 하지만."

"우리가 좀 앞서가고 있는 건 알지만 어떤 가정이 될지 얘기하다 보면 행복한 느낌이 들거든. 꿈이 있어 그런 것 같아. 이렇게 집 밖으로 나갈 수 없는 날들이 계속되는데, 공상의 세계에서라도 행복한 상상을 하면 좋잖아?"

지난주 토요일부터 프랑스는 세 번째 봉쇄에 들어갔다. 외출은 할 수 있지만 밖에 나가는 사람은 그리 많지 않다. 애들은 인터넷으로 비대면 수업을 하고 있어 집에서 나오지 않는다. 아들은 토요일 이후 한 발짝도 나가지 않았다. 먼 곳에 사는 여자친구와는 만나고 싶어도 만날 수 없다. 5월 3일까지 학교 폐쇄는 계속될 예정이다. 그 후는 그때가 돼 봐야 알 수 있다. 그때까지 아들은 계속 폐쇄된 공간에서 지내야 한다. 그런 아들에게 여자 친구와 어릴 적 사진을 교환하며 미래의 모습을 상상하는 걸 어리석다고 말할 순 없다.

이제 아무 말도 할 수 없는 시대가 되었다. 공부는 안 하고 음악만 하는 아들에게 공부하라고도 차마 할 수가 없었다.

"아빠, 만약 내가 결혼을 한다면 아빠 어떻게 할 거야?"

왠지 모르지만, 그 말만은 아들이 프랑스어로 했다. 순간 무슨 뜻인지 몰라 난 "어?" 하고 되물었다. 이번에는 아들이 일본어로 다시 물었다.

"아빠 어찌해야 하나. 시골에 살고 있을 테니까 가끔 놀러 오면 되지 뭐."

질문에 대한 대답은 아니지만 나는 일단 미소 지으며 말했다.

"아, 그럼 프랑스에 있어 줄 거지? 앞으로도."

"물론, 좀 더 있어야지. 코로나 상황에 따라 달라지겠지만."

"시골집에 가족이랑 놀러 가도 돼?"

"물론이지. 제발 놀러 와라."

이번에는 내가 프랑스어로 대답해 주었다. 아마 일본어로 했으면 쑥스러웠을 것이다.

"○○○○ 가족도 함께 모이면 좋겠네."

피를 나눈 형의 이름을 이 녀석이 입에 올렸다. 아들에게는 존경하는 사촌 형이 있다.

"오케이, 괜찮지 않을까? 근데 시골집은 작아서 너희 두 가족을 초대할 만한 공간이 없어."

나는 영어로 말했다. 프랑스어로 하든 일본어로 하든 민망하기는 매한가지기 때문이다.

아들은 "오케이."라고 말했다.

오케이OK는 영어지만 프랑스어이기도 하고, 일본어이기도 했다.

오늘은 아들이 마구 금기 사항에 도전한다. 세상은 인정 사정 봐주지 않는 무지막지한 곳이라는 생각이 든다.

"가족이 있다는 건 멋진 일 아니야?"

아들이 일본어로 말했다.

"응, 그렇지."

"코로나가 잠잠해지면 다 같이 시골에 가고 싶어."

"다 같이 가면 좋지."

"그건 아주 중요한 일이야."

아들은 일본어로 말했다.

아들에게 설교 들은 날,
새로운 세계가 펼쳐지다

4월 어느 날,

아들이 식사하면서 휴대폰을 들여다보고 킥킥대며 웃었다. 그래서 "무슨 일 있니?"라고 물었더니 "토마가 사진을 보내 줬는데, 아저씨 같지 않아?"라며 보여 주었다.

마치 영화배우처럼 날씬하고 키 큰 청년이 찍혀 있다. 마스크랑 선글라스를 끼고 있어서 얼굴은 알 수 없지만, 토마라고 하니까 토마인가 보다 할 정도다. 이 또래 애들의 성장은 진짜 빠르다……

"멋있잖아?"

"얼굴, 전혀 모르겠는데? 이상해."

아들의 휴대전화에 문자메시지가 쉴 새 없이 날아든다. 우리가 대화하는 동안에도 계속 '땅, 땅.' 소리가 났다.

반면 내 핸드폰은 전원을 켜두었는데도 좀처럼 문자메시지가 오지 않는다. 특히 토요일이나 일요일은 거의 제로……

"친구 많네!"

달리 할 말이 없어서 아들에게는 그렇게 말했다.

"응, 뭐. 친구가 많은 편이긴 하지."

"좋겠네. 아빠한텐 오늘 문자메시지 하나도 안 들어오는데."

아들이 히죽히죽 웃으며 "친구가 없군, 여전히."라고 건방지게 말했다. 뼈 때리는(?) 말 들으니 기가 죽는다.

주말에는 이렇게 조용한 내 핸드폰에도 월요일이 되면 문자메시지가 들어온다. 대부분 원고를 독촉하는 내용이다. 예전에는 곧바로 답장을 했지만 요즘은 즉시 반응하는 일이 별로 없다. 왜 그럴까? 친구도 아니고 일은 재미없기 때문인지도 모른다. 대부분 마감을 재촉하는 문자라 마감을 지키면 아무도 불평하지 않는다. 그런데 문자메시지에 답장을 하고 나면 조금 외로워진다. 그것도 일 처리에 지나지 않기 때문이다.

"너, 친구랑 무슨 얘기해?"

"뭐? 그게 무슨 말이야?"

"무슨 일로 그렇게 연락을 하느냐고?"

"띵!' 또 왔다. '인기 많구나.' 아들은 웃고 있었다.

"아빠, 친구와 대화하는데, 무슨 말을 할지, 주제가 없으면 안 되는 거야?"

뜻밖의 대답이었다.

"친구니까 아무 말이나 하는 거야. 아빠가 친구가 없는 건 아무 말이나 할 수 있는 상대가 없다는 거잖아? 단순히 스스로 철벽을 치는 사람인 거지. 아빠 문턱이 높은 사람이라 사람들이 어려워하는 거라고."

뭐라고?! '너 갑자기 무슨 말 하는 거냐고?' '푹!' 마치 복부를 강타당하는 듯했다.

"아무 말이나 할 수 있는 사람, 없는 거지? 아빠."

"어? 음, 아무 말이나 할 수 있다는 게 뭐야?"

"무슨 말이든 할 수 있다는 거지. 시시한 소리 하는 사람, 아빠 마음에 들지 않잖아? 사람들은 철벽 치는 사람을 싫어해."

부글부글.

기우뚱거리는데도 계속 복부를 강타한다. 난 필사적으로 쓰러지지 않으려고 버텼다.

"근데 아빠, 요즘 가끔 틱톡TikTok 보고 있지?"

"어떻게 알았어?"

"밤에 아빠 방에서 틱톡에서 자주 쓰는 음악 소리가 나서. 노노, 노노, 노노노노노! 같은 음악 말이야.

"아, 재미있어서 보고 있어. 보기 시작하면 멈추지 않게 되고 나도 모르게 혼자 킥킥대는 거야. 머리 안 써도 되니까 머리 식히기에 딱 좋아, 에헤헤."

"알아. 그게 바로 그거야. 그렇게 머리를 비우는 시간이 중요한데, 그게 친구들과 아무 말이나 하면서 수다 떨 때 아닌가?"

"아, 그렇구나. "

"아빠한테도 친구는 많잖아. 근데 그 사람들은 아빠한테 문자메시지를 보낼지 말지 고민할 거야, 아마도. 아빠가 도도한 인상을 풍기니까 다들 다가가지 못하는 거지. 사실은 아빠랑 더 이야기하고 싶은 마담도 있고, 같은 세대 아저씨도 있을 텐데. 아빠 자신도 모르게 거부하는 거지."

그 말이 맞을지도 모른다고 생각한 순간, 머리에 '떵!' 하고 쓰러질 듯한 느낌이 왔다. 아들은 인기가 많은 듯하다.

"아빠, 괜찮지? 정말 친구는 중요한 것 같아. 힘들 땐 친구들이 도와주잖아. 알지? 직장 동료들은 돈을 빌려줄지는 몰라도 도와주지는 않잖아. 근데 친구들은 이해관계를 따져 움직이는 게 아니니까 내가 괴롭고 힘들 때 귀찮아하지 않고 응해준단 말이야."

'으응?' 눈물이 날 것 같았다.

"아빠, 괜찮지? 시시한 소리도 하고, 아무 말이나 할 수 있는 사람들과 마음으로 연결되어 있으면 정말 힘들 때 이 친구들이 내 편을 들어주고, 손을 쓱 내밀어 주기도 하는 거잖아. 인간이란 그렇게 살아가는 것이 가장 인간다운 삶의 방식이라고 나는 생각해. 아니야?"

침묵……. 감동했다.

"아빠처럼 꿈과 목표를 갖고 살아가는 것도 중요하지만, 그런 사람들한테는 돈이나 성공을 위해 찾아오는 야심가들만 모일 거야. 그 사람들도 웃는 얼굴을 보이겠지만, 아빠 그 사람들과 시시한 이야기는 안 하잖아? 아무 말이나 하면서 하룻밤 보내냐고? 안 하지? 그런 사람은 친구가 될 수 없어. 물론 살아가는 데 중요한 사람들이니까 좋다고 생각하겠지만. 나에겐 별일 아닌 일에도 함께해 주는 친구들이 많아.

그건 어느 날, 아빠가 나에게 가르쳐 준 건데……. "너한테는 친구가 재산이다. 일본인인데, 프랑스에서 태어났으니까 이 나라에서 살아가는 데는 친구가 가장 큰 재산이 될 거야."라고 말해 줬거든. 기억나? 내가 어렸을 때 그렇게 말해 줬잖아. 그 후로 몇 년이 지났어. 그리고 지금 난 수없이 많은 친구들에게 둘러싸여 있어. 이 사람들과 연결되어 있어서 내가 고통과 슬픔과 고민에서 멀어질 수 있는 거지. 아빠 덕분이야.

그러니까 이제 젊지 않은 아빠한테 내가 하고 싶은 말은, 시시한 얘기를 아무렇지도 않게 할 수 있는 친구를 더 소중히 여겼으면 한다는 거야. 생각나는 사람이 있으면 '어떻게 지내?' 하고 문자메시지를 보내 보는 거야. 아무것도 신경 쓸 필요 없어. 왜냐하면 친구니까. 다들 아빠한테 메시지가 오기를 기다리고 있을 거야, 분명히……."

아빠로부터의
배턴 터치

5월 어느 날,

요즘 라이브 일로 바빠서 청소나 요리 같은 집안일을 하지 못하고 있다. 집은 현관까지 발 디딜 곳이 없을 정도로 이것저것이 어지럽게 널려 있었고, 아들한테 미안하다고는 생각하면서도 벌써 3, 4일 쭉 감자샐러드만 먹었다.

이 시기에만 수확된다는 누아르무티에에Noirmoutier 섬프랑스 서부 비스케이만에 있는 섬에서 나는, 홋카이도의 남작감자 비슷한 감자로 감자샐러드를 대량으로 만들어 놓고 샌드위치에 끼워 먹기도 하고 아침, 점심, 저녁 메인 요리로 먹기도 했다. 맛있기는 해도 역시 아들은 "또 이거야?"라는 표정을 짓지만, 그래도 착한 녀석이라 불평하지 않고 먹는다.

그런 다음에는 《단큐》에 연재하기 위해 이탈리안 웨딩 수프를 만드는 김에 대량으로 만들어 이틀 연속해서 먹었다.

"미안해. 라이브 끝날 때까지만 참아 줘."

"뭐, 괜찮아. 아빠한테 배운 요리 해도 된다면 내가 만들어도 되고."

"일단 됐어. 배탈 나면 안 되니까."

"……. '뭐야?'"

물론 실세로 "뭐야?"라고 말하지는 않았지만, 그런 표정을 지은 후 수긍하는 듯한 태도를 보였다. 아들과 단둘이 살게 된 지도 벌써 8년이 지났다. 아들한테는 여러 가지로 힘들게 했지만 그래도 서로 힘을 합해서 지금까지 잘 헤쳐 왔다.

"근데 내일 날씨 아주 쾌청할 것 같아. 바람도 없을 것 같고, 23도는 꽤 더워."

"맞아, 뭘 입어야 할지 몰라서 아직 의상 같은 건 못 정했어."

"아빠, 의상 같은 건 필요 없다니까. 내일 맑을 거고, 아무도 코로나에 걸리지 않았잖아. 이런 시대에 라이브 방송을 하는 거니까 그걸로 충분해. 티셔츠를 입으면 안 될까? 평소대로 하면 좋을 것 같은데?"

"그러네."

"지금 그대로의 아빠를 보여 주는 게 좋을 것 같아. 내 생각엔 실제보다 잘 보이려고 하지 않는, 편안한 운동복 차림의 아빠가 더 나은 것 같은데……. 그런 평상복으로 카메라 앞에 서면 왠지 다들 울 것 같아."

"근데 운동복이 없잖아?"

"그건 농담이고, 멋 부릴 필요 없다는 뜻이야. 나는 내일 강변에서 응원할게."

"좋아. 그럼 손을 흔들 테니까 장소가 정해지면 문자 해 줘."

우리는 감자샐러드를 먹으면서 이야기했다.

나는 이 공연을 아들에게는 꼭 보여 주고 싶었다.

나는 아들과 마흔다섯 살이나 차이가 난다. 자신이 열심히 하는 모습을 가능한 한 보여 주고 싶은 건 이기심일까? 이제 20년 후에는 아무래도 공연은 하기 어려울 것이므로 아들의 기억 속에 조금이라도 젊은 아빠의 모습을 새겨 주고 싶다.

물론 내가 요리하는 모습도 아들이 기억해 주기를 바라지만, 영화를 촬영하기도 하고 라이브 공연을 하기도 하며 친구들과 활발하게 활동하는 아빠를 기억해 줬으면 해서, 사실 아들을 배에 태워 주고 싶었다. 그런데 인원수 제한이 있으니 스태프가 이번에는 안 되겠다고 했다.

코로나로 인해 배에 탈 수 있는 인원도 한정되어 있었다. 그런데 아들이 강변에서 보겠다고 해서 사실 기뻤다. 부모라는 존재는 아무리 세월이 지나도 부모라고 생각한다.

부모는 뭔가 하나라도 '배턴'을 넘길 수 있기를 바라는 것이다.

아들 기억 속에 어떤 아빠로 남을지, 내가 살아 있는 동안에는 알 수 없지만, 중요한 건 그 기억을 소중히 간직했으면 하는 것이다.

8년 동안 함께한 우리의 삶이 아들 인생에 버팀목이 되어 준다면 나는 그것으로 만족한다.

내일 공연은 잘 해내고 싶다.

내일 라이브 공연이 끝나면 원래 일상으로 돌아올 수 있다.

우선 잘 마무리하기 위해 지금은 연습에 집중하고 있다.

감자샐러드는 오늘 점심까지 먹을 게 아직 남아 있다. 크로켓이라도 만들어 볼까!

아들과 나눈 대화.
지금까지의 일, 앞으로의 일

6월 어느 날, 특별할 게 없었던 하루였다. 내가 글을 쓰고 있는데 아들이 작업실에 얼굴을 불쑥 내밀더니 내 책상 앞에 있는 작은 소파에 앉았다.

'어, 어쩐 일이지?' 하는 생각이 들었다. 하지만 마침 소설의 중요한 장면을 쓰던 참이어서 그냥 내버려 두고 계속해 나갔다. 한참 쓰다가 한숨 돌리려고 하는데, 그때까지도 아들이 거기 앉아 있었다.

여기 온 지 30분 정도가 지나 있었다. '어, 이상한데.'라는 생각이 들었다.

"무슨 일이야?" 아들을 보며 말했다. 아들이 내 작업실에 얼굴을 내민 적이 있었나? 물론 복사 용지를 가지러 오거나 학교

서류에 사인을 받으러 오긴 했지만 이렇게 오랜 시간 동안 있었던 적은 없었다.

아들은 1인용 소파에 몸을 맡기고 휴대폰을 보고 있다. 일기예보가 이틀 연속 빗나가 쾌청했다.

"이것저것 생각하느라고."

아들은 그렇게 말한 뒤 다시 입을 다물었다. 뭔가 하고 싶은 말이 있나 보다고 생각했다.

나는 잠시 커피를 끓이러 일하는 방을 나왔다. 주방에 가서 커피머신으로 커피를 내리고 돌아오니 아직도 아들이 그대로 있었다. 책상에 앉고 나서 "무슨 생각해?"라고 물었다.

"이것저것."

휴대폰을 들여다보며 아들은 그렇게 말했다. 그로부터 또 몇 분이 지났다. 나는 밀크 초콜릿을 씹으면서 커피를 홀짝였다. 나는 이런 식으로 커피 마시는 걸 좋아한다.

겨우 소설에 시동이 걸렸다. 이야기가 움직이기 시작할 때가 있고, 어떤 실마리를 찾는 순간이라는 게 있는데, 사실은 그때였다.

그럴 때는 쓰는 데 몰입하고 싶은데, 아들이 눈앞에 있었다. 그렇다고 무시할 수도 없었다. 아들이 이러는 게 무척 드문 일이었기 때문이다. 잘못 짚었을 수도 있지만, 뭔가 중대한 기로에 서 있는 아들이 그걸 상의하고 싶어서 내 작업실에 온 건지도 몰랐다.

그래서 소설로 돌아가고 싶지만 나가라고 하지도 못하고 아들 눈치만 보고 있었다. 게다가 아들이 내가 일하는 작업실 소파에 오랫동안 앉아 있는 게 드문 일이어서 기쁘기도 했고, 이런 시간도 나쁘지 않다고 생각했다. 그때 아들이 "둘이 살기 시작한 지 8년이나 됐네."라고 툭 내뱉었다.

자세를 가다듬기 위해 나는 커피를 한 번 더 홀짝였다.

"그렇게 됐네."

왠지 모르게 '예전 가족 이야기가 나오지 않을까?' 하는 생각에 마음이 조마조마했다. 나는 아들과 예전 이야기나 아들 엄마 얘기를 해본 적이 없다. 있었을지도 모르지만 기억나지 않을 정도로 지금까지 화제로 삼은 적이 없었다. 왠지 금기 사항처럼 두 사람 다 피하는 듯한 느낌이 있었다. 그런 얘기가 나오면 어쩌나 싶었다. 피해 온 건 아닌데 아들이 말하고 싶어 하지 않아서 그 화제를 꺼낸 적도 없다. 하지만 8년 동안이나 화제에 올리지 않는 것도 보통 일이 아니라고 생각하고 있었다.

그렇다고 일부러 내가 말을 꺼낼 일도 아닌 것 같아 가족이 셋이었던 시절을 얘기한 적이 없다.

"나 반년만 더 있으면 열여덟 살이 돼."

"그래. 성인이 되는구나, 앞으로 반년 뒤면."

나도 내 작업실 의자에 몸을 맡겨 봤다.

천장을 올려다보았다. 빛이 반사되어 그곳에 빛의 무늬를 만들어 내고 있었다.

"언제나 아빠 주방에 있었는데."

"요리를 좋아하니까."

"그러고 보니까, 지금까지 쭉 아빠가 해주는 밥 먹었네."

'뭐야, 무슨 말을 하고 싶은 걸까?' 하고 두근거렸다. '뭔가 엄청난 걸 상의하는 게 아닐까?' 하고 다시 한 번 준비하고 기다렸다.

자세를 가다듬기 위해 한 모금 더 커피를 마시려 했지만 비어 있었다.

"어땠어, 8년 동안?"

아들이 몸을 일으켜 창밖으로 눈길을 보냈다. 그 옆모습을 봤다. 다 컸다, 이제 어린 아들이 아니다. 다 큰 아들이다. 다 큰 아들이 지금 인생의 기로에 서 있는 듯했다.

"좋았어."

아들은 언제든지 "좋았어."라고 중얼거린다. 8년 전 걱정이 되어 저녁밥을 먹을 때마다 나는 "학교 어땠어?"라고 물었다. 아들은 늘 "좋았어."라고 툭 내뱉었다. 그러니까 뭔가 즐거운 일이 있을 때만 자기 맘대로 말하고, 나는 그걸 듣는 식이다. 내가 뭔가 물어보려고 하면 기분이 언짢은지 "음, 뭐, 괜찮아."라고만 했다. 이상한 녀석이다.

미소를 짓고 있자니 아들은 "그래도 좋은 시간이었어."라고 말했다.

다시 한 번 아들의 옆모습을 보았다. 뭔가 늠름해졌다는 느낌이 들었다. 나는 눈꼬리가 처져 있지만, 아들은 눈초리가 째진 듯한, 또렷한 가부키 배우 같은 눈을 하고 있다. 커다란 검은 눈이다. 온순한 애라서 그런지 아들이 화내는 걸 본 적이 없다.

"그렇구나, 다행이다."

"응."

"뭐, 할 말 있니?"라고 나는 물었다. 일어설 기색이 보이지 않았기 때문이다.

"방해돼?"

"괜찮아."

"방해된다면 내 방으로 갈게."

"아니야, 전혀. 거기 있어."

"응."

나는 다시 일하기 시작했다. 좀 전에 썼던 부분을 다시 읽어 보았다. 소설이란 그런 것이다. 아침에는 어제 쓴 부분을 다시 읽어 본다. 아까 썼던 부분을 다시 읽어 보고, 자기 전에는 오늘 쓴 부분을 꼭 다시 읽어 본다. 그러면서 조금씩 써가는 것이다.

그런데 이런 일기나 에세이는 거의 읽어 보지 않는다. 마찬가지로 쓰는 일이긴 해도 소설과 일기는 그런 점에 차이가 있었다. 나와 아들의 시간은 마치 소설을 쓰는 것 같았다고 생각했다.

잠시 집중하고 있는데 "아빠" 하고 아들이 불렀다.

내가 고개를 들자 다 큰 아들이 일어나 "지금까지의 일과 앞으로의 일을 생각하고 있었어."라고 말했다.

"그렇구나. 그건 중요한 일이지."

"응. 그런데 이번에 윌리엄, 알렉스랑 일본에 갈 생각이야."

"전에 들었어. 괜찮은 생각 같은데?"

"대학이 정해지면 셋이서 가기로 했어. 어쩌면 토마도 갈지 몰라. 다들 일본에 꼭 가보고 싶대. 내가 안내할 거야. 할머니한테도 데려가고."

"좋지."

"그때까지 모두 백신을 맞아야 해. 그래야 갈 수 있거든."

"알았어. 그땐 응원할게."

"고마워."

아들이 뒤돌아보았다. 웃는 얼굴이었다. 어깨 위로는 햇볕이 쏟아져 내리고 있었다.

그 말을 남기고 아들은 작업실에서 나갔다.

시골 생활을
강하게 반대하는 아들

6월 어느 날,

느긋하게 천천히 운전해 시골에서 파리로 돌아왔다. 아파트 문을 열자마자 평소에 나오지 않던 아들이 불쑥 얼굴을 내밀고는 "어, 왔네."라고 반겼다.

"시골, 어땠어?"

"응, 괜찮았어."

"잘 먹고 있었지? 뭐 먹고 싶은 거 있니?"라고 묻자 "맛없는 거밖에 없었어. 그러니까 맛있는 거 먹고 싶어."라고 아들이 말을 꺼냈다.

'맛이 좀 없었구나.'라고 생각하니 미안한 마음이 들었다. 에헤헤.

"냉동실에 이것저것 만들어서 넣어놨잖아?"

"하지만 냉동한 걸 해동하면 맛이 떨어지잖아."

부글부글. 주제넘기는……웃음

"아빠 인스타 봤어. 맨날 맛있는 것만 먹던데?"

"진짜?"

무심코 아들을 돌아보니 확실히 살이 좀 빠져 보였다.

"회라든가 굴조림? 대박 맛있잖아. 그런 거 먹고 싶어."

보고 있었구나? 일기도 가끔 읽는다고 했었지. '인스타그램에는 일본어를 적게 쓰고, 쓸데없는 건 쓰면 안 되겠구나.' 하고 생각했다…….

"아, 그거. 아하하하."

말이 나온 김에 아들을 근처 초밥집에 데려가기로 했다. 초밥집이지만 홍콩인들이 만드는 거라 그런지 맛있기는 해도 일본 초밥과는 조금 다르다. 캘리포니아 롤 같은 느낌의 초밥이 주류를 이루기 때문이다.

내가 오랜만에 집에 돌아와서 아들은 무척 기쁜 모양이었다. 마주 앉아도 되는데 아들은 굳이 나와 나란히 앉았다. 왠지 서먹한 우리 부자는 4인용 테이블에 그렇게 앉아 초밥을 먹었다.

아들의 수다가 그치지 않는다. '외로웠구나.' 하고 생각했다.

아들이 여자 친구 얘기를 시작하자 "어, 헤어진 거 아니었어?"라고 놀려 봤다. 얼마 전에 잠깐 여자 친구 때문에 고민하고 있다고 해서 들어 주었더니 눈물을 글썽였다. 무리할 필요는 없다고 말해 주었는데, 아무래도 아직도 계속되고 있는 모양이다. 아이고 어쩌나.

"뭔가 고비를 넘긴 것 같아. 지금은 서로 잘 이해하거든."

"오, 그렇구나. 그럼 다행이네."

"응. 그녀의 부모님이 이혼하셔서 지금 좀 힘들어해. 그래서 내가 경험자로서 다가가는 거고."

"그렇구나."

우리는 초밥을 먹으면서 좀 어른스러운 대화를 했다.

하지만 얼마 지나지 않아 거기서 이야기가 딴 길로 샜다. 대학생이 되고 나서는 파리의 집을 어떻게 할 것인가 하는 이야기로 옮겨 간 것이다. 여기서 아들이 한층 더 열을 올렸다…….

"아빠 이제 시골에 틀어박혀 살 생각이야?"

"내 체질에 맞아. 마음도 편하고. 파리는 좀 인간관계라든가 이것저것 귀찮은 게 많거든."

"알아, 하지만 아빠한테는 파리가 잘 어울려."

'헤.' 하고 무심코 웃어버렸다. '어울려? 웃긴 소리 하지 마라.'

"진짜로, 아빠, 시골에 틀어박혀 거기서 늙기는 아까워. 이제 그만할 생각이야?"

"그만하려는 건 아니지만, 쉬지 않고 줄곧 달려왔으니까 이제 좀 쉬어도 되지 않을까…….."

"하지만 아빠 도시에 살면서 괴로워하며 뭔가를 만들어 내야 해. 바다는 가끔 가니까 힐링이 되는 거잖아. 날마다 바다를 보다 보면 츠지 히토나리 인생은 끝난다고."

느닷없이 '츠지 히토나리'라고 풀네임으로 부르는 바람에 "아하하하!" 하고 서로 큰소리로 웃었다.

"하지만 네가 대학생이 되고, 어느 대학에 붙을지 모르겠지만, 지금 네 성적으로는 파리에 있는 상위권 대학은 어렵지 않을까? 보르도 대학이나 리옹 대학이나 릴 대학에 가지 않을까 생각하는데, 그런 경우엔 파리에 집을 그대로 둘 이유가 없잖아. 그래서 완전히 시골로 옮길까 생각 중이야. 아빠는 컴퓨터와 기타만 있으면 어디서든 일할 수 있으니까."

별안간 아들의 얼굴이 어두워졌다.

"파리에 있었으면 좋겠는데……."

"진짜야?"

"아빠가 파리에 없으면……."

"뭐야?"

"나, 파리에 집이 없으면 외로울 것 같아. 지금까지 쭉 이곳에서 살아왔는데 돌아갈 곳이 없어지잖아. 내가 태어난 고향이라 그런지 여길 떠나고 싶지 않단 말이야. 시골은 멋지긴 해도 거긴 내 고향이 아니라고. 아빠, 난 우리 집이 파리에 계속 있었으면 좋겠어."

'오, 훌쩍.' 무심코 맥주를 움켜쥐고 꿀꺽꿀꺽 다 마셔버렸다.

나는 그런 생각은 해본 적도 없었다…….

나는 맥주를 다시 주문했다. 가게 주인 패트릭에게 빈 기린 맥주병을 높이 들어 보여줬다. 패트릭이 즉시 새 병을 가져왔다.

패트릭은 나와 아주 친한 홍콩인이다. 그들은 가족을 홍콩에서 불러들일 생각이었다. 어머니를…… 하지만 고령이기 때문에 패트릭의 형이 반대하고 있다. 자신이 태어나고 자란 곳에서 죽게 해달라는 것이다. 패트릭이 그 말을 할 때 맥주를 마시고 있던 나도 울컥했다.

태어난 고향은 그 사람에게 참 중요하다. 나는 도쿄 변두리에서 태어났다. 나에게 도쿄는 중요한 곳이지만, 아들은 파리에서 태어났다. 여기서 자랐고 지금도 여기서 살고 있다. 그리고 여기서 살다가 죽을 것이다. 그의 조국은 프랑스니까.

"알겠어. 생각해 볼게. 파리에 어떻게든 아파트를 남겨둘 수 있도록 한 번 더 노력해 볼게. 그런데 아빠가 살아있을 때만 그곳을 유지할 수 있으니까 너도 그곳을 남길 수 있도록 노력해야 돼. 열심히 공부해서 프랑스 사회에서 살아남을 수 있도록."

"응."

아들은 미소를 지었다.

사람이 어디서 태어나 어디서 자랐느냐는 것은 실로 중요하다. 아들이 프랑스에서 태어나고 싶었던 건 아니다. 낫토를 아주 좋아하고, 일본 특히 규슈를 좋아한다. 하지만 아들은 파리에서 태어났고, 이곳 시청에 출생증명서가 있다.

에펠탑 밑에서 자랐고, 센강을 바라보며 살아왔다. 프랑스 어린이집에서 시작해 유치원, 초등학교, 중학교, 고등학교까지 순조롭게 올라가며 배웠다. 인기도 많고, 선생님들로부터 사랑도 받고 있다.

아들의 눈에는 이곳의 공기가 드리워져 있다. 그건 정말 중요한 일이다.

나는 이곳저곳 전근을 다녀야 했던 부모를 따라 일본 전역을 전전해야 했다. 그런 나로서는 태어난 고향에서 자란 아들이 부럽다. 아들에게는 소꿉친구가 많다. 걔들도 다 여기 파리에 살고 있다. 아들의 재산은 파리인 거다. 내가 시골로 완전히 옮기는 걸 가장 환영하지 않는 건 사실 아들이다.

나와 파리는 끊으려야 끊을 수 없는 인연인가 보다 생각하다 무심코 킥킥 웃고 말았다. 파리에 오고 싶어서 온 것도 아닌데, 여기서 아들이 태어났고, 지금 그 아들한테 파리가 잘 어울린다는 말을 들었다. 아빠가⋯⋯.

"뭐가 이상해?" 아들이 물었다.

"아니, 왠지 모르게."

"이상해?"

"패트릭, 또 한 병, 같은 맥주!"

나는 작은 빈병을 높이 들고 말했다.

아버지의 날에 생각하는
나의 아버지

6월 어느 날,

오늘은 아버지의 날6월 셋째 주 일요일이었다.

　"아, 그러고 보니 오늘 알렉스 생일이네." 아들이 말했다.

　"음, 그래, 기억하고 있었구나?"

　"아니, 아침에 알림 문자가 왔어."

　'그렇군…….' 웃음

　"그러고 보니 오늘 아버지의 날이네."라고 내가 말했더니 키
득키득 웃으며, 알고 있다고 아들이 말했다.

　"알고 있었다고?"

　나도 웃었다. 그것뿐이었지만…….

　내 인스타그램 계정 댓글란에 "아버지의 날을 축하합니다!"
라고 쓴 글이 몇 개 올라와 있었다. 이 애들이 딸이었다면 기

뺐을지도 모르겠다고 생각했다동년배일 수도 있는데. 왜 젊은 애들이라고 생각하는지 모르겠다.

　아들은 대부분 말수가 적다. 나는 아버지의 날이라고 해서 "아버지, 고마워요" 같은 말을 한 적이 없다. 그래서일까, 오늘은 나의 아버지 이야기를 해야겠다. 나는 줄곧 아버지를 싫어했다. 이런 이야기를 에세이와 일기에도 몇 번 쓰기도 했다. 그런데 오늘은 좀 다르다. 사실 내가 쓴 과거 에세이를 읽은 친척들이 나를 야단친 적도 있다.

　"너는 신이치, 너희 아버지를 잘 모른다."라고 하면서.

　아버지의 이름은 츠지 신이치다. 아버지는 일만 했을 뿐 나와 놀아 준 기억이 없어서 싫다기보다는 그냥 늘 화를 내는 무서운 사람이라는 인상밖에 없었다. 일하는 걸 무척 좋아하는 '일벌레'였을 뿐, 가족을 위해서는 아무것도 할 줄 모르는 사람이었다. 그런데 왠지 오늘 아버지 생각이 난다. 아버지의 날이라서 그런가 보다. 분명, 그렇다…….

　아들이 오늘 아버지의 날이란 걸 알게 된 것은 피를 나눈 가족의 라인LINE, 모바일 메신저 프로그램 단체 채팅방에서 '축하합니다'라는 다섯 글자를 봤기 때문이다. 나는 아버지에게 축하한다거나 고맙다고 말로 표현한 적이 한 번도 없다. 그런데 열일곱 살 먹은 아들이 이런저런 파란을 몰고 오거나 특히 며칠 전처럼 "나가!"라는 말이 나올 정도로 나를 화나게 만드는 날이면 왜 그런지 나는 아들 나이였던 무렵의 꿈을 꾼다. 꿈속에는 늘 나의 아버지가 있었다.

나는 취직을 하지 않고 음악의 길로 나아가고 있었다. 아버지는 반대하는 입장이었으나 내가 대학을 그만두자 네 맘대로 하라는 식으로 내버려 두었다. 나는 스물다섯 살에 소니 레코드에서 데뷔했는데, 대학을 그만두고 나서 데뷔하기 전까지는 아르바이트로 생활비를 해결해야만 했다. 하지만 금세 돈이 떨어졌다. 리허설 비용이 드는 데다 악기를 사야 했기 때문이었다. 돈이 부족해지면 아무래도 아버지에게 의지하기 마련이나 나는 먼저 어머니에게 전화했다.

아버지는 너무 무서운 사람이었기 때문이다.

"엄마, 나 돈이 없어서 힘들어."

어머니는 아들이 걱정됐는지 비상금 같은 걸 보내 주었다. 하지만 그것만으로는 매우 부족할 때가 있었다. 처음 록밴드 에코즈에서 히가시메이한東名阪, 도쿄와 나고야, 오사카 3대 도시권 투어를 할 무렵이다. 데뷔 전인데도 돈이 필요해 줄곧 돈을 보내 달라고 부탁했다. 나는 어머니가 항상 비상금을 보내 줬다고 생각했는데, 그건 사실 어머니가 보낸 게 아니라 아버지가 보낸 것이었다. 내 계좌에는 적게는 3만 엔, 많을 때는 5만 엔 정도가 들어 있었다. 세월이 흘러 수십 년 전의 일이지만…….

"그거 말이지, 아빠가 준 거야. 본인이 말 못하니까 내가 대신 보냈어. 아빠는 너를 응석받이로 만들고 싶지 않다고 했거든. 아빠도 할아버지의 도움을 받아 도쿄에 있는 대학에 들어갔고 꿈을 이루었기 때문에 네가 힘들다는 거 다 알아. 못 본 체할 수는 없었던 거지. 조금만 더 상황을 지켜보겠다며 돈을 주었어. 넌 그걸로 먹고살았고 데뷔도 할 수 있었던 거야."라고 밝힌 것이다.

아버지가 입버릇처럼 하던 말이 있다. 그게 바로 "내가 널 어떻게 키웠는데? 똑바로 해!"였다.

지금 나는 아들에게 매달 30유로씩 용돈을 주고 있다. 그렇지만 그걸로는 부족하다. 물가가 일본보다 훨씬 비싼 프랑스에서 교제비가 많이 드는 고등학교 2학년 학생에게는 턱없이 부족하다. 물론 옷값이라든가 점심값이라든가 여행비라든가 필요한 것은 모두 따로 주고 있다.

그런데 자유롭게 쓸 수 있는 돈을 30유로로 못박은 것은 돈의 가치를 배우게 하고 싶었기 때문이다. 그 일로 팔로워들의 비난을 받기도 했다. 하지만 나는 용돈을 올려 주고 싶지는 않다. 부족할 때는 물론 이유를 물어 보고 타당하다고 생각하면 더 주기도 한다. 줄 때가 더 많지만, 우리 사이에는 '30유로'라는 기본선이 존재한다. 그래선지 아들에게 요즘 금전 감각이 좀 생겼다.

아들에게 인색하게 구는 나도 스물세 살 무렵에는 아버지에게 경제적으로 많이 의존했다.

물론 때가 되면 그때 아버지한테 받은 걸 아들에게 갚을 생각이지만, 아들이 이 나라에서 살아남기 위해서는 경제 관념만은 길러 줘야겠다는 강한 바람도 있다. 어려운 문제이긴 하지만 말이다.

나는 아버지가 살아 계실 때 아파트를 선물했다. 내가 30대 후반이었을 때다. 어머니로부터 아버지에 대한 뒷이야기를 듣기 20년 전의 일이다. 하지만 나는 자식으로서 당연한 일을 했다고 생각했다. 생색내는 듯한 이야기이긴 하지만…….

아버지가 나에게 돈을 보냈다고는 꿈에도 생각하지 못했다. 지금도 어머니는 내가 사준 그아파트에서 살고 있다. 집에는 지금도 불단이 있고 거기에 아버지 사진이 놓여 있다. 내가 얼마 전까지만 해도 그 앞에서 합장을 한 것은 어머니를 슬프게 하고 싶지 않았기 때문이었는지도 모른다. 아버지가 얼마나 깊은 애정을 쏟았는지 몰랐기 때문이다. 지금은 아니지만.

아들은 해마다 오가와에 있는 아버지 묘소에 찾아가 성묘를 한다. 나를 대신하여 아들이 나의 아버지에게 감사 표현을 해 온 것이다. 아버지와 아들은 참 이상한 관계다.

아들이 아빠가 되고, 과거의 나처럼 아들 문제로 골머리를 앓고 나서야 비로소 아빠의 마음을 알게 될 것이다.

내가 작가가 되자 아버지는 무척 기뻐하셨다. 아버지는 하카타 서점을 둘러보며 "제 아들이에요."라고 말하며 자랑스러워하기도 했다. 그게 난 부끄러웠다. 나는 참 못난 아들이었다.

누군지 모르지만 댓글에 '당신은 아들에게 생색을 낸다.'는 의견이 있었고, 많은 사람이 거기에 '좋아요'를 눌러 놓은 것을 봤다. 그럴 수도 있다. 그런 말이 튀어나오는 것은 내가 아직 미숙해서 그럴 거라고 생각한다. 그런데 아마도 나는 다시 내 잘못은 잊어버린 채 죽을 때까지 아버지가 나에게 했던 말을 할 것이다.

"내가 널 어떻게 키웠는데? 똑바로 해!"

이 말을 바꿀 생각은 단 '1'도 없다.

어머니에게 잘난 체한다는 말을 듣고
아무 말 못한 나

6월 어느 날,

오늘은 어머니가 백신 접종을 했다는 소식을 듣고 전화를 했다. "어땠어요?"

"나는 너희들에게 아무것도 해준 게 없는데 고맙다."라고 어머니는 말했다.

두 살 아래 남동생이 어머니를 돌보고 있기 때문에 나는 "그 말은 츠네짱에게 해야죠."라고 할 수밖에 없었다. 지금까지 독신으로 사는 남동생이 어머니를 돌봐주고 있어 나로서는 고맙기 짝이 없다. 남동생 츠네는 착하고, 노력을 많이 하며, 성실하다. 하지만 남동생도 젊은 나이가 아니기 때문에 85세의 어머니와 둘이서 사는 것은 힘들겠다는 생각이 든다.

"넌 언제 접종하는데?"

"아니, 아직 접종 통지가 안 와서 모르겠어."

"코로나가 진정될 때까지는 참아야겠네."

"형, 나는 이미 지난해 봄부터 한 번도 밖에 나가 술 마신 적이 없어. 늘 집에서 어머니를 보면서 홀짝홀짝 마시거든."

'아, 미안하다.' 츠네의 인생을 빼앗은 것 같아서 형으로서 마음이 답답해졌다. 일본에 나의 개인 사무소를 두고 남동생에게 대표를 맡게 하고, 어머니를 떠맡기고, 자질구레한 일은 죄다 떠넘기고 있어 나에게는 많은 도움이 되고 있지만, 남동생은 무척 힘들 게 분명하다.

"그럼 백신 맞을 때까지 밖에서 마실 수는 없겠군."

"어쩔 수 없지."

어머니가 동생 뒤에서 시끄럽게 소리를 지르며 바꿔 달라고 했다.

"저기, 너 10월에 후쿠오카에 오는 거냐?"

"올해는 아직 몰라요. 코로나 상황을 봐야 하니까요. 근데 왜요?"

"자수 그룹전이 있거든. 한큐 백화점에서 한다는데, 네가 달려와 주면 힘이 날 것 같아서."

어머니는 오랜 세월 프랑스 자수를 가르치는 선생님으로 있다가 지금은 은퇴해 이따금 후학들을 지도하고 있다. 아직 어머니의 정신이 흐려진 것 같진 않다. 하지만 나이 탓인지 이해가 안 되는 행동을 할 때가 많다.

할머니한테 가는 날을 손꼽아 기다리는 아들 왈, 할머니는 야구 중계 때 TV 1미터 앞에 앉아 눈에 핏발을 세우고 응원을 한다. 선수가 공을 떨어뜨릴 것 같으면 "이 바보 같은 놈이 아아아아악." 주먹을 치켜들고 고함을 지른다고 한다. 그때는 다른 인격체가 되는 모양이다. 그런 어머니와 함께 살고 있는 츠네 짱은 참 대단한 인내의 소유자인 것 같다.

아들 왈, "츠네 삼촌과 할머니는 늘 싸워. 서로 잔소리하며 간섭하지 않고서는 못 넘어가나 봐."

"넌 괜찮니?"

내가 전화를 끊기 전에 걱정돼 동생에게 물어 봤다.

"응, 뭐 요령껏 받아넘기니까."

"미안해. 난 아들이 사회생활을 하기 전까지는 일본에 돌아가지 못할 것 같아."

그러자 또 시끄럽게 떠드는 어머니 소리가 들렸다. 아마 동생이 들고 있던 전화기를 빼앗은 모양이다.

"너 아직 거기 있었냐? 말한다는 걸 잊고 있었네."

"뭔데요?"

"봤대, 테레비. 그 뭐냐, 봉주르라나 뭐라나."

"아, 네. NHK BS_{NHK Broadcast Satellite, NHK 위성방송} 말이군요. 어땠어요?"

"그게, 다들 그러더라. 멋있어졌다고. NHK에 나와서. '선생님, 봤어요.' 하더라고. 어깨가 으쓱해지더라."

"글쎄, 그거 잘됐네요."

"너, 허세 부리려고 맛있는 것만 만든 거지. 보통 때는 그렇게 맛있는 거 안 만들었잖아?"

"허세 부리긴요. 허세 안 부렸는데요."

"사람들한테 보여 주려고 만든 거 아니라고? 너희들은 맨날 그런 거 먹는다는 거냐? 나도 먹고 싶은데, 니가 만든 봄철 밥상 받고 싶다고."

"아, 그래요, 다음에 갈 때 만들어 드릴게요."

"근데, 언제 오냐?"

"글쎄, 코로나가 진정되면 아들 데리고 갈게요."

"그거 어디 음식 같던데? 킥킥 웃는 것 같은 요리"

"쿠스쿠스couscous 말이죠, 모로코예요."

"너, 나도 모르는 사이에 요리사가 됐나 봐. 너 요리책 냈다고 누가 그러던데, 작가는 그만뒀냐? 역시 돈 못 버는 거냐?"

"그만두지 않았고요. 돈을 벌고 안 벌고 그런 거와 상관없어요."

"《아빠의 요리 교실》이란 건 레시피 책인 모양이지?"

"알고 있네요?"

"샀거든."

"앞으론 사지 마세요. 보낼게요."

"자신을 아빠라고 말하는 거 창피하지 않냐?"

"어머니한테 그런 말을 듣는 게 더 창피해요."

"아, 너 파리에서 시골로 이사했냐? 텔레비전에서 뭔가 새 집이 나온 것 같던데?"

"아, 네. 츠네 짱한테 못 들었어요?"

"바다가 보이는 곳이지? 뻐길 만하겠네."

"뻐기는 거 없어요."

"거기다가, 그 뭐냐, 하이칼라 노래만 부르잖아. 에디토 피라프."

"에디트 피아프Edith Piaf, 프랑스의 국민 가수이자 배우예요."

"여전히 잘난 척하는구나. 그래도 좋아. NHK잖아, 좀 잘난 척해도 되겠지? 전국 방송이잖냐."

어머니가 큰소리로 웃었다.

"재방송은 언제 하냐?"

"글쎄, 시청자 반응이 있으면 재방송도 할 수 있다고 했는데 아마 어려울 거예요. 아, 그런데 NHK 온디맨드NHK On-Demand, NHK 프로그램을 다시 볼 수 있는 서비스에서 4위래요. 그저께 7위였는데."

"옴부데부라고? 뭐냐, 그건, 영어도 쓰고. 여전하구나. 형은 박식해."

"어머니, 이제 전화 끊을게요. 건강하게 오래 사셔야 해요."

아들의

바칼로레아 성적이 나왔다

7월 어느 날,

딱히 해야 할 일이 없어 집안일을 하기도 하고, 책을 읽기도 하다가 앞으로의 일을 생각하고 있는데 갑자기 휴대전화에 프랑스어 문자메시지가 날아들었다. 뭐지…….

그것은 프랑스 교육부에서 보낸 문자로, 오늘 오후 5시에 고등학교 2학년 최종 성적을 인터넷에 발표한다는 내용이었다. 평소의 성적은 학교에서 알려 주지만, 이번에는 바칼로레아 전국 시험 결과도 포함돼 있어 교육부에서 직접 보내 주는 것이었다.

전에 일기에서도 언급한 적이 있지만, 그날 시험을 보고 집에 온 아들에게 어땠냐고 물어 봤다. "응, 찍었던 곳이 나와서 아주 잘 봤어, 최고로."라고 아들은 대답했다. "해냈구나!"라고 말하며 나는 크게 기뻐했다.

근데 좋지 않은 예감도 있었다. 지난해에도, 지지난해에도 잘봤다고 했는데 막상 뚜껑을 열어 보니 좋지 않았던 기억이 있었기 때문이다…….

오후 5시가 되었다.

"성적 엉망이야."라고 아들로부터 문자메시지가 왔다.

나는 허탈한 생각이 들었다.

"왜 망쳤어?"

성적이 첨부되어 왔다. '으으, 전혀 좋지 않다.'

"그날 찍었던 곳이 나왔다고 했잖아……. 그런데 이게 현실이구나. 뭐 어쩔 수 없지, 내년에는 잘 봐라."

프랑스 전역의 모든 열일곱 살짜리 학생이 치른 시험이라 평균 점수가 몇 점인지 모른다. 이 점수만으로는 아들이 어느 정도 위치에 있는지는 알 수 없지만, 평소 학교 성적보다 좋지 않게 나온 건 분명하다…….

조금만 더 힘내라고 격려할 생각으로 말했는데, 잠시 후 아들은 반박하는 건지 비판하는 건지 아무튼 긴 글을 일본어로 보내 왔다.

그 내용은 여기에 도저히 공개할 수가 없다. 그 정도로 나를 실망시켰다.

간단히 말하자면, '기대하지 말아 달라. 츠지가의 수치라도 상관없다.'는 내용이었다.

격려하는 나의 말에 기껏 이런 식으로밖에 대응하지 못하는 아들에게 화가 났다.

나는 핸드폰을 내던졌다.

아들은 워낙 고집이 세서 내가 어떤 식으로 말하든 듣지 않는다. 공부할 가치가 있다고 생각하면 열심히 하지만, 한번 엇나가기 시작하면 끝도 없이 엇나가는 유형이기 때문에 내가 할 수 있는 조언에는 한계가 있다. 아쉽지만 스스로 깨닫게 하는 수밖에 없다.

언제나 말이 없는 아들이 나에게 저항하는 듯한 강한 어조의 글을 보내 왔다. 일본어로 200자 정도나 반론하는 글을 쓴 걸 보면 얼마나 마음이 상했을지 알 것 같다.

이젠 두 손 들었다. 나는 아들에게 더 이상 큰 기대는 하지 않기로 했다. 아들이 말하는 대학에는 아무리 발버둥 쳐도 지금의 성적으로는 어렵다고 생각한다. 수준 높은 대학에 들어가려고 스트레스를 받기보다는 즐겁게 살아갈 수 있는 삶을 찾아 준다면 그것으로 충분하다고 생각한다. 하지만 아들은 분명, 아니 어쩌면, 내가 애썼다며 토닥거려 주기를 바랐는지도 모른다. 복잡미묘하다.

'기대하지 않는다.'는 말도 듣기 싫지만 그렇다고 '기대가 크다.'는 말은 더더욱 듣기 싫을 것이다.

어느 쪽으로 넘어져도 싫은 거다. 그런 까닭에 스트레스를 받고 그에 대한 반발이 일어나는 것이다. 이럴 때는 그냥 놔둘 수밖에 없다.

잊을 수 없는 그날의 기억이 떠오른다. 이혼 후 단둘이 살게 되면서 내가 울적할 때마다 이 애는 나를 격려했다. 둘이서 자주 가던 제레미아들 초등학교 대선배이기도 하다네 카페에 가서 식사를 했던 당시의 일이다.

아들은 말을 잘했다. 지금은 '안녕!'이라는 인사조차 하지 않는 사춘기지만 열 살 때의 그 애는 밝고 정의감이 넘치고 발랄하고 긍정적이었다.

"아빠, 내 꿈이 뭔지 알아? 나 공부 많이 해서 남을 돕는 일을 하고 싶어. 이 세상에는 어려운 사람이 많잖아? 난 그 사람들을 상담해 주기도 하고 도와 주기도 할 거야. 이 세상이 나쁜 쪽으로 가지 않게 사람들에게 꼭 필요한 일을 하고 싶어."

"그럼 대학에서 법률이나 역사, 정치 같은 걸 공부해야겠네."

"응. 사람들끼리 서로 죽이고 으르렁거리고 하잖아? 난 사람들이 서로 미워하지 않고 사는 세상을 만들고 싶어. 대학에 가서는 어려운 사람들을 돕는 데 필요한 공부를 할 거야."

그때 아들이 했던 말을 잊을 수가 없다. 남을 위해 일하고 싶다, 평화를 위해 일하고 싶다는 말을 하기 시작한 것이다. 솔직히 나는 기뻤다. 열일곱 살 된 아들이 지금도 대학에서 법률이나 정치를 공부하고 싶어 하는 것은 그때의 마음이 아직도 남아 있기 때문이라고 생각한다. 언제부터인가, 아들에게는 그 일이 딱이라는 이상한 꿈을 내가 품게 되었는지도 모른다.

'자신에 대한 부모의 기대가 좀 무겁게 느껴지겠지.'라는 생각이 들었기 때문에……. 나에 대한 비판으로 보이기도 하는 긴 메시지에 대해서 꾹 눌러 참았다. 몇 번 문자메시지를 보내려고 썼다 지우고 또 썼다가 지웠다. 그러다 결국에는 아무것도 보낼 수 없었다. 기대한다고도, 기대하지 않는다고도 쓸 수 없었고, 네 뜻대로 살라고도 쓸 수 없었다. 아무것도…….

스스로 헤쳐나가는 과정일 터이므로 내 의견을 더 이상 개입시켜서는 안 되겠다고도 생각했다. 그래도 아들 나름의 행복을 찾았으면 좋겠다.

어떤 형태로든 좋으니 행복하다고 생각하는 삶을 살았으면 좋겠다. 그것뿐이다…….

내가 건강할 때 아들이 길을 벗어나지 않도록 멀리서 지켜보는, 한 사람의 아빠로 남고 싶다.

아들과
시골집에

7월 어느 날,

아침 일찍 아들을 깨워 외출 준비를 했다. 우선 백신 접종장으로 가서 코로나 백신을 맞기로 했다. 마크롱 대통령이 내놓은 새 법령에 따라 8월부터 '위생 여권'예방 접종 증명서이 없는 경우에는 카페, 식당, 큰 쇼핑센터 등에 들어갈 수 없게 된다. 전철이나 비행기도 탈 수 없다. 사회 활동을 못하게 될까 봐 당황한 사람들이 너도나도 백신 접종을 원하는 바람에 예약이 폭주했다. 순식간에 300만 명이나 접종 예약을 한 것이다. 아들도 그 중 한 사람이다.

내일 파리에서 이 법령에 반대하는 대규모 노란 조끼 운동 시위가 열린다는데 앞으로 어떻게 될지 궁금하다. 일단 아들의 의사를 확인하고 접종을 결정했다.

백신 접종장 입구에서 아들이 미성년자인지 물었다. 미성년자일 경우는 부모인 나도 사인을 해야 한다건강보험증은 두 사람 다 필요하다. 둘이서 문진표를 작성한 후 의사가 부르자 개인실로 향했다.

"음, 아버님? 아버님도 같이 들으세요."라는 말을 듣고 나도 아들 뒤를 졸졸 따라 들어가 의사 선생님의 친절한 설명을 들었다.

의사 선생님은 미성년자 접종에 대한 불안이 없는지 내게 물었다. 내가 좀 불안하긴 하다고 대답하자 의사 선생님이 자세하게 설명해 주었다. 화이자 백신의 m-RNA 방식에 대해서까지 설명해 주어서 의사가 마치 학교 선생님처럼 느껴졌다.

아들이 접종하는 동안 나는 밖에서 기다리다 아들이 나오자 우리는 백신 접종장에서 차를 타고 시골집으로 향했다. 아들과 시골집에 가는 것은 이번이 두 번째지만 가구가 다 들어간 완성된 집에 가는 것은 아들로서는 처음이다.

바다로 내려가는 산 중턱 시골집 뒤편에 차를 세우고 둘이서 짐을 날랐다.

"생각했던 것보다 좁네."

아들이 방에 들어가자마자 한 말이다. 부글부글.

"뭐, 둘이면 충분하지 않을까? 평소 아빠 혼자라면 너무 넓지만."

"근데 내가 결혼해 아이가 둘이 되거나 하면 빠듯할 것 같아."

"아니, 네 집은 네가 사. 여긴 아빠가 노후에 살 집이니까."

"그럼 여긴 본가네. 파리 집은 셋집이고."

"그래, 여기로 주민등록 옮길 거야, 조만간."

"본가? 그거 동경하고 있었는데. 여자 친구를 데리고 와도 돼?"

"그건 대학에 들어가고 난 다음 일이지."

우리는 서로 마주 보며 웃었다.

먼저 아들의 잠자리를 둘이서 만드는 일부터 시작했다. 창고에서 꺼내 온 템퍼Tempur 매트리스를 바닥에 깔아 일본 이부자리 같은 침상을 만들었다.

"너는 여기서 자. 괜찮지?

"일본 같네. 할머니집 다다미방에서 자는 느낌이야."

"마음에 드니?"

"응, 캠핑 같아서 재밌어."

저녁에는 이웃 마을 부두에 생선가게 배가 온다. 신선한 생선을 팔기 때문에 그걸 사러 나가기로 했다. 식량과 물도 사야 했으므로 먼저 시장에 가려고 일어섰다.

아들에게 가방을 들게 하고, 건물을 나서려는데 1층에 사는 프랑켄 씨와 부인 베르나데드 씨가 우리를 불러 세웠다.

"아이고, 이렇게 큰 아들이 있었구나. 봉주르." 베르나데드가 말했다.

아들이 허리 굽혀 깍듯이 인사를 했다. '에헤, 인사도 할 줄 아는구나!'

"잠깐 올라와 차라도 마시고 갈래? 콜라 같은 거 있는데?"

"아니, 저기 생선가게에 가야 해서요.

"그래, 그럼 내일이라도 괜찮으면 와. 쿠키 구워 놓을게."

상냥하다. 그들과 헤어진 후, 아들이 "일본에 계신 할머니가 생각난다. 비슷해."라고 말했다.

"음, 그렇네, 확실히."

베르나데드는 정말 우리 어머니와 비슷했다.

아무래도 코로나라서 어머니를 이곳에 초대할 수는 없다. 아쉽지만 그건 포기해야겠다.

우리는 생선가게에 가서 고등어와 바다고동과 생새우를 샀다. 그런 다음 부두의 맨 끝까지 가서 벤치에 앉아 바다를 바라보았다.

"너 말이야, 아빠가 할아버지 되면 어떻게 할 거야?"

"어떻게 하긴, 나도 모르지."

"이를테면 여자 친구와 결혼해서 가족이 생기면 어떻게 할래? 이 집에 가족과 함께 놀러 올 거지?"

"응, 그렇게. 좁으니까 근처에 숙소를 잡고……."

부글부글.

"있잖아, 아빠가 바라는 건 네가 가족과 살 수 있게 제대로 자립했으면 좋겠어. 알겠니?"

"……."

"그러니까 진지하게 장래를 생각해 볼래?"

"오케이."

"여긴 가족끼리 써도 되지. 열쇠는 언제든지 빌려줄 테니까 행복하기만 해라. 그리고 가끔은 아빠에게도 그 행복을 나눠 주고."

"오케이……."

해가 기울기 시작하고 있었다.

"언제까지 여기 있을 수 있어?"

지는 석양에 손을 흔들며 아들이 말했다.

"내일까지야."

"내일? 어? 오늘 와서 바다만 봤는데? 벌써 내일 가?"

"일요일에 온라인 살롱모임이 있거든. 글쓰기 교실이야."

"여기서 하면 되잖아."

"여긴 인터넷 네트워크가 너무 약해. 지난번엔 엉망이었어."

"내일 돌아갈 거면 안 왔지. 그거 진심인지 빨리 말해 줘."

"월요일에 또 오면 되잖아?"

"월요일? 무슨 소리야? 3시간 반이나 차를 탈 수 없잖아."라며 저물어 가는 해를 바라보며 나와 아들은 한참을 실랑이했다.

우리는 해가 다 질 때까지 이야기를 나누었다. '좋잖아, 이런 하루가 있어도.' 그건 그렇고, 저녁에는 고등어구이를 먹기로 했다.

아빠와 아들이 걸었던
긴 여정을 되돌아보는 밤

7월 어느 날,

잠을 제대로 못 잤다. 저녁 식사 후 아들은 침상 속으로 기어들어가서는 여자 친구와 통화를 했다. 나는 주방에서 위스키를 홀짝이며 창문 너머 보이는 붉은 하늘과 작은 달을 바라보았다. 그러고 있자니 아들과 여행했던 나날들이 떠올랐다.

계산을 해보니 내가 아들과 단둘이 살게 된 지도 3,000일이 지났다. 3,000일이라니! 나도 모르게 한숨이 흘러나왔다.

초등학생이던 아들은 이제 고등학교 3학년이 되었다. "세월은 날아가는 화살과 같이 빠르다."고 했던가. 일기에 쓰지 못한 일들도 많았지만 아무튼 이렇게 아들은 자라서 청년이 되었다.

그리고 반년이면 아들은 프랑스에서 성인이 된다. 그때가 나

의 양육을 일단락짓는, 1차 목표 지점이 될 것이다……. 이른
바 '양육'이 끝나는 시점이 아들의 다음 생일이 아닐까 하고 어
렴풋이 예상하고 있다.

앞에서 잠깐 이야기한 것처럼 우리 부자의 첫 여행지는 스
트라스부르였다. 이혼하기 직전이라 집안은 이미 엉망이 되
어 있었다. 나는 아들을 데리고 어디든 떠나야 한다고 생각했
다. 어디로? 어딘가 아무도 없는 곳으로 가야겠다고 생각하고
남쪽으로 내려오다가 정신을 차려 보니 스트라스부르에 도착
해 있었다.

그 시절의 기억을 내가 지우려 한 탓인지 요즘 기억이 잘 나
지는 않는다. 기억나는 것은 스트라스부르 시내를 아들과 나
란히 걸었던 일뿐이다. 이때는 아들이 정말 말을 많이 했다.

생각해 보니 아들은 집안에서 무슨 일이 일어나고 있는지 마
음속으로 분석하고, 그 안에서 스스로 납득하고 싶었던 모양이
다. 그가 하는 말에는 하느님도 튀어나오고 자기 가족의 미래
상까지 튀어나와 종잡을 수 없긴 했으나 여기저기에 아들의 심
리가 고스란히 담겨 있었다.

나는 아들의 어깨를 감싸 안은 채 앞으로 닥칠 일들을 생각하
면서 하루하루를 보내고 있었다.

그때부터 우리 부자는 여행을 하기 시작했다. 둘이서 일본

구석구석을 찾아다녔고, 유럽은 거의 다 돌아다녔다. 그 후 하와이로 건너갔고 북아프리카, 러시아, 영국, 아이슬란드에도 갔다.

하지만 점점 아들의 성장과 함께 여행 횟수는 줄어들었다. 조수석에 앉아 있던 꼬마 아들이 이제는 그 자리가 딱 잘 정노로 성장했다.

분명 몇 년 후에는 내가 아니라 아들이 운전석에 앉아 있을 것이다. 어쩌면 뒷좌석에 그의 가족이 앉아 있을지도 모른다. 그리고 나는 더 이상 그 차를 운전하지 않을지도 모른다. 그렇게 분명하다. 그게 인생이니까 그런 날도 기대해야겠다.

나는 아들이 차에 자신의 가족을 태우고 내가 사는 집에 오는 날을 기다린다. 그리고 언젠가 우리 부자가 마지막으로 여행하는 날이 올 것이다. 위스키를 홀짝이면서…….

해가 지는 세상을 향해, 나는 '안녕' 하고 작별 인사를 했다.

아들 따로,
나 따로 보낸 여름휴가

8월 어느 날,

집안일과 글 쓰는 일, 아들 챙기는 일에 지친 나는 아들과 상의
해 따로따로 여름휴가를 보내기로 했다. 부모와 자식도 가끔
은 따로 떨어져 지내봐야 서로의 좋은 점이나 의미를 알게 된
다. 아무리 사이가 좋아도 적당한 거리를 두어야 서로의 고마
움도 알 수 있는 법이다.

일단 식재료를 마련해 놓았다. 지금까지와 달리 나는 요즘
매일 몇 유로씩 나눠 식탁에 놓고 나온다. 친구들과 어울릴 일
이 많은 고등학교 3학년 아들이 그들과 함께 밥을 먹지 못하는
건 불쌍하니까……. 부족하면 안 되기 때문에 아들이 먹을 저
장용 식품을 사러 슈퍼에 갔다.

내친 김에 잠깐 구를 넘어 멀리까지 갔다. 가끔 가는 카페에

들러 파리의 현재를 엿보았다. 시기가 시기인지라 문을 연 카페가 거의 없었다. 샹젤리제나 에펠탑 주변의 관광지 이외에는 대부분 닫혀 있다, 여름휴가 기간이라서……

"어, 꽤 많이 샀네요."라고 좀 알고 지내는 가르송프랑스어로 '소년'이란 뜻 외에 '카페에서 서빙하는 직원'이란 뜻도 있다.이 말했다.

"내가 여행을 떠나 있는 동안 아들이 먹을 거에요."

"그렇군요, 아직 밥을 못 하죠?"

"아니, 해요. 그래서 파스타라든지 소시지라든지 그런 식재료 위주로 샀어요."

"좋네요. 그런데 무슈는 뭘 먹을래요?"라고 해서 "별로 배고프지 않아요. 내일부터 여름휴가니까, 오늘은 마시고 싶은데."라고 했더니, "감자튀김에 파르메자노와 트뤼프를 뿌린 게 있는데요."라고 해서, 즉시 그걸로 정했다. 그런데 정말 맛있었다.

일본어를 조금 하는 가르송이라서 주문할 때마다 또박또박 '아리가토 고자이마스감사합니다'라는 말을 남기고 그 자리를 떠난다. 귀여운 놈이다.

에펠탑 거리라서 그런지 카페 앞 길목에서 결혼한 커플이 기념 촬영을 하고 있었다. 신부의 웨딩드레스가 참 멋있다. 행복해 보이는 두 사람의 미소에 힐링이 되었다.

나도 새 학기 시작 전까지 이 걱정거리를 어떻게든 해결해야겠다고 생각했다. 시골에 틀어박혀 날마다 운동을 해서 자신을 되찾지 않으면…….

"그런데 무슈." 하며 그 가르송이 다가와선 신부를 함께 바라보며 말했다.

"15년 정도 전에…… 이 거리에 살지 않았나요?"

"살았죠. 왜요?"

"어, 맞군요. 그때, 모퉁이 카페……가게 이름을 말했다에 어린아이를 유모차에 태우고 부인과 자주 왔었죠?"

나는 말을 잇지 못했다. 그때 생각이 났던 것이다. 이 가르송, 어디선가 만난 적이 있다고 생각하던 참이었다. 세월이 지나 체격이 좋아져서 몰라봤을 뿐이다.

"아, 생각났어요."

"저는 한눈에 알아봤어요. 다들 오겐키데스카?잘 지내나요?"

일본어를 섞어서 말했다.

"그런데 지금은 그때의 아기와 단둘이 살아요. 지금 고등학교 3학년인데 나보다 훨씬 크고 수염도 났답니다."

"그게 인생이잖아요. C'est la vie."

나는 미소를 지었지만, 그때가 생각나서 조금 감상적이 되었다. 프랑스에 온 지 20년 돼가고 있다……. 긴 세월이 흘러가 버렸다.

"와인 리필."

"고마워요. 무슈."

그렇구나, 이 가르송. 예전에 일본어를 이따금 하던 그 어린 아이였던 것이다. 생각났다…….

사람은 바뀌고 나이가 드는데 왜 그런지 파리는 예전과 다를 바 없다. 그게 참 신기하다.

세월은 눈 깜짝할 사이에 지나간다, 시위를 떠난 화살처럼……. 우리 동네 파리야, 넌 변하지 않는구나.

나는 또 눈시울이 뜨거워졌다.

돌아가신 아버지가
매일 밤 내 꿈에 나타나는 까닭?

8월 어느 날,

요즘 이상한 일이 일어나고 있다. 특별히 생각하지도 않았는데 일주일 전부터 매일 밤 꿈에 그 사람이 나타난다. 그렇다, 그 사람은 내 아버지다. 생전에 츠지 신이치라는 이름으로 살았던 나의 아버지.

매일 아침 '아, 아버지가 있네.' 하고 눈을 뜨지만, 잠결이라 거기서 아버지가 뭘 하고 있었는지는 금방 잊어버린다. 그런데 매일 밤 나타나는 게 이상하다. 나는 아버지와 거의 대화를 하지 않고 살았다. 내 기억 속에 아버지가 등장하는 일은 정말 드물다. 그런데도 또 나타났다. 아버지가 매일 밤 나타난다.

나는 한밤중에 잠에서 깼다. 아버지가 어제도, 그저께도, 지난주부터 계속 꿈에 나타났다. 어? 왜 그럴까 생각했다. 그렇구나, 오본이었다.

어제 이런 꿈을 꾸었다. 공항 로비에 아들이 친구들과 있다가그들은 프로 뮤지션인 듯하다. 나에게 "아빠, 여권이 필요해. 그게 없으면 난 비행기 못 타. 아빠가 갖고 있잖아."라고 말했다.

항상 내가 여권을 보관하기 때문에 그런 꿈을 꾼 모양이다. 그런데 그곳에 아버지가 있고의자에 앉아 있다., 누군지 잘 보이지는 않지만, 풍채가 비슷한 남자가 그 옆에 있었다. 가타야나기 씨슈에이샤의 담당 편집자가 죽은 지 석 달 후, 내 머리맡에 서 있는 꿈을 꾸었을 때도 누군가 옆에 있었는데, 저 세상에는 그런 룰이 있는지, 혼자가 아니다. 또 한 사람, 누군가가 있다……

"아버지, 쟤 여권 갖고 있죠?" 내가 말하자, "아, 그랬지." 하고 아버지가 가슴에 있는 주머니를 뒤진다. 그런데 왜인지 아들 여권은 나오지 않고 아들 친구들 여권만 나온다. 옆 사람도 함께 주머니 속을 뒤지고 있었다.

어제 갑자기 아버지의 동생 준고 삼촌이 생각났는데20년 만에 생각난 듯하다. 어쩌면 그 사람은 준고 삼촌이었는지도 모른다. 그렇다, 아마도 그럴 것이다. 준고 삼촌도 20년 전에 세상을 떠났다. 그런데 꿈은 거기서 끝났고, 나는 잠에서 깼다.

프랑스 시골 침대 위에서 어두운 천장을 올려다보았다. 젊었을 적 아버지는 무서운 분이었기 때문에 내가 먼저 다가간 적도 없고 이야기를 한 적도 없었다. 당연히 아버지가 하는 말에 거역한 적도 없었다. 한 번도 부모님과 싸워 본 적이 없다. 나는 아버지에게 대든 적이 없었다. 아버지한테 몇 번 맞은 적은 있지만, 내가 손을 댄 적은 없다.

사실 얼마 전 아들과 2시간 정도 옥신각신하는 일이 있었다. 큰소리로 말다툼을 한 것이다. 때리지는 않았지만, 내가 아들 코끝에 삿대질을 했더니, 그걸 뿌리치듯이 아들이 내 손을 엄청나게 세게 잡았다. 그것은 생전 처음 경험한 일이었다.

아들이 어른으로 성장한 것이다. 서로의 의견이 극명하게 엇갈려 나는 당황했고 눈물도 나왔다. 그때 문득 생각이 났다. 어쩌면 올해 13주기가 아니었을까 생각했기 때문이다. 아버지가 세상을 떠난 지 그 정도의 세월이 흘렀다.

지난해에는 코로나 때문에 도쿄에 장기간 머물 수가 없었다. 후쿠오카에는 아예 가지 못했다. 올해도 일본에 가지 못했기 때문에 성묘도 뭐도 할 수가 없었다. 근래 10년간 해마다 오카와에 있는 아버지 묘소를 찾아간 건 못난 아들인 내가 아니라 내 아들이었다. 아버지는 내 아들을 귀여워했고, 아들도 할아버지를 잘 따랐다. 그래서 아들은 성묘하기 위해 종종 일본에 갔다. 아들이 일본에 가는 이유 중 하나가 할아버지 묘소에 가기 위해서였다.

새벽녘에 이런 생각이 들었다. 그렇구나, 아버지는 손자가 걱정돼서 내 꿈에 계속 나온 게 아닐까. 진로를 고민하는 손자, 혼자 프랑스에서 태어나 이곳에서 힘들게 사는 손자를 걱정해 내 앞에 나타났다고 생각하는 게 자연스러웠다. 거기에 여권이 연결된다. 이륙할 수 없는, 지금 상황을 나에게 전하려는 게 아니었을까.

나는 아버지의 피를 이어받았고, 아들은 내 피를 이어받았다. 이 세 사람이 어떤 삶을 살았는지, 살아갈지 모르지만, 영혼의 연결고리라는 게 있을 것이다. 왜 지금 이렇게 아버지 생각이 나는지 모르겠지만, 내가 알지 못한 곳에서 아버지는 나를 키우느라 여러모로 애쓰시지 않았을까 생각했다. 우선 감사하다. 그리고 새로운 마음으로 아들을 키워야겠다는 생각이 들었다.

나는 창가에 서서 일본 쪽을 바라보고 두 손을 모았다.

"아들을 도와주세요. 그 애를 지켜 주세요. 부탁해요."라고 기도했다.

드디어 오늘 아들이
고등학교 3학년이 되었다

9월 어느 날,

오늘 아들은 고등학교 3학년 첫날을 맞았다. 새 학기가 시작
되면서 아들은 새로운 친구들과 함께 고등학교 3학년 첫 수업
을 받았다.

저녁밥을 먹으면서 물어 봤다.

"어땠어?"

여느 때 같으면 '좋았어.'라고 짧게 한마디로 끝냈을 아들이
오늘은 말이 많았다.

"응, 뭐랄까, 말로 표현할 수는 없지만, 아, 이게 고등학교 3학
년이라는 느낌."

"친구들은 어때? 친해질 수 있을 것 같아?"

"아니, 이제 다들 잘 아니까. 친구는 있지만, 친한 친구는 없

어. 뭐랄까, 친구의 질이 다르다고 해야 하나. 친구는 친구지만 왠지 학교 친구라는 느낌이야. 학교 끝나면 모두 자기 세계로 돌아가는 그런 관계."

"아, 알겠어. 대학이 그런 느낌이었거든."

"음, 역시 모여서 사이좋게 지내는 건 지금도 초등학생 때 친구들이야. 반에 토마가 있어. 토마는 계속 어렸을 때부터 함께 해서 다른 애들과는 달라. 마들렌도 어렸을 때부터 알고 지냈잖아. 그래서 새 친구들과는 좀 비교할 수 없는 게 있는 것 같아."

"그런 걸 일본어에서는 '소꿉친구'라고 하지."

"응, 알아. 다들 쿨한 친구들이 모여 대학 입시를 준비하는 느낌."

"즐겁지 않을 이유는 없잖아?"

"뭐 그저."

아니, 그게 아니다. 학교가 재미없을 이유는 없어 보인다, 이렇게 말이 많은 걸로 보면 그 반대다. 시종일관 웃는 얼굴을 보이는 것도 그렇고……

사실은 학교가 즐거운 것이다. 아들은 겉으로 논리적이고 이치를 따지기 좋아하므로 속마음을 함께 읽을 필요가 있다.

여름방학 두 달 동안 아들은 거의 밖에 나가지 않고 집에만 있었고 방에서 잘 나오지도 않았다. 코로나 상황이라 친한 친구들은 다 가족들이랑 시골에 틀어박혀 있었다. 그러니까 친구들과 다시 만나 반가웠을 것이다. 아들의 모습도 여느 때의 어두운 느낌이 아니라 뭔가 학교에서 에너지를 받아 온 그런 느낌이다.

아들이 솔직하게 즐거웠다고 말하지 못하는 건 사춘기 탓이다. 학교생활을 비판하기도 하며, 이것저것 거침없이 말을 많이 하는 아들에게서 학교에서 또래 친구들을 만난 기쁨이 전해져 온다.

나는 식사를 하면서 아들의 이야기를 들었다. 어제 일기에도 잠깐 썼지만 사실 나는 긴장했다. 드디어 우리 애가 고등학교 3학년이 되었기 때문이다. 아들이 대학 입시를 치러야 하는 수험생이라 내 책임도 한층 더 막중해졌다. 아들은 지금까지 다친 적도, 문제를 일으킨 적도 없었다. 물론 부모가 이혼해 고통스러웠던 시기가 있었지만 그걸 잘 이겨내고 이렇게 마지막 고등학교 생활에 돌입했다.

이쯤에서 실토해야겠다. 이미 눈치챘겠지만 난 내 아들이 사랑스럽다. 이 애를 혼자 떠맡았을 때는 부담스럽다고 생각한 적도 있었다. 막 민감한 시기에 접어든 아이인데다 이국에서 말도 잘 통하지 않아 자신이 없었기 때문이다. 그래도 나는 학부모회 등에 얼굴을 내밀기도 했고, 사전을 찾거나 아들 친구 엄마의 도움을 받으며 아들을 초등학교, 중학교, 고등학교에 보냈다. 드디어 오늘부터 고등학교 마지막 학년이 시작된 것이다.

나는 아들이 참 사랑스럽다……. 성적이 아주 좋은 것도 아니고, 우등생도 아니지만, 그렇다고 성적이 나쁜 것도 아니다. 평범한 애지만 역시 눈에 넣어도 아프지 않은 내 아들이다. 막말을 해대며 대든 아들 때문에 드러눕기도 했지만 역시 나는 어쩔 수 없이 한 아이의 부모라고 생각한다.

지금은 아들을 훌륭한 사회인으로 만드는 게 그 어떤 일보다도 중요하다고 생각한다.

내년 1월, 앞으로 4개월 정도면 아들은 성인으로 인정받는다. 이건 아무리 생각해도 예삿일이 아니다.

아들은 사랑이나 음악과도 거리를 두고 지금은 대학, 즉 자신의 진로를 진지하게 고민하며 나아가겠다고 결의를 다지는 중인 것 같다.

"나 너무 힘들어!"

아들은 그날 그렇게 절규하며 내 손을 뿌리쳤다.

아들이 힘든 이유는 한두 가지가 아닐 것이다. 부모가 이혼하고, 나 같은 아빠 손에 자란 것도 그 이유일 수 있다. 아직 진로를 정하지 못한 문제도 있고, 학교 선생님이나 선배의 조언이 제각각이어서, 무엇보다 앞으로 자신이 어떻게 이 나라에서 살아가야 할지 모르겠다는 고민도 있을 것이다. 그런가 하면 사춘기인 만큼 친구들과의 이별도 많아서 그 '화살'이 함께 사는 아빠를 향한 것도 어쩌면 당연한 일이다.

그런데도 아들이 안고 있는 고뇌를 알지 못하고, 들떠서 되는 대로 살고 있다고 생각한 내가 호통을 치는 바람에 그 안의 '화산(?)'이 폭발한 것이다.

여기에도 여러 번 썼으니까 결론만 말하자면, 그래도 다행이라고 생각한다.

아들은 그 후 힘이 빠진 듯 보였다.

'누구에게도 힘들다 말하지 못하고 속으로 삭히는 애잖아. 더 이해해 줘야지 어딜 보는 거야, 이 아빠야.' 하고 나에게 말해 주었다. 부모의 한계도 있지만 앞으로 10개월, 아니, 4개월밖에 남지 않았다. 아들은 어른이 된다. 이제 어린애가 아니다.

지금의 아들이 있기까지 초등학교 때 한 반이었던 친구들의 도움이 컸다. 윌리엄, 알렉스, 토마, 에밀, 앙투안느…… 등등.

"아빠?"

"어?"

"뭐야? 듣고 있어? 딴 생각 하는 것 같은데?"

"아니, 듣고 있어. 저기, 알렉스와 윌리엄을 생각하고 있었어. 그 소꿉친구들 덕에 너도 어엿한 고등학교 3학년이 됐잖아."

아들이 "후훗." 하고 웃었다.

"아빠 기억 안 나? 내가 열 살 때 아빠가 나한테 그랬어. 이 나라에서 살아가는 데 가장 중요한 것은 돈이나 성공 경력이 아니라고."

"어? 뭐라고 했는데?"

"친구를 가장 소중히 하라고. 친구들이 꼭 나를 구해 줄 거라고. 친구가 재산이라고. 그 말이 맞는 것 같아."

밥 먹으라고 부르면
네, 하고 대답하는 아들

9월 어느 날,

어제 있었던 일이다. 프레파prépa, 최상위권 대학인 그랑제콜(grandes écoles) 진학을 위한 입시 준비반 과정이 어떠냐고 아들에게 물었더니, "아주 재밌어. 선생님은 다양한 기술을 가르쳐 주는데, 그게 자신감으로 이어지는 것 같아. '역시 이렇게 해서 대학생이 되는구나 하는 생각이 들어.'라고 하면서 여느 때와는 달리 거침없이 자신의 의견을 밝혔다.

"그냥 무작정 공부한다고 되는 게 아니잖아. 요령이란 게 있는데 프레파에선 그걸 가르쳐 주거든. 학교에서는 절대 가르쳐주지 않는 걸 말이야. 그걸 알고 나니까 프레파 다니길 잘했다는 생각도 들고 즐거워."

그런데 학교에서 잠시 돌아온 아들 얼굴이 몹시 어두웠다.

무슨 일 있느냐고 묻자 "선생님이 그러는데, 내가 원하는 대학은 지금 학교에서 1등을 해도 들어간다는 보장을 못할 정도로 경쟁률이 높대. 난 1등 할 자신도 없는데 1등도 들어가기 어려운 대학을 목표로 하고 있었다는 걸 알았어. 이젠 정말 자신이 없단 말이야."라고 힘없이 말했다.

그래서 난 '원래 자신감이 그런 것이다.'라고 격려하긴 했지만, 그건 그렇게 간단히 해결할 수 있는 문제가 아니다…….

"하지만 다 마찬가지야. 1등이란 단 한 명밖에 없는데 나머지는 다 포기해야 하는 건 아니잖아? 포기한 사람은 이제 절대 원하는 학교에는 들어갈 수 없어. 아직 10개월이나 남았으니까 열심히 하는 수밖에 없지 않을까? 2등을 해도 되고 3등을 해도 되는 거야. 그것도 꽤 힘들기는 하겠지만. 2등을 하고 나서 1등을 앞지르면 되지 뭐. 다들 선생님 말을 듣고, 침울한 마음으로 지망 대학을 바꿀지도 몰라. 하지만 넌 열심히 하면 돌파할 수 있을 거야. 포기하면 그걸로 끝나니까 일단 해보는 게 어때?"

"그래, 알았어."

인간의 자신감이란 참 신기하다는 생각이 든다. 반년 전에는 "아빠, 해보지 않으면 모르잖아!"라고 강하게 말했던 아들이다. 그런데 선생님 말을 듣고 현실을 알게 된 지금은 자신감이 밑바닥으로 떨어졌다. 지금 나에게 필요한 건 결과에 집착하지 않는 마음이다. 어떤 결과든 그게 아들의 현 상태이니 그걸 존중하고 거기서 살아남을 길을 함께 찾자고 다짐했다.

"아빠, 있잖아, 내가 선택한 코스는 취직할 곳이 꽤 한정돼 있는 것 같아."

"취직할 곳? 그게 어딘데? 너 뭐가 되고 싶은 거야?"

"광고업계에서 일하든지, 정치인이 되려고."

"그게 아니잖아?"

"응. 싫어하는 수학을 배제하면 될 수 있는 건 정치인이나, 음, 광고의 세계밖에 없을 것 같아."

"정치인? 무슨 소리야, 그건 무리잖아?"

"……."

'아이고, 이 일을 어찌해야 할까…….' 정말 걱정이다.

"아빤 어떻게 지금 하는 일을 찾았어?

"아빠는 예나 지금이나 스스로 일을 만들고 그걸로 살아왔지. 아빠 한 번도 월급쟁이였던 적이 없거든. 아예 직장생활은 생각해 본 적이 없었어. 처음부터 스스로 일을 만들면서 살아야겠다고 생각했거든. 근데 그게 요즘 시대에는 어려울 것 같아."

"왜?"

"코로나 시대이고, 이 세상엔 78억 7500만 명이나 되는 사람이 있으니 쉽지 않을 거야. 예전에는 아르바이트만으로도 살수 있었지만, 지금은 알바도 많이 없어졌거든. 하지만 가능성이 제로는 아니야. 아이디어와 끈기가 있으면 할 수 있을지도 몰라. 근데 너한테 그 끈기가 있을까? 경험도 없고 뭘 하고 싶은지도 못 찾았는데?"

"음……."

"아빠 열일곱 살 때도 자유로운 직업으로 먹고살기로 마음 먹었거든."

"아빠 '자유 직업 전문가'구나."

"글쎄웃음. 다른 건 못해. 아빠 혼자 하는 일은 잘하지만, 집단 속에서는 좀 힘들 거야. 할아버지가 슈퍼 샐러리맨이었잖아. 할아버지를 보고 난 안 되겠구나 생각했어. 그걸 일본어로 '반면교사'라고 하지."

나는 반면교사가 무엇인지 좀 더 아들에게 설명해 주었다.

"그렇구나. 나도 아빠를 보면 안 되겠다 싶어."

"정말?"

우리는 서로 마주보며 웃었다.

자유로운 직업이라……. 그거 쉽지 않지. 세상 사는 게 그리 쉬운 일은 아니니까.

아들이 학교로 돌아간 후, 나는 센강 왼쪽 기슭의 강둑을 달렸다. 달리면서 아들 생각을 했다. 흘러가는 경치가 아름다워서 힐링은 되었지만, 아들 생각을 할수록 난감했다.

하지만 아무리 내가 고민해도 '파리의 경치는 줄곧 변함없이 수 세기째 그대로네.'라고 생각하자 신기하다는 생각이 들었다. 인간만이 바뀌어 간다. 이렇게 고민하는 나도 조만간 이 세상에서 사라지고, 아들이 언젠가 지금의 나와 같은 나이가 되었을 때 이렇게 노트르담 사원을 같은 자리에서 올려다보며 자기 자식의 대입 문제로 고민할지도 모른다.

나는 노트르담 사원 정면에 서서 심호흡을 했다. 그러고는 거기서부터 전속력으로 달려 집으로 돌아왔다. 마샬의 채소 가게에서 채소를 사며, 오늘 저녁에는 비빔밥을 해먹어야겠다고 생각했다.

아들은 채소를 참 좋아한다. 초등학교 때만 해도 싫어했던 채소를 아들이 좋아하게 된 것은 순전히 요리 덕분이다. 나는 그것만은 자랑하고 싶다. 요리를 하는 것은 가족을 위한 위대한 사랑이다. 그 사랑이 있는 한 분명 이 애는 잘 살아갈 것이다.

"밥 먹어!"라고 나는 소리쳤다.

어느 때와 같이 "네." 하고 아들이 대답했다.

아들과 둘이 나란히
주방에 서게 된 주말

10월 어느 날,

최근 우리 부자 사이가 회복되었다. 크게 다투면서도 서로 하고 싶은 말을 다 쏟아냈기 때문인지도 모른다. 아마 아들도 말하지 못하고 오랫동안 쌓아둔 원망(?)이나 불만을 한순간에 모두 토해 냈으므로 마음이 편해졌을 것이다.

내 마음도 어느 사이엔가 편안해져 있었다. 그러다 보니 자연스럽게 둘이 주방에 서서 함께 밥을 하게 되었다. 같이 음식을 만들지 않아도, 어느 한쪽이 만들고 있는 걸 바라보기도 한다. 이제 둘만의 생활도 막바지로 접어들면서 좋은 추억의 맛이 차츰 쌓이는 느낌이다.

우리 아들이 나만큼 나이가 들었을 때 대체 어떤 추억을 떠올릴까. 좁은 주방에 나란히 서서 양파 써는 법을 배운 일일까? 쌀 씻는 법을 배운 일일까? 아니면 파스타 삶는 법을 배운 일일까?

사 온 식재료를 나란히 놓은 식탁을 바라보며 아들이 "오늘은 뭘 만들 거야?"라고 묻는다. 나는 요리명뿐만 아니라 레시피도 즉각 가르쳐 주었다.

"오늘은 그라탕 도피누아gratin dauphinois, 얇게 썬 감자 사이사이에 크림을 부어 가며 켜켜이 쌓은 후 마지막에 치즈를 뿌려 굽는 프랑스식 감자 요리를 만들 거야."

"아싸, 만드는 법 알려 줘."

"준비됐어? 요리는 알려 주거나 가르치는 게 아니야. 요리는 보고 흉내 내는 거지. 아빠가 만드는 걸 봐. 칼은 어떻게 들고 써는지, 프라이팬은 어떻게 돌리는지 잘 봐. 요리는 이어받는다고 할까, 몸과 마음으로 기억하면 되는 거야. 레시피 같은 건 필요 없어. 맛보면서 처음에는 아빠 맛에 가깝게 하고, 그다음엔 자기 입맛에 맞게 하면 돼. 그렇게 하면 요리 레퍼토리가 늘어나게 될 거야.

아빠도 요리를 누구한테 배운 적은 없어. 레스토랑에서 먹었던 맛을 떠올리며 재현하다 보니 내 맛이 생긴 거지. 이런 말을 하면 비판하는 사람도 있을 거야. 기본이 안 되어 있다는 식으로…… 근데 집밥이니까 상관없어. 공부가 아니라 살아 있는 시간 속에서 배우는 게 더 중요하지. 이제 너는 쌀을 씻을 수 있고 파스타도 잘 삶을 수 있으니 거기서부터 너의 세계를 추

구해 가는 게 빠를 거야."

덩치 큰 아들은 느리기는 했지만 칼 사용법도, 프라이팬 돌리는 법도 제법 잘 익혔다. 그렇다고 내가 가르쳐 준 건 아니다.

아들은 뮤지션이지만, 내가 가르쳐 준 건 아무것도 없다.

이들은 우쿨렐레를 연주할 줄 알지만, 내가 가르쳐 준 건 아무것도 없다.

아들은 프랑스어를 모국어로 쓰지만, 물론 나는 아무것도 가르쳐 주지 않았다.

보고 흉내 내며 자기 방식을 발견했을 뿐이다.

아들은 요리도 분명 그런 식으로 자신의 맛을 만들어 갈 것이다. 창작 의욕만큼은 내가 따라갈 수 없을 정도로 뛰어난 애니까 분명 가족들에게 사랑받는 맛을 찾아 낼 것이다.

그 맛의 밑바닥에 아빠의 영향이 있을지도 모른다.

우쿨렐레도, 음악도, 인생도, 아빠는 그 밑바닥에서 조금만 관여할 것이다. 그 정도가 딱 좋다.

그게 적당한 '인생의 재미'라고 생각한다.

오늘은 그라탕 도피누아를 만들 건데, 아들은 우선 지켜보고 싶다고 한다. 물론, 그게 좋다.

프랑스식의 기본 중 기본이니까, 빨리 흉내 내는 게 좋다.

부모로부터 삶의 방식을 흉내 내는 게 자식이 우선 해야 할 일이니까……

스가마 씨의 생일날
나는 이런 생각을 했다

12월 어느 날,

아들을 불러 세웠다.

"잠깐 할 얘기가 있어."라고 말하자 아들이 주방 입구에 멈춰 섰다.

"실은 말이야, 스가마 씨 말인데…… 지난주에 돌아가셨어."

나는 아들에게 오랫동안 우리 부자를 보살펴 준 비서가 세상을 떠났다는 사실을 전했다. 수험생이라 자극을 주고 싶지 않았지만, 밖에서 들으면 싫어할 것 같아서 내가 전하기로 한 것이다.

나와 아들 단둘이 살게 된 후, 특히 일본에서 아들을 보살펴 준 사람이 스가마 씨와 사촌 미나였다. 스가마 씨는 아들과 함께 규슈를 여러 번 왕복했고, 아들이 혼자 일본에 갈 때면 공항에서 기다리고 있다가 규슈에 있는 본가까지 함께 가주기도 했다. 여름방학 동안에는 스가마 씨가 어머니를 대신해 열 살에서 열세 살 무렵의 아들을 키디랜드와 수족관, 디즈니랜드로 데리고 다녔다.

니름대로 분명 추억이 있을 테니 이별을 싫어하는 아들에게 뭐라고 말할까 고민도 했지만, 나는 말을 돌리지 않고 그대로 전하기로 했다.

아들은 작은 목소리로 "오케이."라고 말하고는 발길을 돌렸다.

이후 아직도 아들의 모습에 변화가 없다. 세토우치 자쿠초¹ 씨가 죽었을 때도 "오케이."라고 조그맣게 중얼거리며 자기 방으로 들어갔다. 아들은 자쿠초 씨에게도 꽤 귀여움을 받았으므로 그에 대한 추억이 있을 터였다. '오케이.'가 무엇을 의미하는지 모르겠지만, 내 생각에는 '알았다.'는 뜻인 것 같다. 그것은 머리로 이해했다는 뜻일 것이다. 그 이상은 인간으로서는 알 수 없다.

죽음이 무엇인지 아는 척하는 사람도 있지만, 아마 둔감한 나는 죽을 때까지 모를 것이다. 죽어도 모를지 모른다…….

하지만 모두가 생각하는 것만큼 죽음이 어둡고 슬픈 것만은 아닌 것 같기도 하다.

어쨌든 남겨진 사람은 그 죽음의 의미를 시간의 흐름과 함께 조용히 깨달아 간다. 남겨진 사람이 그 죽음의 의미를 질질 끌

¹ 본 소설가이자 승려

고 가는 것인지도 모른다.

아들은 사람의 죽음을 어떤 식으로 받아들이고 있을까.

확실한 것 하나는 아들이 이별을 싫어한다는 점이다. 이별을 좋아하는 사람은 없겠지만 어쨌든 아들은 누군가와 헤어질 때면 늘 모습을 감추었다. '작별 인사를 하고 싶지 않구나.'라고 생각한 적이 있었다. 아들은 만날 수 없는 게 싫은 것이다.

9일 오늘은 스가마 씨의 생일이다. 생일을 코앞에 두고 죽은 그녀는 몇몇 사이트 패스워드에 자신의 생일 날짜를 사용했었다.

그걸 예전부터 알고 있었던 나는 12월이 되면 '이제 생일이 얼마 남지 않았구나.' 하고 생각하곤 했다.

사실은 아직도 찾아내지 못한 물건과 서류, 패스워드 등이 있어, 나의 개인 사무실이 완전히 복구되지는 않았다. 동생 츠네짱이 스가마 씨의 업무를 인수인계하고 있기는 하지만, 연락되지 않는 편집자도 있어 연내 완전 복구는 어렵고, 당분간 이 상태가 이어질 것으로 보인다.

스가마 씨는 사망하기 전날 나에게 우편물을 보냈는데, 마찬가지로 회계사 등 몇몇 사람에게도 보냈는지, 회계사 사무소 관계자들 가운데는 '우편물이 도착해 깜짝 놀랐다.'는 내용의 메일을 보내온 사람도 있었다.

그 몇 가지 우편물 중에는 그게 없으면 내가 활동할 수 없을 만큼 중요한 것도 있었다. 마치 자신이 이 세상을 떠난다는 사실을 미리 알고 있는 듯한 우편물이다. 나는 우편함 속에서 그걸 발견한 순간의 놀라움을 아직도 잊을 수가 없다.

스가마 씨가 우체국에 가기 전날 그녀의 언니는 그녀와 함께 주변의 산과 강을 바라보며 산책하면서 이런저런 이야기를 나눴다고 한다. 스가마 씨는 일본 최초의 여성 골수이식 성공 사례이기도 해서 줄곧 죽음을 바라보며 살았다. 그래도 사는 데 최선을 다한 사람이기도 했다.

이제서야 스스로 후회해도 소용없다.

5년 전에 시작한 '신세대상25세 이하의 젊은 예술가, 디자이너, 건축가 등 크리에이터를 위한 신인상. 2017년에 이 책의 저자 츠지 히토나리가 시작했다.'에서 젊은 인재가 나오는 걸 정말 기뻐했던 스가마 씨가 그 상을 심사하는 날에 이 세상을 떠난 것은 스가마 씨답다고 생각했다. 나는 스가마 씨의 몫까지 열심히 살아야겠다고 생각했다. 신세대상에서 나온 작가들을 스가마 씨가 키운 사람들이라고 생각하고 계속 응원하고 싶다.

내가 하는 일도 코로나로 인해 힘들기는 하지만, 결국 지금 살려고 애쓰는 모두에게 기운을 불어넣는 일이라고 생각한다.

아들의 식습관은
어떻게 만들어진 걸까?

예순두 살인 나는
열일곱 살 아들과 같은 음식을 먹기가 힘들다. 성장기 아들에
맞추어 체력을 보강하는 음식을 만들어 왔으나, 나는 이제 뭔
가가 희생돼야 하는 음식은 거의 먹지 않는다. 그래서 아들과
따로따로 먹는 걸 당연하게 여긴다. 마흔다섯 살이나 나이 차
이가 나니 그건 어쩔 수 없는 일이다. 아들은 지금도 자라고 있
으므로 키 크는 데 도움이 되는 음식을 먹으려고 애쓰고 있다.

지금까지 나는 요리할 때 첨가물을 가능한 한 거의 사용하지
않았다. 그랬더니 아들은 소스를 끼얹지 않고 반찬을 먹는다.
소금 후추는 거의 사용하지 않는다. 재미있게도 생선에 간장
도 뿌리지 않고, 고기에도 아무것도 뿌리지 않는다. 놀랍게도
샐러드 채소에도 아무것도 뿌리지 않는다. 때로는 올리브유를

뿌려 먹기도 하지만 내가 가장 좋아하는 후리카케밥에 뿌리는 일본의 조미료 따위는 뿌리지 않는다.

내가 메밀국수에 플뢰르 드 셀fleur de sel, 프랑스 해안에서 생산되는 천일염을 뿌려 먹고 있으면 '소금을 너무 많이 뿌린다.'고 잔소리한다. 그건 그렇고, 콜라는 좀처럼 마시지 않느냐. 100% 사과 주스나 물만 마신다. 이따금 차는 마시기도 하는데 그중 녹차와 홍차를 좋아한다. 그런데 왜 이런 고령자가 먹는 음식을 좋아하게 되었는지는 알 수 없다.

한때 고기도 안 먹는다더니 요즘은 다시 고기만은 먹는다. 그런데 먹는 양이 엄청나다.

내가 시골에 가 있는 동안에는 슈퍼마켓에서 파는 냉동식품 등을 대량으로 사서 냉장고에 넣어 둔다. 그런데 집에 돌아와 보면 냉동식품에는 손도 대지 않고 직접 요리해 먹은 흔적이 있다. "뭐야, 만들어 먹었어?" 그랬더니 "파스타나 밥은 해 먹지."라고 쌀쌀맞게 말한다. 까르보나라나 토마토 파스타를 먹는 듯하다. 그래서 이번에는 냉장고에 완제품이 아닌 비교적 몸에 좋을 것 같은 것과 당근 샐러드, 닭고기, 베이컨, 두부류, 야채, 냉동 생선 토막, 냉동 낫토, 명란젓 같은 식재료를 넣어 두고 왔다.

그 아비에 그 아들이라서 요리는 좋아하는 것 같다. 하여튼 좋다. 뭐, 몸에 좋은 건강 음식을 챙겨 먹는데, 이것은 분명 지금까지의 식생활의 영향도 다소 있을 거라고 생각한다.

아들은 가끔, "이거, 이상한 양념이 들어 있네."라고 미간을 찌푸리며 말하기도 한다그런데도 맥도날드는 아주 좋아한다. 젊은 사람인만큼 모순된 점이 있다.

어쨌든 나는 튀긴 음식과 유럽식 요리를 좋아하지만, 내가 즐겨 만들어 먹지는 않기 때문에 혼자일 때는 기름은 최대한 사용하지 않는 요리를 먹는다. 어부들이 부둣가에 배를 대놓고 파는 물고기는 공짜나 다름없어 그런 것도 수소문해서 산다. 오늘은 파리의 냉장고 안에서 유통기한이 지났으나 아직 먹을 수 있는 걸 가져와 처리했다. 하루에 두 번, 세 번 요리하려면 손이 많이 가고 시간도 많이 걸리므로 좀 넉넉하게 만들어 두었다가 남은 음식은 밤이나 아침에 먹는다. 밤에는 술안주로 때우기도 한다.

나는 식재료를 상당히 깐깐하게 고르는 편인데 내가 나이에 비해 건강한 것은 이런 식생활에도 영향이 있는 것 같다. 과자나 쿠키 같은 거라면 내가 직접 만든다. 그렇게 하면 쿠키 한 개에 들어간 버터나 설탕의 양을 알기 때문에 먹는 양을 조절할 수 있어 좋다.

소박한 맛과 요리 본연의 맛이 담겨 있는 밥상이 나에게는 최고다. 이게 바로 기본 밥상이자 사람을 살리는 밥상이 아닐까.

아들과 다시
대화하기 시작했다

지난번에 크리스마스 선물 대신 내가 오랫동안 사용해 온 낡은 카메라, 캐논 EOS 5D를 영구 대여해 줘서 그런지, 그 카메라를 매개로 자연스레 대화가 늘어났다.

"어때 그 카메라?"

"응, 좋아."

"초점 맞추는 법 아니?"

나는 잘난 척하며 초점 맞추는 법을 가르쳐 주었다.

"사실 어제 토마를 모델로 촬영해 봤는데. 보여 줘?"

그렇게 말하고는 아들이 카메라를 들고 와서 사진을 보여 주었다. 토마뿐만 아니라 친구들이 모델처럼 파리 거리에 잠시 멈춰 서 있는 멋진 사진이었다. 나도 모르게 히죽 웃음이 새어 나왔다.

"동영상은 없니?"

"있긴 한데, 아직 좀 적어."

토마가 모델이 되어 길거리를 걷고 있다. 마지막 사람을 보다가 웃음을 참지 못하고 터트렸다. 그러고는 카메라를 보았다. 청년의 풋풋함이 기록되어 있었다. 하지만 휴대폰 카메라 촬영과는 분명히 다른 깊이가 있어 나쁘지 않다. 파리의 겨울, 흑백의 세상에서 요즘 젊은이들의 일상이 촬영되어 있었다. 그래서일까, 이 애들, 다 멋져 보인다…….

왠지 아들 키가 더 자란 듯 늠름하게 보였다. 다음 달이면 열여덟 살이 된다. 그럼 이제 어른이 되는 거다. 듬직하다…….

카메라를 영구 대여한 것은 좋은 아이디어였을지도 모른다. 이제 내 시대도 아니고 내가 나설 자리도 없으니까, 이런 좋은 카메라를 다음 세대에 넘겨서 좋은 작품 만드는 데 쓰이게 했으면 좋겠다.

"15년이나 된 낡은 카메라지만, 그래도 오토 포커스처럼 일반 카메라에는 없는 메뉴가 있어 좋아."라고 아들이 잔뜩 신이 나서 말했다. 히죽, '좋은 점을 잘도 아네.'라고 생각했다.

"아빠, 이거 아주 좋은 카메라야."

"그래 맞아. 소중히 사용해라."

카메라를 기쁜 듯 두 손으로 껴안고 있는 아들을 보며 나는 왠지 모를 뿌듯함을 느꼈다. 내가 자비로 영화 제작을 시작했을 때의 일이 떠올랐다. 이 오래된 카메라가 아들에게 뭔가 새로운 감성을 심어 주지 않을까 생각하니 묘한 기분이 들었다.

"영화 같은 거 만들어 보면 어떨까?"

"응, 이제 대충 사용법은 알았으니까 인센가 해봐야겠어."

그렇다, 미래의 아들을 위해서는 이렇게 좋은 장비를 갖고 있는 게 중요하다. 내 낡은 것을 아들에게 건네 주고, 그게 다시 이 카메라에 새로운 색채를 준다. 그건 참 멋진 일이었다.

"아, 그러고 보니 처음으로 음원 수익금이 들어왔어."

"어? 진짜구나. 수익금? 누가 줬어?"

"스포티파이."

"진짜? 네가 부른 곡? 얼마나 많이 들은 거니?"

"10만 재생에 10유로, 첫 수익금이야."

나는 웃음을 터뜨리고 말았다미안, 미안…….

10만이나 재생됐는데, 10유로……. 많은 건지 적은 건지 잘 모르지만, 아무튼 대단하긴 한 것 같다……. 나는 내 일이라도 되는 양 무척 기뻤다.

10유로는 둘째 치고, 10만 번이나 누군가가 어딘가에서 아들의 음악을 필요로 한다고 생각하는 것만으로도 나는 기뻤다. 작은 걸음이지만 아들은 착실하게 성장해 갈 것이다참고로, 아들은 음악 활동을 본명으로 하지 않는다. 아티스트 이름이 있는 것 같으나 사실 나에게도 가르쳐 주

지 않았다. 가르쳐 주면 내가 트위터 같은 데서 그걸 알려버리니까 아무도 몰래 활동하고 싶다

나 뭐라나. 허, 그것 참!.

  아무튼 나는 아들과 대화를 하긴 해도 나도 모르게 꼬치꼬치 캐묻지 않으려고 조심한다. 뭔가 필요한 것이 있으면 나에게 물어볼 것이고, 그 반대의 경우는 아들이 스스로 판단하고 결정을 내릴 수밖에 없으니 이쯤에서 내버려 두는 게 최선이다.

  앞으로 딱 3주 후면 아들은 열여덟 살이 된다. 그렇다고 아들을 양육하는 일이 끝나는 것은 아니지만, 그날은 나에게 있어서 '양육 로켓 제1단'이 분리되는 순간이기도 하다.

  그날부터는 어른이 된 아들과 내가 새로운 마음으로 마주하게 될 것이다.

  오늘은 로제 네 정육점에 가서 크리스마스용 식재료를 대량으로 구입했다. 뿔닭 한 마리, 여러 종류의 오리 소시지, 로제 부인이 직접 만든 푸아그라, 그리고 페리고르산 블랙 트뤼프도 샀다. 일년에 한 번 사는 사치품이다. 25일은 아침부터 닭을 오븐에 넣고 조심스럽지만 츠지가다운 크리스마스 요리를 만들어 볼 생각이다.

  매년 같은 정육점에서 똑같은 걸 사기 때문에 전보다 나을 것도 없는 음식을 늘어놓기는 하지만……. 아니, 반대로 그게 크리스마스답다고도 할 수 있다.

  스포티파이에서 첫 수익금을 받은 걸 축하하는 밤으로 하

자……. 크리스마스에는 닭 오븐 구이, 오쇼가츠에는 오세치 요리가 으레 정해져 있는 츠지가의 메뉴다.

많은 일이 있었던 2021년도 얼마 남지 않았다.

마지막 순간까지 아빠는 힘을 내서 한 발짝 앞으로 나아갈 것이다.

둥지를 떠나기 위해
준비해야 할 것은 무엇인가

12월 어느 날,

좀처럼 코로나가 수습되지 않아서 또다시 좀 어두운 새해 전날을 맞았다. 내 인생이 코로나에 휘둘리는 게 싫어 최대한 조심은 하지만 대담하게 살기로 했다.

오늘은 아들과 진지하게 앞날에 대한 이야기를 나누었다. 밥을 먹으면서 '대체 앞으로 뭘 하고 싶은 거냐?'고 아빠답게(?) 따졌더니 아들은 예전과 달리 순순히 응했다.

"대학에 갈 거야."

"언제부터 시험인데?"

"바칼로레아가 3월과 6월에 있고, 시험도 쳐야 하지만, 그다음에는 그 성적으로 들어갈 수 있는 곳이 정해져. 근데 그 평가

만으로는 달라질 게 없으니까 자기 피알PR할 수 있는 무언가가 필요해. 그래서 지금 그걸 찾고 있는 중이야."

마음을 알 수 없다고 생각했는데, 대학에는 갈 마음이 있는 모양이다.

"무슨 계열의 대학에 갈 건데?"

"많이 고민해 봤는데, 역시 정치나 법조 계열은 어렵지 않을까 하는 생각이 들어. 지금 하고 싶은 건 광고나 연예 프로듀싱 일이야."

"그렇군. 하지만 그건 다들 생각하는 일이라서 좁은 문 아닐까?"

나는 깊이 개입하지 않는 선에서 물어 봤다.

"응. 근데 인터넷 같은 걸 이용해서 새로운 비즈니스를 생각하고 싶어."

"오호!"

"주위를 둘러봤더니 그런 일을 하는 사람이 가까이 있더라고."

"그래, 누구?"

"아빠."

하마터면 '뭐?'라는 소리가 튀어나올 뻔했다. 지금까지의 흐름으로 미루어 볼 때 섣불리 아들의 말에 맞추어서는 안 되겠다 싶었다. 아들은 아직 세상 물정 모르는 철부지다.

언제나 시간의 흐름에 몸을 맡기는 게 최고다.

"'디자인 스토리Design Stories, 웹진' 같은 플랫폼을 친구들과 만들어 보고 싶어. 영상 중심인 '유튜브'도 좋고, 음악 분야도 좋고, 웹사이트도 좋고 그런 것들을 복합적으로 조합해서 나만의 세상을 만들고 싶은 거야."

"그게 나쁜 건 아니지만, 그걸로 먹고사는 건 쉽지 않아. 만만하게 보지 않았으면 좋겠다. 아빠의 경우는 오랜 경험을 쌓은 후에야 겨우 지금에 이르렀으니까."

"나도 알아."

이 이야기는 더 이상 하지 않는 게 좋겠다는 생각이 들어, 찬성이기도 하고 반대이기도 하다고만 말했다. 원래 유튜브나 웹사이트는 유행을 너무 많이 타서 현실성이 떨어진다. 세상은 그리 만만치 않다. 어쨌든 아들은 아직 세상을 잘 모른다. 아들이 환상을 추구하기보다는 땅에 발을 딛고 있는 걸 먼저 쫓아갔으면 좋겠다.

하지만 아들은 아직 열일곱 살밖에 되지 않았고, 꿈과 현실 사이에서 살고 있다. 다짜고짜 그 꿈을 깨라고 할 수도 없다.

나는 비록 겉으로 멀쩡해 보여도 속으로는 꽉 막힌 일상에 답답함을 느낄 때가 많다. 꿈이 있는 듯하지만 걷잡을 수 없는 냉혹한 현실의 격랑 속을 나름대로 헤쳐가고 있다. 젊었을 때는 얼마든지 꿈을 꿀 수 있었다. 하지만 지금은 그 꿈이 하나씩 깨지고 있다. 게다가 코로나 시대다. 영화도, 소설도, 음악도, 이른바 지금까지 인기를 끌었던 무대는 큰 전환점을 맞이했다. 지금까지의 가치관으로는 이제 아무것도 할 수 없는 세상이 된 것이다.

앞으로 아들이 무슨 일을 하며 살아갈지, 몇 살까지 지원해야 할지, 내가 그것을 언제까지 할 수 있을지 ……. 도무지 알 수 없다.

살아 있으면 살아 있는 만큼 귀찮은 일이 생기기 마련이다. 그걸 털어버리고 싶지만 그런 나를 응원해 주는 사람은 점점 줄어든다.

앞으로 2주면 아들은 성인이 된다. 이건 분명한 사실이다. 드디어 승부의 시간이 왔다. 그렇다, 확실하게 해야 할 때가 온 것이다.

"잘 생각해. 열여덟 살이 되면 아빠가 여태까지 했던 것처럼 해줄 수는 없으니까."

오늘은 이쯤에서 이야기를 끝냈다. 다음번에는 좀 더 구체적으로 해줄 수 있는 것과 해줄 수 없는 것을 구분해 얘기할 생각이다.

우선, 1월 14일 아들이 열여덟 살을 맞는 생일까지 단계적으로 이야기를 좁혀 나가야겠다.

"물론 학비는 대주겠지만 그 이외는 스스로 일하거나 뭐든

해서 생활비를 마련해야 될 거다……. 아빠 내년 여름이 되기 전에 파리의 아파트를 정리할 거고, 그렇게 되면 파리에는 너의 거처가 없어진다. 스스로 살아갈 방법을 찾아야 한다." 등등…….

이런 코로나 상황에 보살피지 않고 모른 체하지는 않겠지만, 아빠가 해줄 수 있는 일에도 한계가 있다고 제대로 말해 주고 위기감을 갖게 하는 것도 교육이라고 생각했다. 그렇게 해야 어른이 된다고 생각한 것이다.

갈매기 새끼가 어느 정도 자랄 때까지는 어미가 먹이를 줘서 키운다. 하지만 어느 시기가 되면 모든 갈매기가 일제히 지붕에서 이륙한다. 그걸 누가 결정했는가? 분명 그것이야말로 본능, 즉 하느님의 뜻일 것이다.

나는 갈매기들이 일제히 하늘로 날아오르는 순간을 목격했다. 그중 한 마리가 틀림없이 아들이다. 날지 못하고 밑으로 떨어지는 갈매기도 있다. 약육강식의 세계다. 어느 정도 강하지 않으면 살 수 없다. 계속 아들을 붙들고 있을 수는 없다.

2주 후에 아들은 높고 넓은 하늘로, 절반쯤은 자기 힘으로 날아야 한다. 그래, 그렇게 시킬 생각이다…….

그게 인생이기 때문이다.

"우리는 걸으면서 이런저런 추억담으로 꽃을 피웠다. 이런 내용을 쓰면 여러분은 믿지 않을 수도 있지만 이제 반항기 사춘기 아들은 그곳에 없었다. 깜짝 놀랄 정도로 성장한 온화한 한 청년이 서 있었다."

2022

아들 나이 열여덟 살

Sous le Ciel de Paris

새해 아침,
혼자서 웃는 얼굴로
푸른 하늘을 올려다보았다

1월 어느 날,

2022년 새해가 되자 아들로부터 축하한다는 문자메시지가 날아들었다. 아마 함께 있는 친구들이 모두 가족들에게 문자 보내는 걸 보고 자신도 흉내 내 보았을 것이다. 그래도 새해를 맞고 처음 받는 문자메시지라서 기뻤다.

거리 쪽에서 소란스러운 소리가 들려왔다. 침대에서 뒹굴뒹굴하다가 일어나 창문을 열어 봤다. 맞은편 아파트에 사는 분과 눈이 마주쳤다.

"해피 뉴 이어Happy new year!"

왠지 몰라도 다들 영어로 외친다. 가끔은 "보나네Bonne année, 'Happy new year'의 프랑스어 표현."라고 프랑스어로 외치는 소리도 들린다. 외국인이 많은 탓일까……. 폭죽 소리가 나는가 했더니 멀리서 불꽃이 튀었다.

2022년 새해가 밝은 것이다. 밤 11시에 일단 메밀국수를 절반쯤 먹었기 때문에 주방에 가서 남은 메밀국수를 따뜻하게 데워서 후루룩 넘겼다. 묵은 해를 보내고 새해를 맞는 송구영신의 의식을 나름대로 치른 것이다.

낮에 만들어 주방에 세워둔 다테마키다진 생선과 달걀을 섞어서 두껍게 말아 부친 음식으로 신년이나 특별한 행사에 먹는다.는 냉장고에 넣어 재워 두었다. 후후후……

신기한 꿈을 꾸었다. 첫 꿈2일 밤에 꾸는 꿈이라는 설도 있다.인지 잘 모르겠지만, 오랜만에 깊은 잠에 빠져 버려서 그런지 꽤 선명한 꿈을 꾸었다.

집 현관문에 누군가 밖에서 열쇠를 꽂고 열려는 사람이 있다. 아들인 줄 알았는데 아니었다. 경계를 하고 어둠 속에서 숨을 죽이고 지켜보는데 나이 든 낯선 여자가 들어왔다.

도둑이라고 생각한 순간 안쪽 복도에서 아버지가 일어나 다가왔다. 그래서 나는 아버지에게 도둑이라고 신호를 보냈다.

아버지가 그 나이 든 여자의 양팔을 목 뒤로 꽉 죄어 꼼짝 못하게 만들자 나도 달려가 함께 거들었다.

"빨리 경찰을 부르는 게 좋겠다."고 아버지가 말씀하셔서 전화를 걸어 사정을 설명하자 많은 사람들이 왔고, 그곳에서 별안간 재판이 시작되었다.

꿈이라 확실하지는 않지만, 그 여자는 먹고 살기 힘든데 맛있는 냄새가 나길래 오세치 요리라도 나누어 먹었으면 해서 들어왔다고 했다.

"조금 나눠 줬으면 좋겠디."고 아버지가 말했다. 그러자 판사가 "당신은 10년 전에 죽었잖아요."라고 작은 소리로 아버지의 말에 반박했다.

나는 놀라서 아버지를 돌아보았다. 나를 물끄러미 바라보는 아버지의 시선이 느껴졌다. '뭔가 하고 싶은 말이 있어 왔구나.' 생각하다가 잠에서 깼다.

나는 아버지와는 말을 잘 하지 않았고, 좋은 아들도 아니었다. 아버지가 놀아 준 기억도 거의 없다……. 아버지는 무서운 사람이었다.

하지만 지난해부터 꿈에 자주 아버지가 등장한다. 그러다 마침내 새해 첫날 꿈에까지 나타난 것이다.

나는 아침부터 줄곧 아버지가 하고 싶은 말이 대체 뭘까 생각했다. 아버지를 가까이하기 어려워하던 내가 부모 입장이 되고, 예전의 내가 아버지를 떠났 듯이 다시 아들이 내 곁을 떠나고 있음을 실감하고 있다. 그 심리적 반영이 이런 꿈을 꾸게 하는 것일 수도 있다고 분석했다.

"아버지, 고마워요. 나도 부모님의 외로움과 노고를 알 수 있는 나이가 되었나 봐요."

나는 아버지께 감사하면서 다시 잠을 청했다.

눈을 떠보니 파리의 새해 첫날은 쾌청했다. 창문을 열었다. 신기하게도 비행기구름이 여기저기 하늘을 횡단하고 있었다. 2020년 이전에는 하늘에 비행기구름 무늬가 수도 없이 그어져 있었으나 지난 2년은 항공기가 지나간 흔적이 부쩍 줄었다. 그 때문인지 비행기구름을 보고만 있어도 왠지 모르게 좋은 예감이 든다. 다시 이 세상에 활기가 돌아왔으면 좋겠다.

아들은 지난밤 친구들과 즐거운 밤을 보낸 것 같다. 즐겁게 카운트다운을 했는지, 저녁은 집에서 먹겠다고 연락이 와서 일단 안심했다. 그래서 나는 어제 하다 만 오세치 요리를 다시 만들기 시작했다.

'쓸쓸해 할 것 없어. 다 크면 둥지를 떠나는 게 당연한 거야.' 라는 생각이 들었다. 메일은 하나도 없었지만, 아들 친구 엄마 두세 명으로부터 새해 인사 메시지가 들어 왔다매년 이런 식으로 메시지가 들어온다.

'좋아, 오세치 요리를 그릇에 보기 좋게 담아 놓자.'

고요한, 혼자만의 새해 아침이 움직이기 시작했다.

열여덟 살 생일을 맞은
아들에게 해주고 싶은 말

1월 어느 날,

아침 일찍 일어나 아들이 방에서 나오기를 기다렸다. 침대에
걸터앉아 아들을 기다리며 오늘에 이르기까지 그동안 지나온
세월을 생각했다. 온갖 일들이 있었지만 참 신기하게도 싫었던
일은 기억이 안 나고, 좋았던 일만 기억에 남아 있다. 아들과 함
께 살아온 날들이 뇌리를 스쳐 지나간다.

특히 근처 광장에서 함께 배구 연습을 했을 때가 생각난다.
아들과 열심히 서브와 리시브 연습을 했던 일은 좋은 추억이
되었다.

지금은 반항기 후반에 들어간 그 녀석과 비교하면 당시는 고
분고분 말 잘 듣는 애였다웃음.

둘이서 살게 되었을 때, 그 애는 정신적으로 참 힘들었을 텐데도 오히려 나를 도와주려고 곧잘 신경을 썼다. 그러면서 잘 버텨 주었다. 어릴 때부터 여러모로 자기주장을 잘 펴는 똑똑한 아이지만, 초등학생 때와 중학교 1, 2학년 때는 내가 그린 그림에서 느껴지는 것처럼 순수한 소년이었다.

그런데 나에게 엄마 얘기를 한 적이 없다. '왜 그랬을까?' 생각하지만 오늘까지 그랬으니 어쩔 수 없다. 이혼 직후에 아들에게 그에 관한 얘기를 꺼냈더니 "나도 힘드니까 그 얘긴 하지 마." 하며 말을 가로막은 적이 있었다. 그 후 지금까지 잘한 건지 아닌지 모르지만, 어쨌든 그걸 화제로 삼은 적이 없다.

아들이 무슨 생각을 하고 있는지는 아빠인 나도 잘 모른다.

그냥 그렇게 세월이 흘렀다.

내 핸드폰에는 아들이 나에게 말했던 어렸을 때의 대화가 꽤 녹음되어 있었다. 밖에 나가 밥을 먹을 때도 아들은 인생을 철학적으로 말하곤 했다. 후쿠오카에 갈 때마다 늘 묵는 호텔이 있는데 그곳에서 시트와 휴대전화를 함께 세탁기에 넣는 바람에 안타깝게도 저장해 두었던 어린 시절의 아들 목소리가 모두 사라져 버렸다눈물이 났다.

단둘이 맞은 크리스마스 날 거리를 걷는 사람들을 보며 아들은 상기된 목소리로 "아빠, 저기 봐. 다 혼자가 아니야. 그들 뒤에 하느님이 있잖아? 어떤 사람에게나 지켜 주는 존재가 있고, 인간은 하늘과 연결되어 있는 거야. 그러니까 외로울 게 없어. 감사하고 살면 되는 거야."와 같은 말을 계속해 나를 걱정하게 했다. 아들은 그만큼 감수성이 풍부한 애였다.

아들은 가톨릭계 학교에 다녔기 때문에 학교에서 가톨릭 교리문답 수업카테키즘, catéchisme을 받았다. 그 수업이 그의 사고에 영향을 미쳤겠지만, 아들은 결국 기독교를 선택하지는 않았다.

아들은 분명 기독교 선택을 놓고도 이것저것 생각하고 고민했을 것이다.

아들은 교회 앞에서 무릎을 꿇고 손을 모은 적이 있었다. 그때 아들이 뭘 빌었을까, 아들은 실제로 기도를 했을까. 나는 지금도 생각하곤 한다……. '믿음이란 신앙이 있느냐 없느냐가 아니라, 기도를 하느냐 하지 않느냐의 차이가 아닐까…….'

이렇게 순수했던 소년도 사춘기와 반항기 등 인간이 으레 겪는 통과의례 같은 걸 경험하고 나서는 당돌하게 행동하기 시작했다. 하지만 그 점이 오히려 나를 안심시켰다.

그래도 아들이 잘못된 길로 가지는 않았다.

배구만큼이나 아들이 열중한 것이 비트박스와 힙합이었다. 절친한 그룹 중에는 음악을 하는 사람이 없었던 탓에 아들은 인터넷을 통해 캐나다나 미국, 아프리카, 영국 등의 음악 친구들과 친해지기 시작했다. 그때부터 여자 친구도 생기고 헤어스타일에도 신경 쓰기 시작했다.

결론부터 말하자면, 아들은 진지하게 음악에 열중하면서 영상 등에도 관심을 보였다. 어느 쪽인가 하면 무대 뒤에서 하는 일을 강하게 동경했기 때문에, 아빠처럼 넉살 좋게 사람들 앞에 나서야 하는 삶은 선택하지 않았다.

아들은 수줍음이 많고 온순한 성격이다. 좋은 음악을 만들어 나에게 종종 들려주며 조언을 구하기도 했다. 그러면서도 내 콘서트에는 오지 않았다.

아들은 다 혼자서 배워 나갔다.

아들은 이중언어 구사자로 영어도 하니까 머릿속에 '언어적 분할'이 잘 돼 있었다. 그 탓인지 어렸을 때는 말이 없어 걱정을 많이 했던 시절도 있었다. 이혼 직후 담임이 불러 "저 애는 학교에서 한마디도 안 하는데 집에서는 어때요?"라고 물었다. '집에서는 일본어로 말하게 하고 있는데일본인이라는 점과 일본어를 잊지 않게 하려고 말을 잘하는 편이다.'라고 전했다. 그 같은 걱정이 자기와는 관계가 없다는 듯 중학교에 올라가자 프랑스어가 아들의 입에 붙더니 튀어나오기 시작했다. 이중언어의 벽을 돌파한 것이다.

앞에서 이야기한 것처럼, 아들은 오랫동안 사치 씨라는 일본인 선생님에게 일본어를 배웠는데 그분을 통해 일본이라는 걸 배운 것 같다. 사치 씨는 아들에게는 친척 같은 존재이기도 하고 태어날 때부터 자신을 돌봐온 유모와 같은 존재이기도 했다.

사치 씨가 일본으로 돌아간 후 아들이 고등학생이 되면서 반항기가 시작됐다. 거기에 입시 문제가 겹치면서 부모 자식 간의 갈등이 심해졌다. 평범한 부모로서 아들의 미래를 걱정했기 때문이다. 아들이 보기에는 필요 이상으로 간섭하며 잔소리하는 내가 싫었을 것이다. 거기에 코로나 사태까지 더해지면서 우리는 결국 대판 싸우고 말았다.

지금 생각해 보면 사춘기 반항기의 남자아이에게는 보통 있을 수 있는 일이었다.

올해 들어서는 그 격동기도 거짓말처럼 조용해졌다. 강아지를 기르기로 한 뒤부터는 정말로 좋은 분위기가 츠지가에 찾아들었다. 강아지 산시로를 통해 츠지가도 새로운 시대로 접어들게 될지도 모른다. 멋진 일이 기다리고 있다면 정말 좋겠다.

나는 이제 대학 입시에 대해 이러쿵저러쿵 말하지 않는다. 아마도 지금이 아들에게는 가장 중요한 시기일 것이다. 어제도 아들은 밤늦게까지 공부를 하는 눈치다. 이제 곧 지망 대학이 결정되는데, 아들은 일단 제1지망 대학을 목표로 하고 있다.

제1지망 대학은 꽤 대단한 곳이기 때문에 어려울 수도 있으나, 제10지망 대학에는 들어갈 수 있지 않을까 하고 생각하고 있다.

어디가 되든 아들이 향하는 세계가 내게는 보이기 시작했다.

아들은 18년을 사는 동안 거의 프로 수준의 음악과 영상 기술을 다졌기 때문에 컴퓨터와 영상기기를 활용해 일할 수 있는 분야로 나갈 것 같은 기분이 든다. 재작년까지 떠들어대던 정치나 법조 계통으로 나가는 것은 아에 포기한 것일까? 하긴 아직 그 가능성이 남아 있기는 하지만…….

나는 그래도 괜찮을 것 같다.

아들이 이 나라에서 가능하면 스트레스를 받지 않고 일할 수 있는 곳이 있다면 그게 최고다. 모두가 가고 싶은 세계이므로 좁은 문이기는 하지만 여름까지는 돌파구를 찾을 수 있지 않을까 생각한다.

무료할 때마다 내키는 대로 이렇게 일기를 써왔지만, 아침에 침대에 앉아 나는 이런 식으로 오늘까지의 일을 멍하니 생각하고 있었다. 백팩을 어깨에 메고 현관으로 나온 아들에게 나는 "축하한다."며 말을 걸었다.

아들이 열린 침실 문을 돌아보다가 침대에 앉아 기다리던 아빠를 발견하고는 무척 큰 소리로 "고맙다."고 대답을 하고 등교했다.

나는 닫힌 문을 물끄러미 바라보았다. 초등학교에 다니는 내내 자녀를 학교에 바래다주는 것은 부모의 의무였다. 나는 아들의 손을 잡고 학교까지 바래다주었다. 아들은 잘 다녀오라는 나에게 "응." 하고 대답하고는 몸을 날려 학교로 뛰어 들어갔다.

그리고 아들은 한 번도 나를 돌아본 적이 없었다.

거기에는 이 나라에서 살아가겠다는 깅한 설의가 있었다.

그 애가 오늘 열여덟 살이 되었다.

그의 결의는 지금도 흔들리지 않는다.

주토야, 생일 축하해!

에필로그

대학 입시가 끝났기 때문에 오늘은 평소에 데리고 가지 않는, 주로 어른들이 가는 레스토랑으로 아들을 불렀다.

아직 어딘가에 합격한 것은 아니지만, 소위 대학 입시가 끝났으므로 남은 고등학교 생활을 무사히 보낸다면 원하는 대학이든 아니든 대학에는 들어갈 것이다.

"자, 축하 어때?"라고 권했더니, 즉시 "응." 하는 대답이 돌아왔다. 오호!

그 레스토랑에는 테라스석도 있어서 산시로도 데리고 가자는 데 의견이 모아져, 돌연 츠지가 전 구성원(?)이 산책을 하게 되었다.

집을 나와 걷기 시작했을 때, 이 광경은 좀처럼 볼 수 없는, 어쩌면 처음 보는 광경일지도 모른다고 생각했다. 태양은 높이 떠 햇볕은 눈부시고, 우리 셋산시로 포함의 그림자는 실로 선명하게 지면에 드리워 있었다.

나는 핸드폰을 꺼내서 그 광경을 찍었다. '오, 이것이 지금의 츠지가 모습인가?'라는 묘한 기분이 들었다.

"야, 레스토랑까지 걸어가면서 아빠와 산시로를 동영상으로 촬영해 줄래? 항상 셀카로 TV 촬영을 했는데 역시 카메라맨이 있는 게 좋겠네."

하며 아들에게 제의해 보았다.

평소 같으면 싫다고 거부할 텐데 대학 입시가 끝난 해방감 때문인지 아들은 순순히 핸드폰을 꺼내 촬영을 시작했다.

"오, 착한 아들."

우리는 걸으면서 이런저런 추억담으로 꽃을 피웠다.

이런 내용을 쓰면 여러분은 믿지 않을 수도 있지만 이제 반항기 사춘기 아들은 그곳에 없었다. 깜짝 놀랄 정도로 성장한 온화한 한 청년이 서 있었다.

"왠지 이렇게 함께 걷는 게 새삼스럽네."

"그러게."

아들이 초등학교 5학년 때부터 우리는 줄곧 둘이서 살아왔다. 그런데 둘이서 사는 것도, 이제 곧 끝난다……. 물론 아들이 어느 대학을 가느냐에 따라 다르지만 어쩌면 파리에 남을 가능성도 있다. 하지만 그렇다고 해도 아들은 기숙사 생활을 시작하게 된다.

나는 시골로 자리를 옮기게 될 것이고, 파리는 작은 작업실 겸 잠만 자는 방이 될 것이다.

레스토랑에서 식사를 하고 있는데 갑자기 아들이 나와 산시로 사진을 찍기 시작했다.

"사진?"

"추억의……."

잠깐만, 잠깐 기다려 봐. 아들이 내 사진을 찍어 준 적이 있었나? 기억에는 없다. 아마 없을 것이다. 더구나 아들이 스스로 사진을 찍어 준 적은 없는 것이다.

여러분, 그렇죠? 예전부터 이 일기를 읽은 분이라면, 잘 알고 계실 텐데, 아마, 만일 있었다고 해도, 내가 아들에게 억지로 부탁해서 촬영해 준 것이 아닐까…….

즉, 자발적으로 사진을 찍어 준 적은 없는 것이다. 쑥스럽긴 하지만……. 그래도 가만 있자. 나는 아무렇지도 않은 척했다실제로는 눈물이 나왔지만 안고 있는 산시로를 달래는 척하며 어물어물 넘겼다.

식사가 끝나고 레스토랑을 나온 우리는 문득 아들이 다니던 초등학교가 근처에 있는 것이 생각나서, "가보지 않을래?"라고 물어 보았다. 이것 또한 평상시라면 거절당할 만한 말이나 "응." 하는 대답이 순조롭게 돌아왔다왠지 무섭다……. 어디였지?.

나는 산시로를 끌고 아들이 다녔던 추억의 초등학교로 향했다.

앞서 이야기한 것처럼 프랑스는 아이를 픽업하는 것이 부모의 의무여서초등학교를 졸업할 때까지, 나는 날마다 아들의 손을 잡고 학교를 왕복하곤 했다.

그 애가 이제 나보다 훨씬 크다. 이 애는 자신이 프랑스인이 아니라는 점, 피부색이 남들과 다르다는 점, 부모의 프랑스어가 이상하다는 점을 콤플렉스로 여겼을 것이다.

그래서 교문을 지날 때 결코 나를 돌아보는 일이 없었다. 마치 바다로 뛰어드는 듯한 기세로 달려 사라졌던 것이다. 학교에서 나올 때는 그 반대로 맨 마지막에 나왔다가 모두가 사라졌을 때쯤 교문에서 얼굴을 내밀었다.

아마 나 같은, 머리가 긴 일본인 아빠가 부끄러웠던 것은 아닐까…….

한번은 아이들 틈에서 아들이 이야기를 하고 있는데 내가 얼굴을 내밀자 아들이 굉장히 차가운 시선을 던지더니 나를 외면했다. 나에게는 그런 쓰라린 경험도 있다. 가슴을 펴고 자랑스럽게 "우리 아빠야."라고 말하지 못할 만한 느낌이 나에게 있었는지도 모른다.

프랑스인 멋진 아빠들은 자기 애를 교문에서 껴안고, 개중에는 이마에 키스하는 조지 클루니 비슷한 아빠도 있었지만, 일본인인 나에게는 그런 멋진 일을 자연스럽게 할 수 없었기 때문에 마로니에 나무 밑에서 그저 조용히 기다리기만 했다. 아하하하.

싱글이 되고 나서는 더욱더 가까이하기가 거북한 아빠가 아니었을까 하고 추측한다.

"그럼다. 날마다 여기서 널 기다렸는데…….."

"응."

아들은 그 이상 아무 말도 하지 않았다. 단지, 하늘을 향해 스마트폰을 들고 동영상을 촬영하고 있었다. 슬쩍 들여다보았더니 예전 통학로다.

줌업하고 있었다. 줌업되는 그림은 마치 우리가 걷고 있는 듯한 영상이 되었다. '아, 이곳을 걸었구나.' 하고 생각했다. '날마다, 날마다, 이 길을 걸었구나.' 하고 생각하자, 나는 또 소리 내 울 것 같은 기분이 들었다.

"돌아갈까?"

"응."

나는 산시로 목줄을 힘껏 잡아당겼다. 나와 산시로는 집을 향해 발길을 돌렸지만, 아들은 초등학교 교문 앞에 남아 학교 건물을 올려다보고 있었다. 그 모습은 마치 영화의 한 장면 같기도 했다.

이런저런 일들이 있었다. 그래도 너는 훌륭하게 자랐다. 아빠 기쁘다. 새로운 가족이 늘었다. 츠지가는 지금부터 새로운 길을 걷게 될 것이다.

눈물을 닦고 똑바로 걸어가고 싶다.

이 너그러운 땅에서…….

파리의 하늘 아래, 아들과 함께 3000일

2023. 7. 12. 초판 1쇄 인쇄
2023. 7. 19. 초판 1쇄 발행

지은이 | 츠지 히토나리
옮긴이 | 김선숙
펴낸이 | 이종춘
펴낸곳 | [BM] ㈜도서출판 **성안당**

주소 | 04032 서울시 마포구 양화로 127 첨단빌딩 3층(출판기획 R&D 센터)
　　　10881 경기도 파주시 문발로 112 파주 출판 문화도시(제작 및 물류)

전화 | 02) 3142-0036
　　　031) 950-6300

팩스 | 031) 955-0510
등록 | 1973. 2. 1. 제406-2005-000046호
출판사 홈페이지 | **www.cyber.co.kr**
ISBN | 978-89-315-8615-2 (03830)
정가 | 18,000원

이 책을 만든 사람들
책임 | 최옥현
진행 | 문인곤
교정·교열 | 문인곤, 김은주
본문 디자인 | 임홍순
표지 디자인 | 박원석
홍보 | 김계향, 유미나, 정단비, 김주승
국제부 | 이선민, 조혜란
마케팅 | 구본철, 차정욱, 오영일, 나진호, 강호묵
마케팅 지원 | 장상범
제작 | 김유석

■ 도서 A/S 안내

성안당에서 발행하는 모든 도서는 저자와 출판사, 그리고 독자가 함께 만들어 나갑니다.
좋은 책을 펴내기 위해 많은 노력을 기울이고 있습니다. 혹시라도 내용상의 오류나 오탈자 등이
발견되면 "좋은 책은 나라의 보배"로서 우리 모두가 함께 만들어 간다는 마음으로 연락주시기
바랍니다. 수정 보완하여 더 나은 책이 되도록 최선을 다하겠습니다.
성안당은 늘 독자 여러분들의 소중한 의견을 기다리고 있습니다. 좋은 의견을 보내주시는 분께는
성안당 쇼핑몰의 포인트(3,000포인트)를 적립해 드립니다.
잘못 만들어진 책이나 부록 등이 파손된 경우에는 교환해 드립니다.

*P.S. 다행히 아들은 파리의 대학에 합격하여 그해 가을에 대학생이 되었답니다.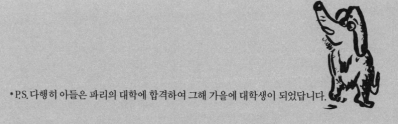